A TECELÃ DO Céu

SÉRIE ISKARI
vol. 1: *A caçadora de dragões*
vol. 2: *A rainha aprisionada*
vol. 3: *A Tecelã do Céu*

Kristen Ciccarelli

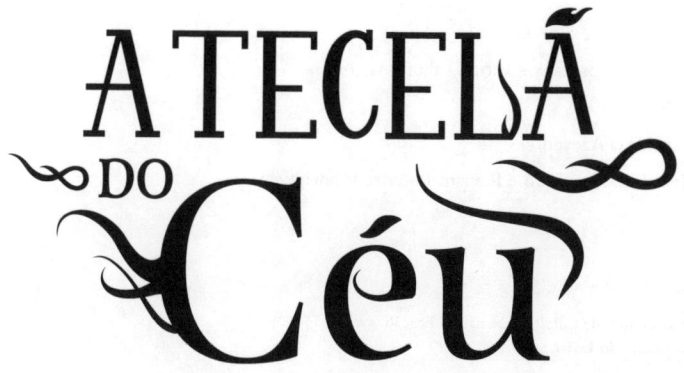
A TECELÃ DO Céu

ISKARI
vol. 3

Tradução
ERIC NOVELLO

SEGU1NTE

Copyright © 2019 by Kristen Ciccarelli
Todos os direitos reservados. Publicado mediante acordo com Lennart Sane Agency AB.

O selo Seguinte pertence à Editora Schwarcz S.A.

Grafia atualizada segundo o Acordo Ortográfico da Língua Portuguesa de 1990, que entrou em vigor no Brasil em 2009.

TÍTULO ORIGINAL The Sky Weaver
CAPA, ILUSTRAÇÕES DE CAPA E MIOLO kakofonia.com
MAPA Elsa Kroese
PREPARAÇÃO Lígia Azevedo
REVISÃO Jasceline Honorato e Renato Potenza Rodrigues

Dados Internacionais de Catalogação na Publicação (CIP)
(Câmara Brasileira do Livro, SP, Brasil)

Ciccarelli, Kristen
  A tecelã do céu / Kristen Ciccarelli ; tradução Eric Novello. — 1ª ed. — São Paulo : Seguinte, 2020.

  Título original: The Sky Weaver.
  ISBN 978-85-5534-099-4

  1. Ficção canadense 2. Ficção fantástica I. Título.
II. Série

20-32869   CDD-813

Índice para catálogo sistemático:
1. Ficção : Literatura canadense em inglês 813

Maria Alice Ferreira — Bibliotecária — CRB-8/7964

[2020]
Todos os direitos desta edição reservados à
EDITORA SCHWARCZ S.A.
Rua Bandeira Paulista, 702, cj. 32
04532-002 — São Paulo — SP
Telefone: (11) 3707-3500
www.seguinte.com.br
contato@seguinte.com.br

/editoraseguinte
@editoraseguinte
Editora Seguinte
editoraseguinteoficial

Para Jordan Dejonge: não importa a distância entre nós, é um conforto saber que nossas raízes estão plantadas para sempre no mesmo solo.

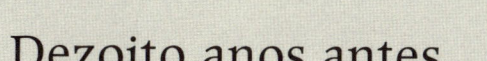

Dezoito anos antes...

Skye era apenas uma criança da primeira vez que os viu julgar um traidor. Ela viu quando cortaram as mãos do homem. Viu o sangue correr veloz e escuro no altar de pedra enquanto o soldado limpava sua lâmina, como uma tempestade sobre um mar de safira.

Skye lembra o jeito como as mãos arrancadas estremeciam como aranhas esmagadas morrendo de costas, com as patas finas se curvando para cima. Lembra o modo como o inimigo encarava os punhos cortados, enquanto sangue escorria para seus cotovelos.

Lembra como ele gritava.

Isso foi uma vida atrás. Essa noite, eles julgarão outro traidor. Ela espera em sua cela. Não serão as mãos de um inimigo que tirarão dessa vez... serão as de Skye. E a culpa é toda dela.

Seja uma boa garota. Mantenha a cabeça baixa. Lembre-se do seu lugar.

Essas são as palavras que Skye costumava obedecer. As lições inculcadas nela desde o nascimento.

Mas isso foi antes de conhecer Crow. Um garoto das sombras que virou todas as lições de cabeça para baixo. Que virou tudo de cabeça para baixo.

Crow. Como uma espinha engolida, o nome faz seus lábios, sua língua e sua garganta pinicarem.

Como ela pôde ser tão ingênua?

Skye explicará como. Tecerá uma história para você enquanto ainda há tempo. Será a última vez que tecerá algo. Depois que a lua subir e eles vierem pegá-la, ela não tecerá mais nada.
É impossível tecer sem as mãos.

Um

Eris nunca havia encontrado uma tranca que não conseguisse abrir.

Ela levantou sua lâmpada a óleo e examinou a fechadura. Seu cabelo dourado estava escondido atrás de um morrião roubado. A aba de aço ficava deslizando e bloqueava a visão, de modo que Eris tinha que empurrá-la para trás para enxergar o que fazia.

O mecanismo interno da fechadura era antigo e pelo visto ela fora feita por um chaveiro que tinha se esforçado bem pouco. Em qualquer outra noite, Eris teria ansiado pelo desafio de uma tranca mais complicada. Mas, naquela, agradeceu às estrelas. A qualquer instante, um soldat poderia virar a esquina. Quando aquilo acontecesse, Eris precisaria estar do *outro* lado da porta.

A tranca se abriu com um clique. Eris continuou prendendo o ar. Então voltou a colocar o grampo no cabelo e fechou seus dedos esguios em torno da maçaneta de latão, virando-a lentamente para não fazer barulho.

Deu uma olhada para o lado. O corredor estava vazio. Então empurrou a porta e entrou.

Eris manteve a lâmpada erguida. Seu brilho laranja iluminou uma escrivaninha simples de madeira escura e desgastada. Um tinteiro, uma pilha de pergaminhos brancos e uma faca para romper selos de cera estavam posicionados de forma organizada em cima dela.

Ela fechou cuidadosamente a porta. Seu olhar foi da mesa para o objeto pendurado na parede: uma tapeçaria tecida com fios azuis e roxos. Seu alvo.

Eris conhecia a tapeçaria de cor: mostrava uma mulher sem rosto sentada diante do tear. Em uma mão, ela segurava uma faca prateada curvada como a lua. Na outra, um fuso. E em sua cabeça repousava uma coroa de estrelas.

A Tecelã do Céu.

A divindade das almas.

Mas não era só a imagem que lhe era familiar. Também eram os próprios fios, aquele tom específico de azul. A espessura da lã e a maneira bem justa como fora fiada. O jeito particular como aquilo fora tecido.

Assim que Eris vislumbrara a tapeçaria do corredor dois dias antes, quase tropeçara. Toda manhã, por anos, a tapeçaria a encarara das paredes de pedra, tendo de cada lado os teares sagrados do scrin, um templo dedicado à Tecelã do Céu.

O que estava fazendo ali, no palácio do rei-dragão, do outro lado do oceano?

Alguém deve tê-la roubado, ela pensou.

Então Eris decidira roubá-la de volta.

Ela tinha algum tempo livre, afinal das contas. Seu capitão, um homem cruel chamado Jemsin, estava com a imperatriz das ilhas da Estrela. Por isso ele a enviara para roubar uma joia do tesouro do rei-dragão. Não que ele precisasse do dinheiro. Só precisava que Eris estivesse fora do caminho quando a imperatriz e seus cães de caça subissem a bordo do seu navio... tanto por ele quanto por ela. Se alguém descobrisse que Jemsin protegia a criminosa que a imperatriz buscava havia longos sete anos, aquilo significaria a morte tanto para Eris quanto para ele.

Mas ela já tinha roubado a joia do rei. E ainda tinha mais um dia antes de precisar se reportar ao protegido de Jemsin. Estava com tempo de sobra.

E era exatamente o que estava fazendo ali.

Eris se afastou da porta fechada e pousou a lâmpada a óleo na madeira escura da mesa. Assim que ergueu o olhar para a Tecelã do Céu, sentiu aquele mesmo choque agudo de dois dias antes. Memórias de calor, amizade e pertencimento a inundaram... seguidas rapidamente por sensações de terror, pesar e traição.

Ela semicerrou os olhos.

— Não estou fazendo isso por você — Eris disse para a deusa enquanto se esticava para desamarrar a tapeçaria da parede. — Acho que é uma traidora e uma fraude. — Ela manteve a voz baixa, ciente de que a segurança fora dobrada desde que a joia do rei desaparecera duas noites antes. — Estou fazendo isso por aqueles que você traiu.

Eris não acreditava mais na Tecelã do Céu, a divindade das almas. Mas quem fizera aquela tapeçaria acreditara... e morrera por sua crença. Então, após retirá-la da parede, Eris a enrolou bem apertado e a colocou com cuidado debaixo do braço. Enquanto o fazia, puxou o cardo de escarpa espinhoso e acinzentado do bolso do seu uniforme roubado. Tomando cuidado com os espinhos, que eram venenosos, ela o colocou na mesa.

De certa forma, a assinatura era mais para Eris do que para aqueles de quem roubava. Uma forma de provar para ela mesma que existia de verdade. Podia ter uma vida invisível, mas ainda estava *ali*. Ainda estava viva.

O cardo de escarpa era a prova.

Com a tapeçaria embaixo do braço e sua assinatura na mesa do comandante, Eris procurou por seu fuso na bolsa. Era hora de partir. Ela levaria a tapeçaria e a colocaria com o restante da pilhagem. Depois, iria para o *Amante do Mar* e aguardaria até ser chamada.

Mas antes que conseguisse encontrar o fuso, uma voz atrás dela quebrou o silêncio.

— Quem deixou você entrar aqui?

A voz era baixa e grave, e a fez ficar imóvel... exceto pela mão direita. Seus dedos apertaram a madeira gasta e lisa do fuso, puxando-o lentamente para fora.

— Eu fiz uma pergunta simples, soldada.

Soldada.

Eris tinha esquecido que estava disfarçada. Com a segurança ampliada, era mais fácil se movimentar pelo palácio vestida de guarda.

Então ela se virou. Um soldat estava no arco da porta. Claramente surpreso de vê-la, ele ainda não havia entrado no cômodo. Vestia o mesmo uniforme que ela: um morrião de aço na cabeça e o brasão do rei-dragão na camisa. A única diferença era o sabre na cintura dele, enquanto na de Eris havia uma bolsa de tecido.

Ela odiava soldados.

— Recebi ordens de remover essa coisa velha e maltrapilha — ela mentiu, indicando com seu queixo a tapeçaria da divindade das almas, enrolada embaixo do braço. Então piscou e prosseguiu: — Aparentemente, nossa comandante não é muito religiosa.

A piscadela surtiu o efeito desejado. O soldat relaxou e sorriu, encostado na porta. Parecia estar prestes a comentar algo sobre a religiosidade da comandante quando algo na mesa chamou sua atenção.

Eris viu o rosto dele ficar inexpressivo e então se iluminar com reconhecimento. Ao entender o motivo, ela praguejou silenciosamente.

O cardo de escarpa.

—Você... você é o Dançarino da Morte.

Ele não esperou pela confirmação. Só sacou sua arma.

Era hora de ir.

Eris segurou o fuso com força e se agachou. Enquanto o soldat entrava atrapalhado no quarto, ela pressionou a ponta do fuso no chão de mosaicos e desenhou uma linha reta.

A linha brilhou prateada. A névoa levantou.

O soldat avançou trôpego em sua direção, gritando por ajuda e para alertar os outros guardas por perto.

Quando ele deu a volta na mesa, Eris já entrava na névoa e desaparecia.

Ao esticar a mão para segurá-la, ela já não estava lá.

Quando a névoa se dissipou um pouco depois, Eris não estava onde deveria estar.

Em vez de se encontrar no Através, cercada de estrelas e escuridão, estava cercada de paredes. Um corredor escuro se prolongava diante dela, iluminado pela luz trêmula de tochas. Sob seus pés havia o mesmo padrão de mosaicos do cômodo do qual tinha acabado de sair. O lugar cheirava a menta e cal.

Ela ainda estava no palácio.

Eris rangeu os dentes, irritada.

Aquilo acontecia às vezes. Se calhasse de se concentrar com mais afinco no lugar do qual queria ir embora em vez de no lugar para onde ela queria ir, o fuso ficava confuso e atrapalhava a travessia.

Eris estava prestes a amaldiçoar o infeliz pedaço de madeira quando algo a acertou por trás, empurrando-a e fazendo-a largar o fuso.

— Pelas bolas de Kozu! — Ela girou, observando o fuso rolar na direção de duas botas de couro preto com fivelas prateadas polidas até brilhar. Uma mão desceu para pegá-lo. Os olhos de Eris acompanharam a figura recém-chegada levantar.

A jovem diante dela estava vestida como uma guarda do palácio. Só que, em vez do emblema do rei, uma flor de fogo estampava seu uniforme. Ela não usava um morrião e trazia cinco facas de arremesso no cinto.

— Minhas desculpas, soldada. — A voz da jovem era dura e carregada de autoridade. Era a voz de alguém acostumada a dar ordens... e a ser obedecida. — Não te vi.

O olhar de Eris encontrou olhos tão frios e azuis quanto safiras. A tocha tornava impossível não notar as maçãs do rosto proeminentes da garota ou seu cabelo preto como tinta arrumado em tranças afastadas do rosto.

Eris sabia quem ela era.

A comandante.

Além da jovem à sua frente ser prima do rei, e, portanto, da realeza, ela também mandava no exército real.

Uma lembrança perturbadora veio à mente de Eris, envolvendo outro comandante frio. O medo irradiou por suas entranhas. Ela afastou a lembrança e recuou. Mas uma farpa afiada daquele medo se alojou no seu peito, lembrando-a de quem ela era. Lembrando-a de que precisava dar o fora dali.

Agora.

Só que o fuso estava nas mãos da comandante.

A jovem estudou a ladra rapidamente, descartando-a como alguém que não era digno de preocupação. Aquilo incomodou Eris. Ela deveria ter ficado aliviada com o fato de que a comandante não demonstrasse interesse nela. Eris queria — na verdade, *precisava* — ser invisível.

Mas, por algum motivo, aquela indiferença a irritou.

Os lábios da comandante se abriam, como se ela estivesse prestes a dizer algo. Então um grito ecoou pelo corredor, interrompendo-a e fazendo as duas se virarem.

Mais e mais vozes se juntaram à primeira. Era o soldat que Eris tinha acabado de deixar para trás, alertando todo o palácio sobre a ladra invasora.

Era um alarme.

Eris aguardou o vislumbre de entendimento da comandante, como tinha acontecido com o soldat. Mas a comandante não olhava mais para ela, só franzia a testa na direção do soldat.

— Aquele Dançarino da Morte. — Seus olhos estavam acesos de raiva. — Se ele acha que pode roubar do rei sem sofrer as consequências, não faz ideia de com quem está lidando.

Eris deveria ter ficado de boca calada. Afinal, a comandante estava com o fuso, sua única maneira de escapar.

Mas não conseguiu se conter.

— Como você sabe que é um *homem*?

Aquilo fez a comandante encará-la. Eris estremeceu diante de seu olhar frio. *Imbecil*, ela pensou, enquanto encarava a jovem. *Que coisa mais idiota a se dizer.*

A comandante a estudou enquanto o alarme ficava mais alto ao longe. No rosto dela, Eris podia ver claramente a necessidade de responder a ele entrando em conflito com... o quê? Cautela? Suspeita?

A qualquer momento, ela vai se dar conta, sacar a arma e me prender.

Mas a comandante não fez nada daquilo, só esticou a mão com o fuso. Realmente enxergava Eris agora, e absorvia toda a sua presença.

— Você deixou isso cair — ela disse.

Eris engoliu em seco e encarou o fuso finamente esculpido sobre aquela palma calejada.

É algum truque?

Depois que Eris o pegou, a comandante baixou a mão e deu meia-volta.

— Vamos lá. Vamos ver o que aquele desgraçado petulante fez dessa vez...

Concentrando-se no alarme agora, a comandante não notou que Eris não a seguiu.

Assim que a garota se afastou alguns passos, Eris se agachou para desenhar uma linha prateada no chão.

Petulante?, ela pensou, trabalhando rapidamente.

Soava como um desafio.

Ela balançou a cabeça. Não podia se permitir a distração daquela vez. Precisava dedicar toda a sua atenção ao seu destino.

Enquanto terminava de desenhar a linha, o ar ficava espesso e úmido. A neblina aumentava. Mas o som daqueles passos cada vez mais distantes atraiu sua atenção outra vez. Eris parou, observando a comandante dobrar a esquina. Vendo-a desaparecer.

A ladra levantou. Antes de tirar Firgaard, o palácio e aquela garota de sua cabeça, pensou: *Mostrarei a ela quão petulante posso ser.*

E fez a travessia.

Dois

Desde que haviam encontrado a porta do tesouro do rei aberta e notado o desaparecimento de um rubi vermelho-vivo, Safire não conseguia dormir.

Alguém tinha caminhado pelos corredores do *seu* palácio, passado despercebido por cada um dos *seus* guardas, entrado por uma porta trancada e roubado o rubi que o rei Dax planejava oferecer como presente para as savanas no dia seguinte. O rubi que seria vendido e cujo lucro seria dividido para ajudar a reparar a fome causada pela praga da colheita branca. Anos antes, a colheita branca se espalhara como um incêndio pelas savanas, destruindo todas as plantações e limitando os principais suprimentos de comida. A cada estação de plantio, os fazendeiros tentavam novamente, mas a praga infectava a produção, deixando o povo cada vez mais à beira da inanição.

Ela sabia que a situação estava piorando, mas fora só quando a rainha Roa voltara após sua última visita ao seu lar que Safire se dera conta de quão catastrófico o problema era. O pai de Roa estava acamado. Sem que sua família soubesse, ele vinha passando fome fazia algum tempo, para que os menos afortunados pudessem comer. Mas não era apenas aquele homem que corria o risco de morrer de fome... a melhor amiga de Roa, Lirabel, também estava cronicamente mal nutrida em meio à gravidez. O médico tinha dito a Roa que, se não tivessem uma quantidade substancialmente maior de alimento disponível muito em breve, Lirabel perderia o bebê.

Quando Roa voltara para Firgaard, até Safire tinha percebido que ela estava diferente. Parecia exausta e fragilizada. Nas refeições, Dax olhava preocupado para Roa toda vez que ela se recusava a comer. Mas como poderia fazê-lo quando seus entes queridos passavam fome?

Eles precisavam de uma solução permanente o mais rápido possível.

Dax planejava vender o rubi do tesouro real — que tinha pertencido à sua tataravó — e usar o dinheiro para comprar carne, vegetais e grãos para suplementar as rações semanais que Firgaard enviava, com a esperança de afastar a ameaça da inanição.

O fato de que alguém tivesse roubado a joia sem pensar duas vezes era intolerável. Imperdoável.

Fazia Safire tremer de raiva.

Eles só tinham uma pista: um cardo cinza e feio. Safire nunca vira algo parecido. Seu caule era repleto de espinhos, alguns tão longos quanto o dedo mindinho dela, mas com metade da espessura. Safire o mostrara para o médico do palácio.

Um cardo de escarpa, ele explicou. *Cresce nas ilhas da Estrela. Um único espinho possui veneno suficiente para fazer uma pessoa adormecer por dias.*

Aquele cardo também era a marca registrada de um criminoso. Um ladrão que ficara conhecido como Dançarino da Morte, porque podia atravessar as paredes, era impossível de ser capturado e escapava sempre com vida. Havia anos que ele vinha assombrando os corredores (e cofres) de barões e reis.

Bem, pensara Safire naquele dia, *ele não vai escapar de mim.*

Ela tinha dobrado a guarda e começado a patrulhar o palácio pessoalmente.

Agora, dois dias depois, estava diante de um *segundo* cardo de escarpa. Só que aquele estava em cima da sua própria mesa, ainda que sua porta estivesse trancada.

Enquanto os soldats em volta dela sussurravam entre si, todos observando-a, Safire observava a parede vazia.

Até aquela manhã uma tapeçaria estivera pendurada naquela parede. Tinha sido um presente de Asha, sua prima. Mas agora a tapeçaria havia desaparecido. E a parede de gesso estava exposta.

O cardo na mesa dizia que aquilo era obra do mesmo ladrão.

Por quê?

Os olhos de Safire se estreitaram. Ela entendia o roubo do rubi do rei. Valia mais dinheiro do que muitas pessoas viam ao longo da vida. Mas uma tapeçaria velha e maltrapilha? Que valor teria?

Será que ele está só tentando me provocar?, pensou Safire.

E então, subitamente, a voz cadenciada daquela jovem soldat passou por sua cabeça.

Quem disse que o ladrão é um homem?

O estômago de Safire se contorceu.

Ela estivera com tanta pressa que nem considerara o elmo da garota. Agora que pensava a respeito, era grande demais para ela, e escondia metade do seu rosto.

E tinha mais alguns detalhes.

A soldat não carregava nenhuma arma e falava com um sotaque diferente. Safire nunca tinha ouvido uma voz cadenciada como aquela. Era quase... lírica.

Sem falar do rolo embaixo do braço dela.

Safire congelou, pensando no rolo. Os fios velhos e esgarçados. O tamanho considerável.

Era a tapeçaria.

A *sua* tapeçaria.

Dada a ela por Asha.

Safire afundou na cadeira.

— Aquela ladra safada.

Safire triplicou a guarda. Parou de sair do palácio e permaneceu em patrulha durante a noite. No dia seguinte, apesar dos seus esforços, o selo do rei desapareceu da gaveta da comandante. Depois disso, Safire deixou seus aposentos e, quando voltou, todos os seus uniformes tinham sumido. No lugar deles havia cardos de escarpa.

Aquilo bastava para enlouquecer qualquer pessoa.

Safire agora tinha uma coleção de cardos em uma jarra de vidro no parapeito da janela do quarto. Quando estava se sentindo particularmente contemplativa, ficava encarando todos por horas, tentando pensar em uma solução para aquele problema que a enfurecia.

— Não acho que ela seja uma ameaça — Asha disse, enquanto retirava uma pedra que tinha ficado presa na garra de Kozu. O primeiro dragão estava parado acima dela como uma sombra enquanto Safire se mantinha deitada na grama quente ao lado deles, encarando o céu azul.

Ali, as antigas trilhas de caça terminavam e davam em um campo de arbustos cercado de floresta. Ao norte, uma enorme tenda redonda estava armada, e entre os três e a tenda vários dragões perambulavam, todos sendo treinados por aspirantes a cavaleiros. De onde estava, Safire podia ouvir os comandos.

Aquele era o campo dos dragões. Asha pretendia construir uma escola ali, para preservar as histórias antigas e reparar o relacionamento abalado entre draksors e dragões.

— Uma ladra capaz de caminhar pelos corredores do palácio sem ser vista não parece uma ameaça para você? — Safire perguntou, levando as mãos à cabeça.

Asha colocou a pata de Kozu no chão, pensou a respeito e balançou a cabeça.

— Essa não.

Safire sentou e cruzou as pernas.

— Me diz por quê, por favor.

O enorme dragão preto com uma cicatriz no olho empurrou a cintura de Asha com o focinho, como se quisesse dizer algo. Mas o que se passava entre eles era um mistério para Safire.

— Ela parece... entediada — disse Asha, esfregando o pescoço escamado do primeiro dragão. — Como se estivesse cansada de ser a pessoa mais inteligente na área. E se estiver *provocando* você porque precisa de um desafio?

Safire franziu a testa.

— Acha que eu deveria dar um a ela?

Asha deixou Kozu e foi sentar na grama. Seus olhos pretos se voltaram para Safire.

— Você *conseguiria*? Neste momento, parece que ela está três passos à sua frente.

Safire pareceu ressentida.

Ao perceber isso, Asha se inclinou para a frente.

— Tudo o que você precisa é estar *um* à frente.

Apoiando o cotovelo no joelho, Safire descansou o queixo sobre o punho.

— E como sugere que eu faça isso?

Diante do calor cada vez mais intenso, Asha começou a desabotoar os botões de latão da sua jaqueta de voo escarlate. Dax tinha mandado fazê-la especialmente para Asha, para marcá-la como sua namsara. Enquanto Asha se desvencilhava da jaqueta, os botões reluziram no sol. Safire se aproximou e notou que cada orbe de latão trazia impressa a imagem de uma flor de sete pétalas que parecia uma chama, também chamada de namsara.

— Vamos ver o que você sabe sobre ela — disse Asha, colocando a jaqueta no chão ao seu lado e contando com os dedos da mão queimada enquanto falava. — Essa ladra é ousada, e não tem nenhum lugar no palácio que não consiga invadir. Ela rouba coisas que têm valor monetário: o rubi, o selo de Dax. E rouba coisas que tem valor para *você*, como a tapeçaria que te dei de presente e seus uniformes.

Asha se reclinou, firmando a palma das mãos na terra.

— Então... — ela continuou, pensativa, observando o campo dos dragões — qual é a coisa mais valiosa, mais ousada, que ela poderia roubar da comandante do rei?

Ambas se calaram para refletir.

Safire não tinha nada de valor além de suas facas de arremesso, que também tinham sido um presente de Asha. Sangue real podia correr em suas veias, mas sua criação não teve nada a ver com a realeza. Safire não gostava de pensar na época antes da revolta, quando era mantida escondida, proibida de tocar seus primos ou mesmo de estar perto deles, provocada e abusada enquanto os funcionários do palácio desviavam o olhar.

Enquanto tentava afastar as lembranças, um som foi emitido do outro lado do campo.

A série de estalos nervosos e quietos era familiar tanto para Safire quanto para Asha, que levantaram a cabeça. Do outro lado do gramado, longe da bagunça dos dragões e de seus cavaleiros, um garoto alto e magro com cabelo acobreado e pele sardenta se aproximava.

Torwin.

Vários passos atrás dele caminhava um dragão com escamas cor de marfim e um chifre quebrado. O animal andava com cautela, olhando para a frente e para trás, parecendo que dispararia ao menor sinal de problema. Safire o conhecia. Seu nome era Martírio.

Várias semanas antes, enquanto Asha e Torwin colecionavam

velhas histórias em Firefall, uma cidade a oeste de Darmoor, eles tinham encontrado a criatura meio morta de fome acorrentada ao pátio de uma casa de gente rica e usando uma focinheira de ferro. Ele tinha sido gravemente maltratado pelas crianças da casa, que o mantinham como bicho de estimação.

Como resultado, Martírio não deixava muitas pessoas chegarem perto dele. Ficava nas montanhas da Fenda e nunca chegava perto da cidade. Asha achava que ele nunca se conectaria a um cavaleiro por desconfiar demais de humanos. Alguns até tentaram, mas a conexão que devia se formar naturalmente no primeiro voo nunca acontecera.

Conforme Torwin se aproximava das duas primas e sentava na terra perto delas, Martírio se aproximou de Kozu, cujo corpo preto enorme absorvia o calor do sol. As escamas de marfim de Martírio geravam um forte contraste com as de obsidiana de Kozu.

— Está tudo preparado para a viagem — disse Torwin. Ele segurava uma faca grande, cuja bainha prateada era decorada com padrões complexos de estrelas. — Se partirmos ao amanhecer, devemos chegar antes do pôr do sol.

Apesar de ter acabado de voltar de Firefall, Asha e Torwin iam voar para as ilhas da Estrela no dia seguinte. O motivo para a viagem era o objeto que ele segurava: a faca da Tecelã do Céu.

A arma salvara a irmã de Roa algumas semanas antes, e agora Roa queria que fosse devolvida para seu lugar. Ela acreditava que se tratava de um artefato perigoso demais para ser mantido em Firgaard. Então Asha e Torwin tinham estudado os relatos do último homem a adquiri-la, um dos barões mais ricos de Firgaard, e o haviam rastreado até um lugar chamado de "scrin".

— Se Roa não fosse tão insistente, eu teria simplesmente arremessado esse negócio no fundo do mar e pronto — Torwin comentou, deslizando a lâmina para fora da bainha só o suficiente para revelar a lâmina azul-prateada escondida lá dentro. Ele estremeceu. Levantando a cabeça, apertou os olhos para a luz do sol. — Tem certeza de que não quer vir com a gente, Safire?

— Ir com vocês? Para um arquipélago famoso por seus monstros, tempestades e naufrágios? — Safire torceu o nariz, lembrando as águas traiçoeiras do Mar de Prata. — Acho que não, obrigada. Além disso, Roa e Dax vão se juntar a vocês em alguns dias.

A imperatriz das Ilhas, uma mulher imponente e supostamente imortal chamada Leandra, queria oferecer um presente para os novos reis-dragão. Um que ela esperava que pudesse ajudar na situação urgente nas savanas. Sendo a namsara de Dax, Asha também tinha sido convidada para a cidadela da imperatriz, mas recusara o convite.

Não tenho tempo nem vontade de ficar socializando com monarcas estrangeiros, Asha disse a Safire quando o convite chegou. *Esse é o papel de Dax.*

— Alguém precisa ser responsável — disse Safire agora. — Alguém precisa ficar para garantir que a cidade não desabe.

Aqueles eram seus motivos oficiais para permanecer na capital. Mas, conforme os dava, pensava na criminosa que se esgueirava pelo palácio como se fosse seu parquinho particular.

Safire nunca deixaria Firgaard à mercê da Dançarina da Morte.

— Já pegou aquela ladra? — disse Torwin, como se lesse seus pensamentos.

Safire deitou na grama novamente, suspirando.

— Não.

Aquele era o motivo pelo qual estava no campo dos dragões. A comandante do rei fugia de seu fracasso. Esperara já ter a Dançarina da Morte trancada em uma cela àquela altura. No entanto, a criminosa continuava impune.

Às vezes ela sentia uma... presença. No meio do dia ou da noite. No palácio ou na rua. Observando-a. Acompanhando seus passos. Mas, quando se virava, com a faca a postos, só encontrava sombras. Às vezes, quando entrava numa sala, não conseguia se livrar da sensação de que a ladra tinha estado lá um instante antes. Parecia um jogo de gato e rato.

Só que Safire não tinha certeza de quem era o gato e quem era o rato.

Ela precisava capturar a Dançarina da Morte. Queria olhar em seus olhos quando trancafiasse a ladra de uma vez por todas.

Então poderia voltar a dormir à noite.

— Saf está começando a acreditar nos rumores — Asha disse.

Torwin olhou para ela.

— Rumores?

— Dizem que é impossível capturar a Dançarina da Morte — Asha explicou. — Que ela é metade divindade, metade sombra.

Safire fechou os olhos, deixando o sol aquecer seu rosto enquanto pensava na ideia de Asha. Um passo à frente... o que ela precisava era de uma armadilha. Mas qual seria a isca?

— Bom — Torwin disse —, se tem alguém capaz de pegar essa ladra...

Ele deixou a frase no ar. Safire esperou que ele terminasse, mas o silêncio continuou. Então, mesmo de olhos fechados, Safire sentiu: uma escuridão fria passando pelo rosto. Cheirava a almíscar e fumaça.

Ela abriu os olhos.

Martírio estava acima dela. Com suas escamas cor de marfim. Seu chifre quebrado. Seus olhos pretos voltados para ela.

Safire sempre ficava espantada com quanta tristeza encontrava no fundo daqueles olhos.

Normalmente, seu primeiro instinto seria esticar a mão para pegar a faca. Mas ela sabia o que era estar à mercê dos brutos. Sabia das coisas horríveis que tinham sido feitas com aquela criatura, tornando-a assustadiça.

Safire ficou parada, forçando-se a relaxar.

Do lado dela, Torwin e Asha pareciam tensos, em silêncio.

O que eles não sabiam era que, quando não conseguia dormir, Safire gostava de caminhar pelas trilhas de caça até a Fenda. Frequentemente elas a levavam até o campo dos dragões. O lugar estava sempre exposto às estrelas. À noite não havia cavaleiros ali, e os próprios dragões dormiam em algum lugar das colinas. Todos menos um: Martírio.

Sem ninguém mais por perto, Safire contava histórias para o dragão. Mas não as histórias antigas. Não os mitos de deuses e heróis que Asha conhecia tão bem, as histórias de que os dragões mais gostavam. Safire não conhecia muitas delas. Em vez disso, contava para Martírio as histórias que a mantinham acordada à noite.

Ela havia contado a ele sobre ser filha de uma união ilegal e sobre como, em virtude disso, crescera com a proibição de que a tocassem. Havia contado a ele sobre a revolta que ajudara a liderar, a revolta que colocara seu primo no trono. Havia contado sobre o dia em que aquele mesmo primo a nomeara sua comandante.

E, então, quando terminava de contar a história, eles brincavam. A brincadeira envolvia Safire chegando o mais perto possível e Martírio ficando parado pelo maior tempo que conseguisse.

O dragão sempre disparava antes que ela chegasse perto o bastante para tocá-lo.

Agora, quando esticou a mão lentamente na direção do focinho branco do dragão, Safire pensou que Martírio ia se contorcer e fugir de novo.

Só que ela mesma não tinha se contorcido ao abrir os olhos. Não havia tentado pegar sua faca. E Martírio sentiu aquilo, o instinto de Safire, e o modo como ela o suprimira. O dragão fazia o mesmo naquele momento.

Martírio tremeu de medo de ser tocado, mas não fugiu.

Quando as pontas de seus dedos encostaram nas escamas quentes do focinho dele, Safire sentiu arrepios. Sentiu o esforço que o dragão precisava fazer para se manter parado. Ela segurou a respiração enquanto mais e mais de sua pele entrava em contato com as escamas do dragão. Em seguida, tocou o focinho de Martírio, e sentiu a respiração quente do dragão em sua palma.

Menino fofo, ela pensou. *Como alguém poderia querer te machucar?*

E, então, como o vento mudando de direção, Martírio se desvencilhou. Safire ficou quieta. O dragão apenas levantou a cabeça, virando-a na direção do vento. Sentindo, cheirando ou ouvindo algo que Safire não conseguia. Ela sentou, olhando na mesma direção.

Até que Safire sentiu aquela mesma sensação que assombrava seus passos pelo palácio: a sensação perturbadora de ser observada.

A luz do sol era filtrada pelas copas verde-escuras da beira da floresta, com as árvores se inclinando ao vento.

— O que foi? — Asha sussurrou.

Safire levantou e foi a passos largos rumo aos cedros, pensando na Dançarina da Morte. Estava prestes a mergulhar entre os pinheiros quando o tom estranho da voz de sua prima a parou.

— Saf...

A comandante se virou e viu Torwin e Asha a observando preocupados. Martírio ainda estudava as árvores.

— O quê?

— Passar um tempo longe de Firgaard pode te fazer bem — Asha sugeriu. — Seria só por algumas semanas. Tenho certeza de que seus soldats são bem treinados o suficiente para não deixar Firgaard cair aos pedaços em tão pouco tempo.

Safire estava prestes a apontar que eles mesmos tinham liderado uma revolta em menos tempo que aquilo, invadido as muralhas e destronado o antigo rei. Mas Torwin a interrompeu.

— Vamos lá, Saf — ele disse, dando um passo em direção a ela. — Você não tem um descanso desde que Dax a promoveu.

Fazia bem mais tempo que Safire não descansava. Ela não podia se dar ao luxo.

— Vem com a gente — Torwin insistiu, jogando um braço sobre seu ombro enquanto dava aquele meio sorriso dele. — Tenha um pouco mais de fé nos seus soldats. Deixe que capturem a Dançarina da Morte enquanto estamos nas ilhas da Estrela. Sei que, quando voltarmos, ela estará esperando por você em uma cela.

Pouco provável, pensou Safire, enquanto batia a ponta dos dedos em suas facas de arremesso. A sensação delas na cintura a acalmou um pouco. Conforme a comandante se acalmava, a pergunta de Asha ecoava em sua mente.

Qual é a coisa mais valiosa, mais ousada que ela poderia roubar da comandante do rei?

De repente, Safire sabia qual seria a isca perfeita de uma armadilha para a Dançarina da Morte.

— Tenho que voltar — falou, já pensando em um plano. Suspirando profundamente, Torwin a soltou. Safire olhou dele para a prima. — Tomem cuidado, está bem? Nada de voar no meio de tempestades.

Asha fez que sim com a cabeça e a abraçou. Safire retribuiu o abraço.

Quando Asha soltou, Safire se virou para Martírio.

— E você, se comporte — ela disse ao dragão.

Martírio só inclinou a cabeça, vendo Safire recuar, triste e silencioso.

— Boa sorte com sua ladra! — Torwin gritou de longe.

Safire assentiu, acenando. As pinhas secas quebravam sob seus pés enquanto ela caminhava para a trilha. Durante a descida pela Fenda em direção aos portões de Firgaard, a comandante não conseguia se livrar da sensação de que alguém a seguia, mantendo-se só um pouco fora do seu campo de visão.

Quando ela se virava para olhar, como sempre, só encontrava sombras.

Três

Vá para Firgaard. Roube a joia do rei. Reporte-se a Kor daqui a três dias.

Essas eram as ordens de Eris. O serviço já tinha sido feito. E mesmo assim ela não fora se encontrar com o protegido de Jemsin: um pirata chamado Kor que estava encarregado dela enquanto Jemsin se encontrava com a imperatriz.

Era tolice. Arriscado demais. Mas, depois de quatro dias brincando com a comandante, ela não estava disposta a desistir. Uma gralha a tinha seguido pelas ruas de Firgaard mais cedo. Eris entrou em pânico ao vê-la, até se dar conta de que seus olhos eram pretos, não vermelhos. Não era o convocador de Jemsin, era só uma ave comum.

Ainda assim, sua presença bastou para Eris ficar assustada. E seu medo serviu de lembrete de que era hora de partir.

Havia uma última coisa a fazer antes de ir. Porque a comandante estava certa: Eris *era* uma desgraçada petulante. Sentia prazer ao saber o quanto deixava Safire furiosa ao enganá-la.

A raiva transparecia toda vez que a comandante falava dela.

Toda vez que *pensava* nela.

Saber daquilo despertava em Eris uma alegria irracional.

A ladra sorria para si mesma enquanto estava escondida atrás das cortinas da sacada do quarto da comandante. Àquela altura já conhecia sua rotina. Não havia como espreitar pelo palácio sem primeiro decorar os movimentos da pessoa encarregada da segurança do lugar. Eris sabia quando Safire voltava para seu quarto à noite. Então ela esperava.

Mas, enquanto passava o dedo pelo caule do cardo de escarpa na sua mão, acompanhando os espinhos, começou a ter dúvidas. Por que ela ainda estava ali? Deveria ter ido direto para o mar depois de roubar o rubi. Já deveria ter seguido seu caminho.

O relatório que deveria entregar no navio de Kor, a *Amante do Mar*, estava quatro dias atrasado. Ela não podia ficar ali por muito mais tempo. Fazer aquilo seria se arriscar a sofrer a fúria do capitão.

Esqueça a faca, disse uma voz dentro dela. *Vá agora mesmo para a Amante do Mar.*

Mas alguma coisa mais forte do que seu medo de Jemsin a mantinha atrás da cortina da comandante. Talvez não passasse de imprudência, mas Eris não iria embora até conseguir o que tinha ido buscar.

Já houvera um tempo em que, cansada do abuso do capitão, ela tinha tentado escapar dele. Mas Eris aprendera que não era uma boa ideia. Da primeira vez que fugira, ela chegara a Firefall, uma cidade na costa sul do Mar de Prata, antes do convocador de Jemsin a encontrar e arrastá-la de volta para seu navio, o *Jacinto*, onde ela recebera diversas chicotadas e ficara uma semana sem comida e sem ver a luz do sol.

Ela tentara duas outras vezes. Nas duas, fora capturada. Em cada uma, sua punição fora mais severa do que a anterior. Ela ainda carregava as cicatrizes, em seus punhos e tornozelos, e nas costas.

Chegara um ponto em que parara de tentar.

Afinal, as coisas podiam ser muito piores.

Jemsin era um monstro, mas, se não fosse por ele, ela não estaria viva. Ele a tinha protegido da imperatriz e faria aquilo novamente. Aquilo valia alguma coisa.

De repente, Eris ouviu o clique da porta sendo entreaberta.

Eris prendeu a respiração e escutou duas vozes. Uma pertencia à comandante, mas a outra ela não reconhecia. Eris deu uma olhada pela janela, para o céu estrelado acima de Firgaard. Já tinha passado bastante da meia-noite.

Quem Safire estava levando para o quarto?

Algum amante?, Eris se perguntou. Seu estômago se revirou diante da ideia.

Mas, quando a porta abriu mais um pouco e a comandante entrou, estava sozinha.

Sua postura forte suavizou imediatamente. Seus ombros desabaram. De repente, ela não era mais a comandante. Não era a prima orgulhosa do rei.

Era só uma garota cansada.

Através do detalhe em renda da cortina, Eris observou Safire acender as lâmpadas e se mover pelo quarto. Ela se desarmou primeiro, desafivelando o sabre na cintura, então soltando o cinto que segurava suas facas de arremesso. Deixou os dois na mesa próxima à janela em arco, então tirou suas botas e a roupa, vestindo depois uma túnica azul-clara que ia quase até os joelhos. A última coisa que Safire fez antes de se deitar foi tirar com cuidado uma faca de arremesso esguia e decorada do nó no cabelo. Ela a escondeu embaixo do travesseiro antes de apagar a chama da lâmpada.

Aquela era a faca que Eris viera pegar.

Ela ouviu o ruído dos lençóis se esfregando. A madeira rangendo. Por fim, o silêncio dominou o quarto.

Eris permaneceu parada como uma sombra enquanto sua visão se ajustava à escuridão, esperando pelo momento certo de atacar. Não demorou muito para a respiração da comandante mudar, ficando mais profunda e homogênea.

Assim que a ladra teve certeza de que Safire dormia, ela deu um passo para fora das cortinas.

O quarto era bem mais simples do que o do rei e da rainha, que Eris espiara só para satisfazer sua curiosidade. Na linha de sucessão do trono, Safire vinha depois do rei e da irmã dele. Eris esperava encontrar uma decoração luxuosa e sedas finas. Mas o quarto era pequeno e a cama, ainda menor. Não cabia mais ninguém ali.

Eris andou cuidadosamente pelas sombras do quarto, banhado apenas pela noite prateada. Seus passos não faziam qualquer ruído enquanto ela se aproximava da estrutura da cama. Eris devia ter esticado a mão para pegar imediatamente a faca embaixo do travesseiro. Teria sido tão rápido e fácil. Resultaria em sucesso. Mas, de pé diante da forma adormecida de Safire, ela hesitou.

Safire parecia tão diferente dormindo. Seu cabelo preto se derramava como tinta pelos travesseiros. Sua pele era muito mais clara do que a dos primos, e seus dedos marrom-claros se curvavam gentilmente contra sua bochecha. Ela não parecia nem um pouco com a comandante temível que gritava, rosnava e distribuía comandos. Parecia... jovem. Jovem demais. Como uma muda que não tinha enraizado direito.

Eris a encarou, absorvendo sua imagem.

Foi só quando a outra se remexeu que Eris lembrou por que estava ali. Ela largou o cardo de escarpa na mesa de cabeceira e então, gentil e vagarosamente, deslizou a mão embaixo do travesseiro.

Logo a ponta dos seus dedos roçava o aço frio da faca de arremesso preferida da comandante. A ladra sabia que aquela era a favorita de Safire porque passara as últimas semanas seguindo-a como uma sombra.

Quando se observa alguém tão de perto quanto Eris a tinha observado, era impossível não notar certas coisas.

Com cuidado, a ladra puxou a faca de baixo do travesseiro.

Ficou lá parada por vários segundos, passando os dedos pelo cabo decorado, com um leve sorriso no rosto.

Porém, assim que se virou para ir embora, alguma coisa apertou seu tornozelo.

Eris olhou para baixo. Levou um longo instante até entender o que era.

Um laço de corda atado com nó corrido. Feito de lençóis de seda torcidos que pareciam serpentear embaixo da cama.

O choque a paralisou. Aquilo sempre estivera lá? Antes mesmo de Safire entrar no quarto?

A comandante tinha *previsto* a vinda dela aquela noite?

— Quem é você? — disse uma voz atrás da ladra. A ponta fria de uma lâmina pressionava sua nuca, marcando sua pele.

Ela sentiu um puxão na corda de seda e soube que a outra ponta estava firme na mão da comandante.

Eris tinha caído em uma armadilha. Criada especialmente para ela.

Sentiu uma onda de emoções conflitantes. Se já não estivesse atrasada para se reportar a Jemsin, teria ficado lisonjeada.

Mas ela *estava* atrasada. E, embora a gralha que a seguira aquele dia pelas ruas de Firgaard não fosse o convocador de Jemsin, não demoraria muito para que ele aparecesse.

Um pânico baixo e constante zumbia dentro dela. Eris precisava escapar.

— Quem sou eu? — ela disse sem se virar, levantando os braços para mostrar que não atacaria ao mesmo tempo que tentava determinar a que distância Safire estava. — Sou apenas uma ladra comum.

A voz de Safire saiu baixa e perigosa quando ela disse:

— Como entrou aqui?

Se Eris tentasse pegar seu fuso, o movimento chamaria a atenção de Safire? Ela engoliu em seco, estudando o quarto iluminado pela lua, pensando em como colocar espaço entre si e a outra por tempo suficiente para sua fuga.

Tentou ganhar tempo.

— Como entrei no palácio? Ou no seu *quarto*? — Eris fez a segunda pergunta em tom provocativo, só para irritá-la.

A pressão no tornozelo ficou mais forte e a lâmina foi pressionada com mais força, fazendo sangue quente e molhado escorrer. Eris mordeu o lábio diante da pontada de dor.

— *As duas coisas* — disse a comandante, grunhindo. Estava claramente cansada dos jogos de Eris, e sua voz saiu carregada de autoridade. — Largue a faca. Depois se vire lentamente e responda à minha pergunta.

A ladra mordeu o lábio. Safire não tinha visto seu rosto desde o dia em que haviam se esbarrado no corredor, logo depois de Eris roubar a tapeçaria do escritório da comandante. Com o desdém daqueles olhos azuis em mente, ela se preparou. Largou a faca, que bateu no piso, e se virou devagar.

Safire estava de pé, vestindo apenas a túnica. O olhar de Eris subiu pela garota de cabelo escuro solto em torno dos ombros esguios. Em uma mão ela segurava uma faca, mantida agora contra o pescoço de Eris. Na outra, a ponta de uma corda improvisada.

Quando seu olhar encontrou o de Safire, Eris ficou surpresa de encontrar uma ponta de admiração. Escondida por baixo do desprezo e da aversão, é claro, mas ainda assim admiração.

Aquilo a deixou com vontade de fazer algo drástico.

Algo *imprudente*.

— Responda à minha pergunta — Safire repetiu, estreitando os olhos. — Como entrou aqui?

Eris sorriu, pensando nos rumores que tinha ouvido a seu respeito. Baixando sua voz para um sussurro, ela se inclinou para a frente, como se fosse contar um segredo.

— Não sabe que a Dançarina da Morte pode atravessar paredes?

Safire deu um passo cuidadoso na direção de Eris, como um predador se aproximando cautelosamente da presa.

—Você acha que é esperta? — ela disse, sem deixar de encará-la. — Acha que me impressiona?

O sorriso de Eris desabou.

— Lido com criminosas como você aos *montes*. Todos os dias. — Os olhos azuis de Safire se estreitaram. — Acredite em mim, Dançarina da Morte. Você é apenas mais uma delinquente sem nada melhor para fazer do que levar o caos à vida das pessoas.

A comandante deu mais um passo, aproximando-se tanto que Eris podia sentir o calor de seu corpo.

— Sabe onde pessoas como você terminam? — Safire disse, desenhando gentilmente com o aço da faca pela pele de Eris, acompanhando as clavículas com suavidade. De repente, seu tom ficou seco. — Sozinhas e esquecidas nas profundezas de um calabouço. Que é exatamente onde vou te colocar.

Talvez fosse pela presunção nas palavras de Safire, que parecia acostumada a estar na vantagem e achar que aquele era o caso. Ou talvez fosse pela ameaça de trancar Eris e esquecê-la para sempre. Como se ela fosse insignificante.

De qualquer modo, aquilo era inaceitável.

— Prefiro apodrecer numa cela cheia de criminosos honestos do que caminhar livre entre você e sua laia — disse a ladra, cerrando os punhos.

Safire a encarou como se Eris tivesse enlouquecido.

—Você considera ladrões e assassinos *honestos*? — Ela balançou sua cabeça. — Isso é delírio.

Mas a ladra não tinha terminado.

—Você ajudou o rei Dax a *roubar* o trono. Não foi por isso que ele a nomeou comandante? — Eris deu uma risadinha de escárnio. — E aquela prima sua, a namsara, não matou um homem para fazer do irmão um rei? Isso parece bastante com roubo e assassinato para mim. Ainda assim, cá estão vocês, dormindo com lençóis de seda, comendo com fina prataria, julgando a todos menos a si mesmos.

O aço voltou à sua garganta, pressionado com força. Aquilo tirou Eris de si mesma, de sua fúria, e a trouxe de volta à razão.

Quanto mais tempo passar discutindo com ela, pior vai ser a punição dada por Jemsin.

Com esse pensamento, uma das lições que ele lhe ensinara voltou à sua mente. Dos primeiros dias em que fizera parte da sua tripulação. Quando era nova demais para se dar conta do monstro que Jemsin realmente era.

O cotovelo dobrado forma uma ponta, vê? Ele tinha mostrado aquilo a ela usando seu próprio braço. *Se encaixa perfeitamente debaixo das costelas do inimigo.*

— O rei anterior era um tirano — Safire disse, sua voz afiada como em um aviso. Era como se criticar a comandante e seus primos fosse um crime por si só.

Nunca lute de maneira justa. A voz do capitão ecoou na mente de Eris. *Entendeu? Não é assim que se sobrevive.*

— Não estou te julgando por matar o rei, princesa. Só estou me perguntando... — Eris continuou encarando Safire enquanto cerrava seu pequeno punho. — Será que podemos mesmo chamar de justiça quando aqueles que controlam o cumprimento das leis são os únicos isentos da sua aplicação?

As narinas de Safire se abriram.

Antes que ela pudesse atacar, Eris golpeou bem onde Jemsin tinha ensinado todo aquele tempo antes. No lugar macio embaixo das costelas.

Safire arfou, sem fôlego, com os olhos arregalados. Ela se curvou em choque, buscando um fôlego que não vinha. Sua faca caiu da garganta da ladra

Eris não perdeu tempo. Deu vários passos para longe da cama, então correu, mergulhando embaixo dela e junto da corda improvisada de Safire para pegar a faca derrubada. Sua forma pequena deslizou com rapidez e facilidade até o outro lado, rapidamente colocando metade do quarto entre as duas.

Apenas em parte recuperada do golpe de Eris, a comandante deu um puxão na corda, mas havia muita folga nela agora. Nada aconteceu.

Eris se inclinou e cortou a seda com a faca de Safire.

Ela se rompeu facilmente.

Com os dedos tremendo, Eris retirou seu fuso da algibeira e imediatamente traçou o piso. A noite pareceu ficar mais profunda. Uma linha luminosa se acendeu, pálida como a luz das estrelas. Um portal se formou rapidamente, pelo qual fluía e rolava uma névoa prateada. O ar ficou úmido, frio, e com ele veio a gentil pressão do Através.

Foi então, com a porta para o outro lugar escancarada diante dela, que Eris hesitou uma segunda vez.

Ela levantou e olhou para o outro lado do quarto, onde Safire estava de pé, com as narinas abertas e a boca retorcida em fúria. Totalmente recuperada.

Vou ficar com saudades de brincar com você, Eris pensou. A comandante tinha se provado uma oponente formidável.

— Foi divertido, princesa. Mas agora tenho que ir.

Safire se moveu, contornando a cama. Indo diretamente para Eris.

— O único lugar para onde você vai é uma cela na prisão, sua ladra.

A névoa rodopiou, escondendo-a.

— Adeus — Eris disse com a voz suave, dando um passo para dentro do cinza. Deixando a comandante para trás. Trocando o palácio de Firgaard por uma trilha de névoa e luz das estrelas.

Ela ouviu Safire começar a dizer alguma coisa, mas as palavras se perderam. E foi assim que soube que já estava a um mundo de distância.

Quando a névoa se dissipou e Eris abriu os olhos, estava sozinha.

Mas não tinha problema. Ela estava acostumada a estar sozinha.

Solidão era um preço pequeno a pagar para permanecer viva.

A sombra e a filha do pescador

Era uma vez um garoto com olhos pretos como o mar, mãos rápidas como o vento e passos silenciosos como a morte. Era uma criatura das sombras, que caminhava pelo mundo sozinho, sem ser ouvido ou visto.

Mas a filha do pescador o notou.

Quando ele passava pelo cais do pai dela, Skye estremecia. Cada vez que ela levantava a cabeça, via uma sombra correndo pela pradaria. Curiosa, afastou-se das mulheres da enseada e do peixe salgado secando e o seguiu.

Da primeira vez, ela acompanhou a forma solitária por três dias. Quando ele finalmente virou para ela, Skye estava fraca de fome.

A sombra se retraiu diante da visão.

Skye sabia qual era sua aparência. Seu corpo era pequeno demais, esguio demais, esquelético demais. Seus olhos ficavam distantes demais um do outro, e um deles estava sempre voltado para a direção errada.

Ela tinha nascido prematura. Ninguém esperava que sobrevivesse. Skye olhou para baixo, para suas mãos nodosas, estudando-as como se as visse pela primeira vez. Vendo o que ele via.

A sombra fez uma careta. Mas, antes que ele pudesse lhe dizer que fosse embora, ela o encarou com seu único olho bom.

Para alguém tão frágil, ela tinha um olhar feroz.

— Qual é seu nome? — Skye perguntou, com sua vozinha.

Ele balançou a cabeça, irritado com sua presença. Não tinha tempo para atender aos caprichos de criaturas mortais. Elas não eram nada mais do que futuros fantasmas, suas minúsculas e finitas vidas começando e terminando no tempo de um nascer do sol.

— Não tenho nome — ele respondeu.

— Então vou te chamar de Crow.

— Me chame do que quiser — ele disse, se virando. Não importava. Ele nunca mais ia vê-la. Faria questão de passar mais silenciosamente pelo cais do pai dela da próxima vez.

— Crow... — Sua voz prendeu a palavra a ele como um feitiço. — Para onde está indo?

— Para um lugar onde nunca poderá me alcançar.

E, com isso, ele deslizou para as sombras, para o nada, deixando a filha do pescador sozinha.

Um mês depois, caminhando no crepúsculo, Crow ouviu passos familiares atrás dele. Ao se virar, encontrou Skye, acompanhando-o com seu olho torto através da pradaria no topo do penhasco.

— O que está fazendo? — ele grunhiu para ela, acelerando o passo.

— Estou acompanhando você.

Ele girou.

— Não! — Daquela vez, Crow falou com a voz do mar, estrondosa e aterrorizante. Afinal, só precisava respirar nela que Skye desabaria como uma pilha de gravetos.

Ela deu um passo para trás, estremecendo.

Mas não parou.

De novo e de novo, quando ele passava pelo cais do pai dela, ou por sua enseada, ou no alto dos penhascos acima de sua casa, Skye o via e seguia.

Ele gritou com ela. Ameaçou-a. Correu atrás dela. Perseguiu-a.

E, justo quando Crow julgava ter se livrado dela, lá estava Skye. De novo e de novo e de novo. Sempre um pouco mais velha do que antes.

Finalmente, ele desistiu. Cedeu. Parou de tentar despistá-la nas sombras. Em vez disso, ao escutar os passos frágeis familiares, Crow passou a desacelerar e deixar que ela o alcançasse.

No início, ignorou sua incessante tagarelice sobre tudo o que existia. Mas os dias se tornaram semanas, e embora não entendesse como ou quando aconteceu, ele se viu retirado de pensamentos sombrios graças ao som da voz dela. Repetidas vezes, Crow foi atraído pelo conhecimento dela sobre os ventos e as marés, pela habilidade das suas pequenas mãos, remando em sua canoa por um mar revoltado, puxando redes cheias de peixes reluzentes para o barco do seu pai e, especialmente, tecendo carretéis de lã grossa em lindas tramas coloridas, que ela chamava de tapeçaria.

Ele descobriu que, mais do que qualquer coisa no mundo, Skye adorava tecer.

Mas entidades das sombras não faziam amizade com mortais. E filhas de pescadores cresciam e viravam mulheres. Mulheres que se apaixonavam por mortais como elas. Mortais que tinham filhos, envelheciam e finalmente atravessavam o portão frio e escuro da morte.

Ainda assim, Crow esperava por ela.

Pior do que isso, começou a procurá-la.

Quatro

A *Amante do Mar* estava ancorada logo ao norte das montanhas da Fenda, a cerca de um dia de navegação da cidade portuária de Darmoor. Assim que embarcou, Eris foi se reportar ao pirata Kor, seguindo as ordens de Jemsin. A porta da cabine de Kor estava fechada, e ela podia ouvir o som fraco de vozes abafadas lá dentro. Sem querer arriscar enfurecê-lo interrompendo algo, Eris entregou o fuso a Rain, a imediato, algo de que Kor fazia questão. Ela disse a Rain para informar Kor que poderia encontrá-la sob o convés quando ele terminasse.

Kor era o precioso protegido de Jemsin. Um ano depois do scrin queimar, Jemsin encontrou Kor espancado quase até a morte por um estivador no porto de Eixo. Kor tinha treze anos na época, e o estivador era seu pai. Jemsin matou o homem e adotou Kor, cuidando dele como se fosse seu próprio filho e transformando-o em um pirata formidável. A tripulação de Jemsin não gostou da atenção recebida por Kor. Adolescentes de treze anos já eram homens quase crescidos e menos maleáveis do que crianças, disseram. Jemsin deveria ter sido mais cauteloso.

Eles tinham razão. Quando Kor fez dezoito anos, começou a mostrar sinais de insatisfação. Não era suficiente ser parte da tripulação de Jemsin e obedecer às suas ordens. Ele queria ter a própria tripulação. Queria *dar* ordens.

Kor era um investimento que Jemsin não podia se dar ao luxo de desperdiçar. Então ele lhe deu seu próprio navio, com o acordo de que continuaria a segui-lo. Kor patrulharia as águas que Jemsin quisesse. Atacaria os navios que Jemsin quisesse. Ajudaria Jemsin quando solicitado. Para garantir a obediência dele, Jemsin lhe deu uma tripulação cheia de espiões. Assim, poderia ficar de olho em Kor mesmo longe e saber de antemão se o protegido algum dia planejasse esfaqueá-lo pelas costas.

Totalmente ciente dos espiões em sua tripulação, Kor trabalhou gradativamente, identificando-os e levando-os para seu lado aos poucos, fazendo promessas melhores do que as que Jemsin tinha feito. Agora, dois anos depois, a tripulação de Kor era leal a ele. Algo que enervava Jemsin.

Mas não havia nada que Jemsin pudesse fazer além de simplesmente matar Kor, que não tinha feito nada para provocar tal reação. Não ainda, pelo menos.

Mas era só questão de tempo. Porque saborear o gosto do poder faz a pessoa querer cada vez mais. Um dia, Kor ia se libertar de Jemsin. Eris sabia daquilo. Jemsin também. Mas, antes de Kor fazer sua última jogada, ele queria algo mais. Algo que Jemsin nunca daria a ele.

Kor queria Eris.

Deitada no seu compartimento emprestado, a ladra escutava o vento uivar e o casco da *Amante do Mar* gemer. A lanterna solitária da cabine balançava, jogando luz para um lado e para outro do quarto escuro enquanto ela estudava a faca fina de arremesso nas suas mãos.

Estava segurando-a quando atravessou.

Ela era diferente das outras facas que a comandante mantinha embainhadas na cintura. A lâmina era mais fina e delicada. O cabo era mais ornamentado.

Passando o dedo nela, Eris pensou na comandante sozinha no quarto, com a armadilha desmontada e a criminosa perdida.

Estranhamente, a ladra não sentiu deleite daquela vez.

O som repentino de botas pesadas descendo as escadas a fez congelar. Ela mal teve tempo de sentar antes de a porta da cabine se abrir e do brilho da lanterna iluminar o jovem ali de pé.

Ele tinha um rosto quadrado e olhos fundos. Seu cabelo comprido e escuro estava afastado dos ombros e sua camisa de algodão pálido estava amassada, com os punhos abertos. Ele não tinha a orelha esquerda, cortada em fúria pelo pai quando tinha apenas cinco anos. Em uma mão, segurava uma garrafa pelo gargalo. Na outra, dois copos de cobre.

O estômago dela se revirou ao vê-lo.

— Kor — Eris disse, forçando um sorriso enquanto baixava a faca.

— Veja só quem está aqui. A pequena ladra pirata de Jemsin. Quatro dias atrasada. — Kor deu um sorrisinho enquanto entrava na cabine, chutando a porta para fechá-la atrás de si. Ele colocou a garrafa e os copos em cima da caixa vazia de suprimentos que ficava no canto. — Está com ela?

— *Ela?* — Eris perguntou, vendo-o abrir o vinho.

Kor parou e olhou por cima do ombro, confuso.

— A pedra que Jemsin mandou você roubar.

Certo. Eris balançou a cabeça. Tinha roubado o rubi do rei tanto tempo antes — já fazia uma semana? — que até esquecera o motivo de Jemsin a ter mandado para Firgaard.

— É claro que estou.

Aquele olhar estranho não abandonou seu rosto até ele virar de volta para o vinho e começar a servi-lo.

— Bom, por que demorou tanto?

Me distraí, ela pensou, enquanto passava lentamente o dedão pelo cabo da faca de Safire.

— Fiz as coisas com calma — Eris preferiu responder. — Não queria esbarrar com a imperatriz de novo. Ou com seus cães.

Quando o pirata se virou e ofereceu um copo cheio de vinho, ela ficou tentada a recusar. Não gostava de aceitar coisas de Kor. Não gostava de dever nada a ele. O pirata tinha uma alma cruel e um pavio curto. Mas Eris recebera ordens expressas de Jemsin de fazer todo o necessário para mantê-lo em sua frágil coleira.

Kor queria Eris para além dos roubos. Portanto, desde que ela permanecesse com Jemsin, Kor também permaneceria. Era um dos motivos pelos quais o capitão a fazia se reportar a Kor com tanta frequência. Mantinha Eris a bordo do navio do pirata, com seu fuso trancado, presa e indefesa até Jemsin a chamar para sua próxima missão.

Agrade-o, Jemsin disse a Eris sem meias palavras. *Mantenha-o próximo.*

Então ela aceitou o vinho que Kor ofereceu.

Mas não bebeu.

Por um instante, Eris se perguntou se seria capaz de colocar um punhado de pó de espinho de cardo no copo de Kor sem ele notar. Fora assim que envenenara os guardas no palácio de Firgaard, o que permitira que entrasse sem ser detectada no tesouro do rei.

— Estive pensando... — Kor sentou na cama, do outro lado dela. Os dedos de Eris apertaram o cobre frio, medindo mentalmente o espaço entre eles. — O capitão parece sempre te mandar para longe quando encontra Leandra.

Eris bebeu, mas só um gole. Só para ter algum lugar para olhar que não fosse o rosto de Kor. Ele a encarava intensamente. Ninguém além de Jemsin sabia quem Eris realmente era: a fugitiva que a imperatriz caçava fazia anos.

Eris e Jemsin tinham um acordo: ele nunca revelaria sua identidade ou a entregaria à imperatriz desde que ela obedecesse às suas ordens. Ela precisava roubar o que ele mandasse. E, mais recentemente, precisava manter Kor sob controle.

Mas a presença do exército da imperatriz, soldados chamados de luminas porque "iluminavam" suas leis, tinha aumentado no Mar de Prata nos últimos anos. Eris temia que Jemsin não fosse capaz de mantê-la escondida para sempre.

Se ela pudesse fugir, já o teria feito. Iria até as ilhas do sul, ou mais longe ainda, só para ficar fora do alcance de Leandra. Para ficar livre e segura.

Mas, nas três vezes em que tentara, o convocador de Jemsin a encontrara. Ele sempre a levava de volta.

— É quase como se Jemsin não quisesse que você e Leandra se vissem — Kor disse, pensativo. — Como se tivesse medo de que ela soubesse quem você é e a tirasse dele.

Eris congelou, levantando a cabeça para o olhar duro de Kor. *Será que ele descobriu quem eu sou?*

Então Kor riu.

— Consegue imaginar? Jemsin perder sua preciosa Dançarina da Morte para a mulher que despreza? Eu pagaria para ver.

Eris tentou relaxar. Kor não sabia quem ela *realmente* era. Pensava nela apenas como a Dançarina da Morte, uma ladra.

— Prefiro pertencer a um pirata do que a um monstro — ela disse.

— Tem alguma diferença? — Kor ergueu seu copo.

Eris se forçou a levantar o dela também, em um brinde.

Os dois beberam.

A ladra limpou o vinho dos lábios e deixou o copo no chão.

— Quem estava na sua cabine esta noite? — ela perguntou, pensando na porta fechada.

Ele levantou uma sobrancelha escura.

— Por quê? Ciúmes?

Eca. Não. Nem em um milhão de anos.

Kor tomou mais um gole.

— Kadenze esteve aqui.

Uma onda de medo a percorreu ao pensar na criatura responsável pelas convocações de Jemsin. Olhos vermelhos. Garras negras. Uma voz tão velha quanto o mar.

Fora Kadenze quem a localizara todas as três vezes em que tentara escapar.

De acordo com o cozinheiro do *Jacinto*, que gostava de contar histórias para Eris quando ela o ajudava a arrumar tudo depois do jantar, Jemsin tinha matado o antigo mestre de Kadenze e ficado com a ave para si. Tratava-se de uma criatura antiga, que aparecia em canções de velhos marujos e que diziam ser capaz de encontrar três coisas: tesouro, inimigos e sangue dos imortais.

— Jemsin quer nos encontrar em Darmoor — disse Kor. — Nós dois.

Outra missão? Aquilo era bom. Manteria Eris longe do mar e daqueles que a caçavam.

Também a manteria longe do alcance de Kor. Ele tendia a não brincar com ela quando uma missão ocupava sua mente.

— O que ele quer dessa vez? — ela perguntou, pegando a faca roubada de Safire e passando os dedos por ela novamente. O aço frio tinha um efeito calmante.

— Não disse. Só falou que nos espera lá amanhã.

Kor continuou falando, mas Eris não estava mais prestando atenção. Porque daquela vez, ao passar o dedo pela faca, encontrou algo novo. Quando levantou a lâmina para vê-la à luz da lanterna, descobriu um relevo no aço: um padrão de flores parecendo fogo.

— Pelas marés, Eris. Está prestando atenção?

Ela tinha acabado de se inclinar para examinar o padrão quando a faca sumiu. Arrancada das suas mãos por Kor.

— Está brincando com o que aí? — Ele apertou os olhos para a faca.

Uma onda de irritação inundou Eris. Ela esticou a mão para a faca. Ele a puxou para longe.

— Devolva, Kor — Eris disse por entre os dentes.

— Cabo ornamentado — ele murmurou, ignorando-a enquanto estudava a arma. — O dono deve ter muito dinheiro, ou pelo menos boas conexões. E o padrão florido é muito bonito. Delicado, dá pra dizer. É uma faca de mulher? — Ele levantou a cabeça para ver se estava correto.

Inexplicavelmente, Eris sentiu suas bochechas ficarem vermelhas.

— De quem é?

— Agora é minha, seu comedor de areia.

Eris saltou para pegá-la. Kor se afastou, levantando da cama.

— Devolva! — ela disse, levantando também. Então hesitou.

Kor tinha duas vezes seu tamanho e sua força. Eris era mais rápida, leve e cheia de truques. Mas a cabine era pequena demais para se movimentar com destreza, e o navio balançava com as ondas, dificultando o equilíbrio.

— Eu devolvo... — Kor sorriu calmo demais, com os olhos intensos demais. — Se você me der algo primeiro.

O estômago de Eris se revirou. Seu corpo zumbia com fúria. Ela sabia o que ele queria.

Também sabia que jamais cederia.

Vendo a resposta no rosto dela, a expressão de Kor ficou mais severa.

— Não tem a menor chance da lendária Dançarina da Morte ter levado sete dias para roubar o rubi. O que você ficou fazendo no resto do tempo? Encontrou um amante?

Um amante? Ela teria rido, mas ele aproveitou o momento para avançar. Com a cama de um lado e a parede da cabine de outro, ela não tinha para onde ir.

Kor segurou sua camisa, puxando-a para junto dele.

Antes que pudesse fazer algo ainda pior, Eris acertou uma joelhada entre suas pernas.

O navio inclinou. Kor tropeçou para trás, deixando cair a lâmina de Safire e fazendo uma cara de muita dor.

— Vaca. — Ele cuspiu a palavra. Eris aproveitou para pegar a faca antes que deslizasse pelo chão. Sua mão tremia enquanto ela segurava o cabo, apontando-a na direção dele. A ladra não era boa com armas, e Kor sabia daquilo. Ele também sabia que, sem o fuso, trancado em uma caixa em algum lugar do navio, ela não conseguiria fazer a travessia.

Com Kor bloqueando a porta da cabine, não havia escapatória.

E o mais assustador era que Eris não estava pensando em todas as maneiras de sair daquilo ilesa. Só pensava no que Jemsin diria.

Kor era esperto, cruel e sedento por poder. Seria um inimigo perigoso caso se voltasse contra Jemsin. Era dever dela manter o pirata cooperando, leal e próximo.

Kor podia machucá-la se colocasse as mãos nela, mas o capitão ia machucá-la muito mais se perdesse seu domínio para o protegido.

— Você não parece tão formidável agora, não é mesmo, Dançarina da Morte? — Kor segurou a maçaneta da porta, ainda fraco do golpe que levara.

Eris manteve a faca firme. As batidas de seu coração vibravam em suas têmporas. Sua respiração estava acelerada.

— Sem aquele fuso, não é nada. Fica indefesa... — Ele deixou aquilo morrer no ar. Sorriu, e seus olhos se iluminaram com uma ideia repentina. — Aquele fuso... Eu imagino o que aconteceria se eu acidentalmente o usasse como lenha.

Eris sentiu um arrepio na espinha.

— Você não ousaria — ela disse, embora a expressão dele dissesse o oposto. — Jemsin ia te matar.

— Ou ia matar você, que seria inútil para ele.

Kor girou a maçaneta. Eris se moveu, se jogando na direção dele. Mas o homem já tinha aberto a porta. O ombro dela bateu com força na madeira enquanto ele a fechava na cara dela. Eris ouviu o som de chaves. Segurou a maçaneta, tentando forçá-la a abrir.

A porta estava trancada.

— Eu voltarei quando estiver tudo terminado — ele disse através da madeira.

A fúria em Eris cresceu como os ventos uivantes de uma tempestade.

E foi então que ela lembrou...

Ainda tinha o grampo no seu cabelo.

Eris não pensou em Jemsin daquela vez, ou em quais seriam as consequências. Só subiu os oito degraus até o convés, com a faca roubada de Safire firme na mão.

O frio úmido transformou sua respiração em névoa. O vento acariciou seu rosto. As estrelas brilhavam, iluminando seu caminho pelas tábuas de madeira.

Ela seguiu Kor até a cozinha do navio. Uma lâmpada a óleo brilhava na mesa enquanto ele empurrava panelas e potes. O homem pegou algo de uma prateleira próxima da escotilha.

Era uma caixa de peltre bruto. Grande o suficiente para conter o fuso dela.

Eris se aproximou com cuidado, silenciosa como uma sombra. Enquanto ele girava a chave na fechadura, ela preparou sua faca. Quando Kor levantou a tampa, a garota atacou, golpeando-o nas costas, logo embaixo das costelas. Ela cravou a lâmina bem fundo e girou. *Com força.*

Kor gritou.

A caixa caiu, levando o fuso junto. Eris arrancou a faca enquanto o pirata se virava para encará-la. Ele tocou a ferida e encarou o sangue encharcando seus dedos enquanto cambaleava, colidindo com a prateleira.

— Como você...?

Eris não prestou atenção, porque estava pegando o fuso. Ela se virou para ir embora, mas ao ver a lâmpada de óleo queimando em cima da mesa parou, pensativa.

Atrás dela, Kor estava gritando de novo. Gritando com ela daquela vez. Ela sentiu o calor de sua raiva. Ouviu-o se impulsionar contra a prateleira e ir em sua direção.

Antes que pudesse alcançá-la, Eris golpeou-o, derrubando a lâmpada de óleo no chão.

O vidro quebrou.

O óleo se derramou.

O chão da cozinha pegou fogo rapidamente.

Diante daquela visão, uma lembrança se acendeu dentro dela. De outra época e outro lugar. De chamas enfurecidas, consumindo o lugar que ela chamava de casa.

Kor cambaleou para trás, para longe do fogo. O movimento afastou Eris da lembrança. Ele a encarou, primeiro confuso e depois com medo.

Eris o deixou lá. Chegou ao convés segurando a lâmina sangrenta em uma mão e o fuso na outra. Poderia ter atravessado então. Provavelmente deveria. Mas outra lâmpada ardia logo acima da cozinha. E havia algo de calmante no caos. Algo quase bonito.

Alertada pelos gritos de Kor, a tripulação começou a cambalear para fora das cabines.

Mas não antes de Eris desenganchar a lamparina e arremessá-la pelo convés.

A lamparina se estilhaçou. O fogo ganhou força, livre do confinamento. Como se estivesse em fúria, devorou as tábuas de madeira, avançando em direção às velas.

Mas nem então Eris atravessou.

Em vez disso, enquanto a tripulação entrava em pânico em volta, ela foi até a lateral do navio, soltou o único barco a remo das cordas e o empurrou para as águas lá embaixo. Do outro lado do convés, seu olhar encontrou o de Rain. O cabelo da imediato era uma confusão vermelha enquanto ela gritava para todo mundo subir e apagar as chamas. Ao ver Eris escapando, os olhos de Rain enegreceram. *Você vai morrer,* ela fez com a boca.

Não essa noite, respondeu a ladra em pensamento, se jogando pela lateral do navio e caindo em um dos bancos do barco. Sentada, ela encaixou os remos nas travas e começou a remar, levando consigo o único jeito de escapar dali.

Eris assistiu à *Amante do Mar* arder.

As chamas vermelhas se deleitaram. A fumaça se curvava no céu, deixando uma trilha que tampava as estrelas. O tempo todo, Eris remava.

Chegaria a Darmoor. E se Jemsin quisesse matá-la... Bem, não seria a primeira vez.

Cinco

Três dias depois, no canto mais escuro de uma pousada barulhenta chamada Papo Sedento, Safire estava sentada sozinha numa mesa. Mantinha o cabelo preto como tinta sob um lenço, não vestia uniforme e suas armas estavam escondidas embaixo das roupas. Ela fez uma careta para o cardo de escarpa em sua mão, com cuidado para não se espetar nos espinhos venenosos, enquanto pensava no seu último encontro com a pessoa que o deixara do lado da sua cama.

Num instante, a ladra estava lá em seu quarto, pega na armadilha. No instante seguinte... havia desaparecido.

A comandante tinha puxado a corda criada com seus próprios lençóis apenas para descobrir que tinha sido cortada. Ela esticara a mão para o espaço onde a ladra tinha desaparecido, mas não havia nada lá.

Mais tarde, considerara a possibilidade de a ladra ser um fantasma. Mas um fantasma não podia roubar uma faca. E houve aquele cheiro estranho, logo que desaparecera. Como o mar em uma tempestade. Poderoso. Carregado.

Desde aquela noite, o palácio tinha estado quieto. Não haviam acontecido mais roubos. Nenhum cardo de escarpa aparecera. Era como se a Dançarina da Morte tivesse se entediado e seguido para roubos mais interessantes. Como se Safire tivesse falhado em atender às expectativas dela. Falhado em *desafiá-la*.

A comandante largou o cardo. Precisava deixar tudo aquilo para trás, como Dax repetira para ela várias vezes nos três dias anteriores. Precisava voltar sua mente para outras coisas, como os rumores de que o pirata mais letal do Mar de Prata estava em Darmoor.

Era por isso que Safire estava ali, e não em Firgaard.

Ela já tinha ouvido histórias sobre Jemsin e as coisas indescritíveis que fazia com seus inimigos (e às vezes com seus aliados). Como torturar prisioneiros até enlouquecerem e devolver pessoas sequestradas com uma mão a menos depois do pagamento do resgate. Ou um olho a menos. Ou um pulmão.

Se o pirata estava em Darmoor, tinha que haver um motivo. Ela precisava descobrir qual era, e se estava relacionado a Dax e Roa pegarem um navio para as ilhas da Estrela no dia seguinte. Uma vez que o rei e rainha estivessem em alto-mar, seriam alvos mais difíceis, já que vários dragões voariam com eles.

Safire estava preocupada com o tempo que passariam no porto.

Durante o dia, ela vasculhara as ruas de paralelepípedos escorregadios da cidade portuária, estudara os navios atracados, ouvira estivadores fofoqueiros e, depois de falhar em conseguir o que fosse, se instalara na pior espelunca que conseguira encontrar e ficara prestando atenção a qualquer sinal de piratas no porto.

Mas ela não ouvira ninguém falando de Jemsin, sua tripulação ou seu navio, o *Jacinto*. Talvez sua fonte tivesse entendido algo errado. Ou talvez fosse apenas um rumor.

Safire virou seu chá, que agora já estava frio, e levantou.

Saía para a rua quando esbarrou no ombro de alguém entrando.

Um cheiro familiar a envolveu. Sal marinho e relâmpagos. Era o mesmo cheiro que preenchera seu quarto na noite em que a ladra escapara pela última vez.

Os passos de Safire desaceleraram.

A Dançarina da Morte? Aqui?

A comandante se lembrou das duas vezes em que deparara com a ladra. Ela tinha olhos verdes penetrantes e baixa estatura. Mantinha o cabelo loiro-claro preso na base da nuca. No primeiro encontro, usava uniforme de soldat. Mas naquela noite no quarto de Safire estava toda de preto. Como uma sombra.

— Diga a Jemsin que seu *cão* está aqui para se reportar, ouviu?

Safire conhecia aquela voz. Era a mesma voz provocadora que a chamara de *princesa*. Seu pulso acelerou.

— Diga você mesma, Eris — uma voz retrucou.

A porta foi aberta e fechada.

Eris? pensou Safire. *Será esse o nome dela?*

Safire virou lentamente. Os degraus do Papo Sedento estavam vazios. Seu coração batia forte no peito. Não só a Dançarina da Morte estava dentro da pousada como Jemsin também?

Ela quase sorriu diante de sua sorte.

Para evitar ser vista pela ladra, por *Eris*, Safire esperou do lado de fora. Por bastante tempo. Finalmente, a comandante refez seus passos até a porta. Descobriria exatamente onde eles se reuniriam naquela pousada e quais eram seus planos. Depois voltaria com seus soldats e capturaria dois criminosos notórios em uma única noite.

Respirando fundo, ela empurrou a porta e seguiu a Dançarina da Morte.

Seis

Quando compreendeu a dimensão do que fizera, Eris pensou em fugir. Tinha esfaqueado Kor nas costelas sem se importar se aquela ferida poderia matá-lo. Tinha tacado fogo na *Amante do Mar* e levado com ela o único barco a remo, sem considerar que talvez parte da tripulação não soubesse nadar. A atitude inteligente seria fugir. Mas, se fizesse aquilo, Jemsin mandaria todos os piratas do Mar de Prata atrás dela, sem falar do seu convocador. Então ali estava, rastejando de volta ao porto como um cão indo até seu mestre. Querendo morder, mas sabendo que isso só terminaria em um chute rápido nas costelas.

Eris se movia como uma nuvem de tempestade pelas ruas ensopadas de chuva de Darmoor. Fazia quase três dias que deixara a *Amante do Mar* queimando no Mar de Prata. Tempo mais do que suficiente para Jemsin saber o que tinha acontecido. Quando ela fechava os olhos, ainda podia enxergar as velas pegando fogo. Ainda sentia o cheiro acre da fumaça nos seus pulmões.

A memória da última vez que tinha visto algo queimar relampejou novamente.

Ela a afastou.

Independente da punição que Jemsin guardava para ela, era melhor resolver aquilo de uma vez.

Eris caminhou pelas lojas, pelos estabelecimentos públicos e pelas lâmpadas a óleo enfileiradas pelas ruas. Cerrou os dentes quando chegou ao Papo Sedento. Karsen estava na frente, facilmente identificável pela enorme barriga de cerveja que parecia um barril e uma barba que parecia estar cultivando pelo menos três tipos diferentes de mofo. Ele grunhiu um olá e abriu a porta. Eris pisou no chão grudento de sabia-se lá o que e esbarrou em alguém que estava de saída. Provavelmente um marujo que tinha gasto seu último pagamento em comida, bebida e mulheres. Ela balançou a cabeça, lamentando. Conhecia bem aquele tipo de gente.

Seu olhar encontrou o de Kiya, atrás do bar, que assentiu discretamente com a cabeça, informando com um pequeno gesto tudo o que Eris precisava saber: Jemsin e o resto da tripulação estavam no andar de cima, no quarto de sempre.

A ladra sorriu em agradecimento e caminhou até as escadas. Mas tinha alguém descendo, bloqueando seu caminho. Assim que Eris viu o rosto, seu coração palpitou e ela deu um passo para trás de Karsen. Uma jovem com um ninho de ratos de cabelos vermelhos e tatuagem de gaivota no braço pálido caminhava diretamente para o bar.

Rain.

Ao vê-la, o peito de Eris apertou. Ela se escondeu nas sombras embaixo das escadas, agachada ao lado de engradados de uísque, enquanto observava Rain falar com Kiya.

Teria a tripulação da *Amante do Mar* sobrevivido ao incêndio? A ideia originou uma onda de alívio nela. Apesar da raiva que sentia de Kor, Eris não queria o sangue dele nem o da tripulação sujando suas mãos. Mas, como Rain tinha chegado a Darmoor junto com ela? Era impossível. A menos que outro navio tivesse visto a *Amante do Mar* queimando e tivesse ido ajudar.

Diabos, pensou Eris.

Ela ouviu Rain falar em "Dançarina da Morte".

Kiya deu de ombros inexpressiva enquanto limpava uma caneca de cerveja e a colocava de volta na prateleira.

— Não a temos visto.

— Tem certeza?

Kiya levantou a cabeça, arqueando uma sobrancelha negra em um movimento que Eris sabia por experiência própria ser dois terços bonito, um terço perigoso. Kiya deu seu sorriso diabolicamente doce.

— Ela costuma ficar naquele lugar do Moll quando está na cidade. Por que não tenta lá?

Rain estudou Kiya intensamente por um longo momento. Depois passou os olhos pelo salão de refeições, grunhiu em agradecimento e foi embora.

Eris saiu de onde estava. Fez uma continência para Kiya, que lhe deu uma piscadela, então subiu a escada, pulando os degraus. O quarto habitual de Jemsin ficava no final do corredor do andar mais alto. Enquanto se aproximava, Eris se alongou, girando pescoço e ombros para tentar se livrar da tensão acumulada no caminho até ali.

Por fim, ela respirou fundo e bateu na porta do jeito que Jemsin havia ensinado todos aqueles anos antes. Quando abriram, o brilho laranja de uma lanterna fez Eris apertar os olhos.

— Boa noite, camaradas — ela disse lentamente, forçando um sorriso preguiçoso ao levantar o braço para bloquear a luz.

Quando a pegaram pela camisa, Eris sabia que não devia tentar resistir.

Eles a puxaram para dentro e bateram a porta atrás dela.

Sete

Foram necessários três puxões fortes antes que a porta abrisse e poeira voasse no rosto de Safire. Ela espirrou, depois se pôs a prestar atenção.

Mas nenhum som vinha do corredor atrás dela.

A comandante soltou um suspiro e entrou na sala. Segurando uma lâmpada, descobriu que ela estava cheia de caixas empoeiradas. Fungou e foi tomada pelo cheiro de vinho velho. Era um depósito de algum tipo.

Safire estudou o teto até seu olhar registrar a portinhola quadrada que levava ao vão.

Depois que tinha ouvido a ruiva no bar mencionar a Dançarina da Morte, Safire pedira uma bebida, procurara pelo cara que parecia estar mais bêbado naquele lugar e fizera as perguntas certas. Todo contente, ele contara para ela sobre seus "dias de glória", como os chamara. Dias em que usava o vão estreito acima do segundo andar da pousada para espiar as clientes se despindo nos quartos.

Safire se forçou a escutar suas histórias repulsivas, mas, agora que estava embaixo do vão, agradeceu silenciosamente ao homem sórdido por ter dado a ela exatamente o que precisava. (Ela prometeu a si mesma que, se algum dia se hospedasse em uma pousada, verificaria com cuidado o teto, e talvez as paredes, antes de tirar a roupa.)

Começou a empilhar caixas. Quando alcançaram altura suficiente, ela escalou até a porta e abriu. Mais poeira caiu. Ela protegeu o rosto com o braço dobrado para conter um espirro, depois puxou o lenço por cima do nariz e da boca. Quando as partículas se assentaram, Safire ergueu a lâmpada e a colocou dentro do vão, escalando logo atrás.

O espaço era longo e estreito, escuro e apertado, e suas palmas logo estavam cobertas de poeira. Ela varreu preventivamente as teias de aranha enquanto testava cada tábua antes de apoiar seu peso nelas, para evitar que rangessem.

Agachada, caminhou até a ponta do vão, parando de vez em quando para escutar as vozes no andar de baixo. Quando ouviu duas vozes discutindo, parou exatamente em cima delas e apoiou a lâmpada no chão.

Safire esfregou a manga nas tábuas, limpando pó e sujeira antes de encostar a bochecha na madeira áspera.

— Eu avisei para não estragar tudo com Kor — grunhiu uma voz masculina, parcialmente abafada pela madeira entre a comandante e o quarto.

Silenciosamente, Safire diminuiu sua lâmpada.

— Não estraguei nada — disse a voz familiar. A que tinha certeza que pertencia à Dançarina da Morte. — Só taquei fogo.

Safire encontrou uma rachadura nas tábuas grande o suficiente para poder enxergar e espiou o quarto. Viu a superfície desgastada de uma mesa logo abaixo dela. Em cima, um objeto esguio de madeira girava e girava, empurrado por dedos longos.

Ali estava a ladra.

— Eu falei para agradar Kor — o homem disse entredentes. — Tentar queimar o cara vivo é exatamente o oposto disso.

Safire tentou entender quantas pessoas estavam no quarto, mas a iluminação dificultava a missão. Enquanto escutava, ela tirou com cuidado uma faca de arremesso do cinto e começou a movê-la entre as articulações dos dedos, um truque que tinha aprendido enquanto participava de uma das reuniões de conselho tediosas de Dax.

— Ele queria algo que eu não pretendia dar.

O objeto de madeira continuava girando.

— Não é assim que o mundo funciona, Eris — o homem grunhiu. — Não importa o que ele queira. Da próxima vez, atenda seu desejo.

— Posso estar em dívida com você, *capitão*, mas não sou sua prostituta.

Uma cadeira foi arrastada pelas tábuas do piso. Com o cabo da faca de volta na palma da mão, Safire viu a cabeça cinza do homem se inclinar por cima da mesa.

É esse o pirata Jemsin?, ela se perguntou.

Ele esmagou com a mão o objeto rodopiante, cessando seu movimento. Um anel prateado brilhava em seu dedo mindinho.

—Você é o que eu disser que é.

E então ele foi para cima dela. Safire se retraiu enquanto o homem colocava a garota de costas, prendendo-a na mesa com uma mão grande em torno do pescoço.

— Não posso me dar ao luxo de carregar um peso morto.

Ele apertou, e o estômago de Safire se revirou. Ela viu a garota chutar e se debater, tentando empurrá-lo. O corpo todo de Safire ficou tenso, e ela estava se preparando para descer e impedi-lo quando lembrou que aquela garota era a Dançarina da Morte. Uma criminosa que, agora a comandante percebia, trabalhava para Jemsin.

Sem contar que o quarto podia estar cheio de piratas perigosos. E Safire estava sozinha.

—Vou dar só mais uma chance para você — Jemsin disse enquanto a Dançarina da Morte se contorcia, tentando cravar as unhas nas mãos dele. — Entendeu?

Finalmente, ele a soltou. A Dançarina da Morte se moveu como o vento, saindo debaixo de Jemsin e aterrissando do outro lado da mesa. Ela puxou o ar, segurando o pescoço. Seu cabelo loiro-claro estava todo bagunçado, e seus olhos pareciam selvagens.

— Tenho um trabalho novo para você — Jemsin disse. — Se fizer o que eu pedir, sua dívida está paga.

A Dançarina da Morte franziu a testa. Tirou as mãos do pescoço.

— Paga? — ela sussurrou. — Como assim, *paga*?

Ele jogou o fuso para ela, que o pegou ansiosamente.

— Faça esse serviço e estará livre. Pode correr até os confins do mundo e não vou te seguir. Não vou nem me importar. Na verdade, vou ficar aliviado de me livrar de você.

Safire se inclinou para mais perto da rachadura nas tábuas, escutando com atenção.

— Mas, se falhar novamente, se me atrapalhar de qualquer maneira, entrego você. Entendeu?

A Dançarina da Morte o observou em silêncio por um instante, como se tentasse descobrir qual era a pegadinha. Finalmente, ela respondeu, ainda cautelosa.

— Qual é o trabalho?

Jemsin afundou de novo na cadeira.

— Capture a garota que chamam de namsara — ele disse. — E a traga para mim.

Safire ficou paralisada, com o corpo todo sintonizado àquele título.

A namsara.

Asha.

O que o pirata mais mortal do Mar de Prata queria com a prima dela?

A Dançarina da Morte comentou alguma outra coisa, mas sua

voz saiu tão baixo que Safire não conseguiu ouvir. Ela se mexeu, tentando escutar. O que fez uma tábua ranger.

O ar esfriou no mesmo instante, e o quarto mergulhou em silêncio.

Safire se manteve quieta enquanto um baque suave ecoava, o som de duas pernas de cadeira baixadas até o chão. Logo depois, entre a rachadura nas tábuas, dois olhos marrons aquosos encararam os dela.

A comandante rolou para trás justo no instante em que uma faca foi enfiada entre as tábuas, por pouco não acertando seu rosto. Quando virou para olhar, a lâmina estava tão perto que sua respiração embaçou o aço.

— Apareça, espiãozinho — Jemsin falou na sua direção.

Safire levantou rapidamente ao ouvir um impacto forte, seguido pelo barulho de madeira rachando. A tábua entre suas botas rachou e subiu, deixando luz brilhar pela fenda e dentro do vão.

O homem gritou uma ordem. Safire não ouviu o que era, já fugindo dali.

Passando por teias de aranha, levantando poeira, tropeçando em coisas no escuro, ela não se importava de estar fazendo barulho suficiente para ser ouvida na pousada inteira. Rapidamente, desceu para o depósito e saltou das caixas empilhadas.

Assim que suas botas encostaram no chão, ela abriu a porta...

E deu de cara com uma pessoa de pé atrás dela.

— Uff.

Mãos ágeis agarraram seus braços. Safire tentou recuar por instinto, encarando dois olhos verdes pontilhados de dourado.

O ar mudou ao seu redor.

Iluminada pelo brilho das lâmpadas, havia uma garota pequena e esguia. Seu cabelo claro e bagunçado estava preso na nuca, e ela cheirava a mar.

— Para onde está fugindo? — A Dançarina da Morte sorriu enquanto seus dedos se esticavam para puxar o lenço escondendo o rosto de Safire. Antes que pudesse fazê-lo, a comandante acionou a faca dobrável escondida na altura do dedão da sua bota e a chutou na canela, cravando a ponta afiada de metal bem fundo na carne.

O sorriso desapareceu enquanto a garota praguejava, tentando segurar a perna.

Safire deu um encontrão no ombro dela para desequilibrá-la. A garota cambaleou para trás, chocando-se com a parede. Enquanto Safire girava e avançava para a porta trancada que dava para o corredor, viu a garota à sua frente outra vez, bloqueando a passagem.

Ela se movia rápido demais. Era impossível.

Safire deu um passo para trás, sacando duas facas.

Os olhos verdes da garota brilharam. Ela perecia um gato selvagem, ágil e perigoso. Mas não carregava nenhuma arma. Pelo menos nenhuma que Safire pudesse ver.

O lenço da comandante abafava sua voz.

— Saia do meu caminho — ela disse.

— Mostre seu rosto e pensarei na possibilidade.

Safire arremessou a primeira faca. Ela acertou a porta do lado da cabeça da garota.

— Esse é seu primeiro e único aviso.

A outra tocou o lóbulo da orelha, onde a lâmina tinha passado raspando. Sua sobrancelha clara se contorceu e ela fez uma careta perplexa.

Safire preparou a segunda faca, mantendo os olhos na oponente.

— Você está presa, querida — a garota disse, enquanto passos ecoavam pelo corredor. Os piratas de Jemsin estavam a caminho. — Não tem para onde ir.

A comandante girou, olhando para a janela. Era pequena, para não falar que ficava a dois andares de altura. Mas ela preferia a janela aos piratas do outro lado da porta.

Safire precisava avisar Asha. Precisava chegar a ela antes de Jemsin.

Mas, assim que começou a caminhar em direção à janela, viu a Dançarina da Morte lá. Bloqueando seu caminho. *De novo.*

Safire grunhiu. Atirou sua faca com o intuito de imobilizar a ladra, mas sem matá-la.

Em uma piscadela, a garota não estava mais lá. O aço bateu no gesso.

Ela reapareceu um segundo depois, mais uma vez de pé diante de Safire.

Aquilo não era natural. Ninguém podia se mover daquele jeito.

— *Demônio* — a comandante murmurou, dando um passo para trás.

Era por isso que a outra não carregava armas? Porque podia desviar de qualquer golpe?

— Não precisa ser rude. — A boca da Dançarina da Morte se curvava no canto enquanto ela avançava para cima de Safire. — Agora, o que está por trás desse lenço que você não quer que eu veja?

A comandante deu outro passo para trás, mas aqueles dedos rápidos puxaram o tecido, revelando o rosto de Safire.

Seus olhos verdes se arregalaram.

— *Você.* — Sua voz baixou para um sussurro. — O que está fazendo aqui?

Pondo um ponto final nisso, pensou Safire. Ela sacou uma terceira faca e pressionou a ponta afiada no pescoço da garota. Suas mãos ágeis se abriram espalmadas enquanto Safire a encurralava na parede embaixo da janela, seu joelho entre as pernas da garota para garantir que não escapasse novamente.

A comandante estava prestes a dar um golpe forte com o cabo

da faca contra a têmpora da outra para derrubá-la quando sentiu uma pontada de dor no pescoço. Como a picada de um escorpião.

Safire piscou.

Ela viu o dardo de cardo de escarpa nas mãos da garota, mas era tarde demais.

Um segundo depois, o quarto balançou. A boca da Dançarina da Morte, torcida em um sorriso cruel, ficou turva diante da comandante.

As pernas de Safire começaram a tremer. Seus dedos, subitamente incapazes de fazer força, soltaram a faca, que caiu no chão. Antes de suas pernas desabarem completamente, um braço foi passado na sua cintura, mantendo-a de pé.

A sala girou. A Dançarina da Morte se agachou por baixo do braço da comandante e passou o braço por cima do seu ombro.

—Você me envenenou — Safire disse, as palavras saindo moles.

— É isso aí, princesa — foi a última coisa que ela ouviu antes que o mundo escurecesse de vez.

Uma transformação

Uma manhã, Crow encontrou a filha do pescador no alto dos penhascos, longe das trilhas, colhendo frutas. Ele a observou reunindo punhado após punhado de bolinhas pretas e colocando-as em sua cesta, mas às vezes em sua boca.

Crow nunca conhecera a fome. Aquilo o deixou curioso.

— Como é o gosto?

Ela virou para encará-lo.

— Nunca comeu?

Ele nunca tinha comido nada. Por que precisaria?

Não lhe contou aquilo.

Ela escolheu uma fruta escura e suculenta e ofereceu a ele.

— Abra a boca.

Crow abriu. Conforme deslizavam a fruta para dentro, seus dedos roçaram nos lábios dele. O suco da fruta, o toque de sua pele... aquilo era como um feitiço. Mudando algo nele. Se antes se sentia satisfeito, uma necessidade dolorosa passou a morder suas entranhas.

Ele tentou se livrar dela. Mas a sensação persistia, rosnando e grunhindo como um filhote de lobo. Cada vez mais alto e feroz dentro de Crow.

Aquilo era fome?

Era perturbador. Ele a deixou nos penhascos com sua cesta de frutas, querendo fugir daquilo. Mas, semanas depois, ou talvez fossem meses, a necessidade o trouxe de volta.

Crow a encontrou em uma casa minúscula de um cômodo com vista para a baía. Estava quente lá dentro. Havia um monte de pessoas vestidas não para pescar ou cuidar de plantações, mas para uma comemoração. Famílias tinham se reunido para uma união.

Skye estava sentada em um banco podre de pinheiro no fundo da sala. Ela segurava com força seu fuso e a lã, e seu olhar estava tão fixo em um ponto diante que nem notou quando Crow sentou.

Ele olhou na mesma direção e encontrou um jovem casal na frente. O jovem tinha o mesmo cabelo escuro como um corvo de Skye e o mesmo queixo teimoso. Ele esticou a mão gentilmente para sua nova esposa, selando sua união com um beijo.

Crow se lembrou da fruta escura e suculenta.

Qual seria a sensação?

Ele olhou para Skye. Viu a mesma curiosidade em seus olhos.

Qual seria a sensação com ela?

Essa era a pergunta que mais o assustava.

Existe perigo aqui, *ele pensou. E fugiu em seguida.*

Oito

Safire acordou no convés de um navio. Embora o mundo ao seu redor estivesse borrado, ela sabia que era um navio porque a madeira embaixo da sua bochecha estava úmida, dava para ouvir os gritos das gaivotas e aquele doce balanço só poderia ser do mar.

Um par de botas pretas entrou em foco de repente. Ao vê-las, Safire sentou e ficou surpresa de perceber que suas mãos não estavam amarradas.

No mesmo instante, ela procurou suas facas, mas todas tinham sido levadas. Até aquela que mantinha escondida embaixo da camisa, amarrada ao torso.

— Muito bem, espiãzinha — disse aquela voz áspera do Papo Sedento. — Bem-vinda ao *Jacinto*.

Jemsin.

Safire levantou a cabeça para encarar os olhos castanhos aquosos de um homem velho o suficiente para ser seu pai. Eram os mesmos olhos que vira no vão um instante antes que uma faca subisse voando pelas tábuas. As marcas inchadas de uma cicatriz atravessavam sua testa por cima do olho direito e havia uma enorme gralha negra de olhos vermelhos pousada no seu ombro. A ave tinha uma fita prateada em volta da perna que combinava com o anel prateado no mindinho de Jemsin.

O capitão pirata olhou Safire de cima a baixo, estudando

suas feições, que eram vários tons mais claros do que as de Dax e Asha.

— Nascida de skrals — ele disse, em tom reflexivo.

Ela ficou tensa, esperando por mais alguma condenação da sua herança mista, um evento quase diário em Firgaard. Mas o capitão apenas deu de ombros, como se aquilo não significasse nada para ele. Como se não tivesse moldado a vida toda de Safire.

— Eris me disse que você é comandante e prima do rei-dragão. Talvez possa me ajudar.

Prefiro me atirar no mar, Safire pensou.

— Que dia é hoje? — ela exigiu saber.

— O dia depois de ontem — ele respondeu, deixando claro que não tinha intenção de dar nenhuma informação a ela antes que lhe contasse alguma coisa.

Safire o encarou.

— É verdade. Meu primo é o rei-dragão e eu comando seu Exército. E é exatamente por isso que você vai pagar caro por esse sequestro.

— Será? — Jemsin sorriu, gesticulando para o horizonte vazio. — Acho que não.

Safire balançou a cabeça.

— Meu rei virá me buscar assim que souber que estou com você.

Jemsin se inclinou à frente, apoiando as mãos nos joelhos, e Safire viu as manchas de sangue em suas unhas. Aquilo deixou um gosto amargo na sua boca.

— Estamos a meio dia de distância de Darmoor, boneca. Partimos à noite sem que ninguém soubesse. Seu precioso rei ainda deve estar acordando, e até ele descobrir onde você está, isso *se* descobrir, não restará muito de você. A menos que coopere.

Safire deu uma olhada rápida em volta, pensando em um plano. A verdade era que ela duvidava muito que Dax fosse capaz de encontrá-la. Mesmo se já tivesse notado sua ausência, como descobriria que Jemsin a sequestrara? E, mesmo se descobrisse, por onde começaria a procurar?

Não podia depender do primo. Ela precisava dar um jeito de escapar sozinha.

Verificou o céu, que estava nublado e cinza. Não dava para dizer exatamente onde se encontrava o sol, nem a direção para a qual navegavam. E, em alto-mar, ela não conseguia dizer a que distância estavam da costa.

— Me diga onde a namsara está — o capitão pirata exigiu.

Safire se virou de volta para Jemsin, encarando-o com a mesma intensidade.

— Me diga por que está atrás dela.

A mandíbula dele ficou tensa. Claramente não gostava de ser desafiado.

—Vou dar mais uma chance a você, skral. Onde está a namsara?

Safire manteve a boca firmemente fechada.

— Se não cooperar, vou deixar minha tripulação te levar para dentro do brigue. E aí tentaremos mais uma vez.

Se ele achava que Safire colocaria Asha em perigo tão facilmente, estava enganado.

Quando ficou claro que ela não colaboraria, Jemsin cerrou os punhos. Ele olhou por cima do ombro de Safire e apontou com seu queixo. Mãos fortes a agarraram e a puxaram, colocando-a de pé. Arrastaram-na por degraus úmidos e podres, por um corredor estreito e escuro, em direção ao que parecia uma enorme jaula com barras de ferro enferrujadas. Lá dentro havia um colchão pequeno e mofado com um balde do lado.

Safire não estava preocupada com a cela. Ainda tinha suas gazuas, afinal. Podia sentir o volume delas escondidas em sua bota.

O problema era o quarto não ter janelas. E ela estar cercada por homens com mãos grandes que a apalpavam.

A comandante já tinha ficado sozinha com aquele tipo de homem antes.

Onde ninguém podia escutar seus gritos.

E não passaria por aquilo novamente.

Ela acertou uma cotovelada nos dentes do primeiro, então quebrou o nariz do segundo. Ambos a soltaram, praguejando, sangrando e cambaleando. Livre, Safire conseguiu pegar as adagas na cintura deles enquanto mais dois apareceram para substituí-los. Ela bloqueou a espada curta do primeiro enquanto atingia o segundo com a faca dobrável em sua bota, fazendo-o uivar de dor. Mas, para todo lado que se virava, havia mais um homem.

Um punho acertou sua bochecha e Safire caiu para trás, tentando se livrar do choque. Ela não viu a bota até tomar o chute no estômago, perder o fôlego e ser arremessada para trás. Sua coluna colidiu numa das barras de ferro da jaula.

Safire viu estrelas.

Eles a empurraram atordoada para dentro da cela.

Ela caiu de joelhos, tentando impedir que o mundo girasse à sua volta.

Sentiu mais do que viu alguém entrar junto com ela. Ouviu o baque da porta sendo fechada depois. De repente, Safire não estava mais lá, no brigue do navio. Estava de volta aos corredores do palácio, estremecendo diante do seu antigo comandante, um homem chamado Jarek, e seus soldats, esperando pelos golpes dos seus punhos, pelas botas que quebrariam suas costelas.

— *Já chega.*

O rosnado a trouxe de volta. Safire levantou a cabeça. A garota de olhos verdes voava escada abaixo se enfiando no meio da multidão que cercava a cela. *A Dançarina da Morte.*

— Saia daqui, Remy.

—Você não é minha capitã — o homem a que ela se referira disse, estalando as juntas dos dedos enquanto sorria de canto de boca para Safire.

Em um piscar de olhos, Eris tinha atravessado a porta e estava dentro da cela, de pé entre a prisioneira e Remy.

Safire a encarou, atônita diante da sua agilidade.

Remy cambaleou para trás, surpreso.

— Pelas marés, Eris. Qual é o seu problema? O capitão disse...

— Mudança de planos. Ordens do capitão.

A ladra não tirou os olhos de Remy, que a encarava. Sem desviar o rosto, ela falou com Safire.

— Levante, princesa.

Safire obedeceu.

Era estranho como aquela garota que parecia um fantasma podia ter autoridade sobre homens tão cruéis. Mais estranho ainda era o capitão mudar suas ordens logo depois de dá-las.

A Dançarina da Morte levou Safire de volta para o convés. A prisioneira estudou rapidamente o horizonte, procurando por referenciais. Mas não havia nada além de mar cobalto e céu cinza.

Antes que Eris a forçasse a descer outras escadas, Safire viu um pequeno barco a remo, amarrado ao lado estibordo do *Jacinto*. Se de alguma forma conseguisse se libertar do seu captor, talvez pudesse usá-lo para escapar.

— Continue andando.

Eris a empurrou por trás e Safire tropeçou, apoiando-se nas paredes úmidas de ripas do corredor para se equilibrar. Morrendo de raiva, o que ela mais queria era virar e atacar. Mas aquela era a Dançarina da Morte: a garota que tinha desviado de todos os ataques de Safire na noite anterior como se fosse feita de vento e luz das estrelas; a garota que passara despercebida pelos guardas do palácio e invadira seu quarto para então desaparecer diante dos seus olhos.

Mesmo se não fosse algum tipo de demônio, mesmo se Safire pudesse dominá-la e escapar, eles estavam em alto-mar. Não havia como escapar em plena luz do dia.

E o mais importante: ela precisava descobrir por que estavam atrás de Asha.

— Para onde está me levando? — Safire perguntou.

—Você descobriria mais rápido se andasse mais e falasse menos — Eris respondeu, cutucando-a para prosseguir e indicando com a cabeça uma porta diretamente à frente. Pouco antes de chegarem nela, Eris a parou pelo braço. Safire se retraiu instintivamente, afastando-se. A mesma faísca de memória se acendeu dentro dela. Jarek. Seus soldats. Todos a machucando. Junto com as memórias veio um pânico muito familiar.

Safire se forçou a ficar calma. Jarek estava morto. Ela era comandante agora.

Podia lidar com aquilo.

— Se comporte lá dentro, princesa.

Safire fez uma careta diante da palavra, pensando na última conversa no quarto dela três noites antes, nas acusações feitas por Eris.

Apesar do que a garota pensava, Safire não tinha direito ao trono. Ela não era uma draksor, não completamente. Era filha de uma skral. Uma *escrava*. E, apesar dos skrals terem sido libertados em Firgaard, a maioria dos draksors não os enxergava como iguais. Não viam *Safire* como igual.

Não existia um mundo em que ela viria a sentar naquele trono. De qualquer modo, ela não queria aquilo. Era o trono de Dax, e Safire planejava mantê-lo lá.

— Deve ter sido ótimo, crescer em um palácio. Ter criados que vestiam, alimentavam e davam banho em você. Ter guardas para te proteger — Eris disse com amargura. Como se a mera ideia, e a ideia de Safire, lhe desse nojo.

Safire pensou em sua infância. Em como nunca a deixavam chegar perto da sua família em eventos formais, em como era proibida de tocar nos primos, em como vivia com medo constante de Jarek e de sua crueldade.

— Na verdade — ela disse suavemente —, foi um pesadelo.

Eris parou, estudando-a.

Safire olhava para a frente.

Finalmente, a Dançarina da Morte abriu a porta e a empurrou para dentro.

O quarto no qual entrou aos tropeços ficava na popa do *Jacinto*, cheio de luz que fluía pelas portinholas. Havia uma grande mesa ornamentada diante dela, cuja lateral fora esculpida em formato de navios, ondas e monstros marítimos. Na superfície, havia um par familiar de botas pretas, cruzadas na altura do tornozelo. Logo além da mesa, estava aquela mesma gralha preta em uma gaiola de filigrana dourada, encarando Safire com seus olhos perturbadores.

— Eris. — O capitão descruzou as pernas e baixou os pés até o chão, olhando da Dançarina da Morte para Safire. — O que está fazendo?

— Salvando você de cometer um erro grave.

Jemsin franziu a testa, inclinando-se sobre a mesa e deixando de lado a pilha de papéis que estava lendo.

— E que erro seria esse?

Eris empurrou Safire mais para perto. A comandante teve que apoiar as duas mãos na superfície da mesa para não desabar em cima dela. Ela fez uma careta por cima do ombro.

A ladra a ignorou.

— Seus homens são brutamontes. Vão matar essa aqui acidentalmente antes de tirarmos algo útil dela. Deixa que *eu* tomo conta dela.

Safire olhou para Eris. *Hein?* Ela não tinha acabado de dizer a Remy que a estava levando sob ordens do capitão?

O rosto abatido de Jemsin não mostrava qualquer sinal de emoção ou decisão enquanto analisava Safire friamente.

— Se deixar a prisioneira comigo — Eris continuou —, vou descobrir a localização da namsara antes do amanhecer.

As sobrancelhas do capitão levantaram. Ele se reclinou na cadeira e cruzou os braços.

— E se não descobrir?

— Eu vou — Eris insistiu. Mas então deu de ombros. — Caso contrário, posso devolvê-la aos piratas.

O capitão cruzou os dedos, pensando.

— Não temos tempo para isso. — Ele balançou a cabeça. — Se ela não cooperar, se não contar a localização da namsara até a *meia-noite*, traga-a para mim. E eu vou mandar um recado bem claro para cada canto do Mar de Prata. — Ele fixou seu olhar em Safire, falando diretamente com ela agora. — A partir da meia-noite, para cada hora que a namsara não vier até você, vou arrancar um pedaço seu. Começando com esses lindos olhos azuis que você tem.

Safire continuou a encará-lo apesar do medo gelado que se espalhava por ela. Naquele momento, ela odiava aquele homem mais ainda do que Jarek. Pelo menos Jarek era leal a algo. Jemsin era menos do que aquilo. Ele usaria a lealdade de alguém contra aquela pessoa.

Jemsin se inclinou para a frente com as mãos nos braços da cadeira, prestes a levantar. Antes disso, falou para Eris:

— Leve-a de volta à prisão.

— Não quero ela no brigue — Eris disse.

O capitão parou.

— Quero ela na minha cabine.

Safire quase engasgou. Ela se virou, chocada, com os punhos cerrados.

— Acho que prefiro o brigue.

Um sorriso lento se formou nos lábios do capitão. Mas a expressão de Eris permaneceu neutra.

O capitão olhou para elas por um tempo.

— Tem certeza disso?

— Confie em mim — Eris disse, com a voz baixa. — Consigo lidar com ela.

Nove

Mãos fortes afundaram a cabeça de Safire na água gelada do barril e a seguraram lá dentro. Seus dedos agarravam a borda, lutando contra a força daquelas mãos. Lutando para levantar a cabeça acima da superfície.

Seus pulmões estavam em chamas. Ela se afogava. Precisava de ar.

E então, como em todas as vezes anteriores, seus torturadores a deixaram levantar.

Safire arfou, respirando, seu peito subindo e descendo enquanto ela segurava na lateral do barril, com o cabelo molhado grudado na cara.

Eris andava de um lado a outro na frente dela, seus passos agitados.

— De novo? — perguntou um dos dois homens que seguravam Safire.

A ladra parou, encarando a prisioneira.

— Não sei. Está pronta para contar a localização da sua prima?

Olhando pela portinhola, Safire podia ver o céu ficando vermelho.

Pôr do sol.

Ela nunca contaria onde Asha estava. Mas a ideia de ser submersa novamente a enchia de pavor. E se não contasse o que Eris queria, a ladra ia entregá-la para Jemsin, que acabaria por matá-la.

Precisava ganhar tempo para escapar e avisar Asha.

— Mande seus homens saírem — Safire disse, com a respiração rasgada enquanto olhava para os dois brutos que a cercavam. — Vamos discutir os termos.

Eris arqueou uma sobrancelha.

— Termos? Acha que isso é uma negociação?

Com a conversa ouvida no Papo Sedento em mente, Safire não desistiu.

— Acho que você está mais desesperada do que deixa transparecer.

Os olhos de Eris brilharam. Ela encarou a prisioneira por um longo momento, decidindo seu próximo passo, então se dirigiu aos piratas.

— Prendam-na. Depois nos deixem a sós.

Os piratas prenderam os punhos de Safire a grilhões frios ligados a um anel de ferro no teto. Quando a tranca fez o clique, a prisioneira viu que as correntes não eram longas o suficiente para abaixar os braços. Ela puxou, mas seus punhos só conseguiam descer até a altura da testa.

Eris gesticulou para os homens saírem, mandando-os embora da cabine.

— Você é desprezível — disse Safire, assim que a porta foi fechada e elas ficaram sozinhas.

A ladra caminhou até a mesa sobre a qual um mapa tinha sido desenrolado.

— O sentimento é mútuo, princesa — ela respondeu, esticando a mão para um pacote de fósforos próximo de uma lamparina apagada.

Safire cerrou os dentes.

— Para de me chamar assim.

Eris removeu a chaminé de vidro da lâmpada a óleo e girou a roda para levantar o pavio.

— Prefere que chame você de *comandante*? — Ela acendeu o fósforo, acendeu o pavio e então ajustou a chama. Depois de apagar o fósforo com um sopro, recolocou a chaminé de vidro e se virou para Safire. O brilho dourado iluminava seu rosto enquanto falava. — Diga então, *comandante*. Gosta de obrigar as pessoas a fazer sua vontade? Fica satisfeita quando seguem suas ordens sem pestanejar?

O trabalho de Safire não era dar ordens, e sim manter o rei e a rainha em segurança. Manter Firgaard, sua casa, em segurança. E cuidar de cada soldat sob seu comando.

— Não é isso que *você* faz? — Safire encarou Eris, pensando na conversa ouvida naquele vão. — Seguir as ordens do capitão sem pensar?

Eris a olhou com raiva.

— Meus soldats são livres para partir quando quiserem — Safire prosseguiu. — Eles ficam porque são leais.

— Lealdade — resmungou Eris entre os dentes — é um luxo a que a maioria de nós não pode se dar.

Ela disse aquilo de um jeito muito prático. Como se acreditasse mesmo.

Pelo mais breve momento, Safire se perguntou como seria. Não ser leal a ninguém e não ter ninguém leal a você.

Pensar naquilo a deixava triste.

A comandante rapidamente mudou de assunto.

— Por que quer tanto encontrar minha prima?

— Não quero.

— Por que seu capitão quer, então?

A ladra abriu a boca para responder, mas acabou não falando nada.

— Que tal um jogo? — ela disse, juntando as mãos. — Para cada resposta que eu der a você, você me dá uma em troca.

Safire franziu a testa e se encostou na parede da cabine, com os punhos presos acima da cabeça.

— Eu conto por que o capitão quer sua prima *se* você me disser onde ela está.

Safire nunca faria nada do tipo.

Mas aquilo lhe deu alguma esperança. Se a ladra não tinha ideia de onde a namsara estava, seria muito mais fácil oferecer uma pista falsa.

— Mesmo se soubesse onde ela está — Safire disse —, eu nunca contaria para uma pirata.

— Não sou uma pirata.

Safire estreitou os olhos.

—Você anda com eles. — Ela olhou sua captora de cima a baixo, estudando a camisa de algodão amarelada e as calças sujas. — Você parece com uma pirata. Até cheira como uma pirata.

A ladra deu um passo para trás, puxou o colarinho da camisa e deu uma fungada. Ela torceu o nariz e soltou o tecido.

— Vamos lá, princesa. É apenas questão de tempo antes que Jemsin cumpra sua ameaça. Ele vai te usar para atrair sua prima, viva ou morta.

— E o que vai fazer quando ela chegar? — Safire perguntou.
— Ele não sabe que Kozu está sempre com Asha? Jemsin e sua tripulação não são páreo para o mais antigo e feroz dos dragões.

— Um dragão pode ser derrubado — Eris disse simplesmente.

— E vocês vão derrubar Kozu com o quê? Uma rede feita de velas?

Como se estivesse entediada com a conversa, Eris sacou uma faca — uma das facas *dela*, a comandante notou com fúria incandescente — e começou a limpar as unhas. Era justamente a faca que Eris roubara de baixo do travesseiro de Safire.

—Tem doze arpões a bordo deste navio — Eris disse.

O peito de Safire se apertou. Ela não achava que Kozu aguentaria doze arpões. Guardou a informação. Se não pudesse escapar, pelo menos tentaria encontrar os arpões e jogá-los no fundo do mar.

— E o rei? — Safire continuou. — Sou a comandante do exército dele. Não acha que esse exército virá atrás de mim assim que Dax souber onde estou?

Eris sorriu de canto de boca.

— O exército do rei está em Firgaard, a léguas de distância. Levaria uma semana para nos alcançar, isso *se* tivesse navios e habilidades de navegação em um clima favorável. — Ela olhou para Safire com ceticismo. — Aposto que não tem nenhuma dessas coisas.

Safire abriu a boca para defender seus soldats. Mas Eris estava certa: era um exército, não uma frota.

— Escuta. — Eris baixou a faca. — Essa não foi uma ameaça vã. Vi com meus próprios olhos Jemsin mutilar homens, pedaço por pedaço.

Safire não se importava. Só queria impedir que Jemsin descobrisse o paradeiro de Asha.

Ainda assim, se não dissesse *algo*, seria usada como isca para atrair sua prima para uma armadilha.

— O que ele vai fazer com ela? — perguntou.

Os olhos de Eris brilharam, animada por Safire começar a entrar no jogo. Ela se inclinou para trás, apoiando-se na mesa logo atrás, e deu impulso para subir nela, deixando suas pernas balançarem.

— Jemsin não sequestra pessoas sem motivo. Então ou ela fez alguma coisa para provocá-lo ou é valiosa para alguém.

Até onde Safire soubesse, Asha nunca encontrara um pirata. Mas, se fosse o segundo caso, para quem ela seria valiosa? Não era mais uma fugitiva. Depois que a lei contra regicídio fora anulada, Asha tinha sido perdoada por matar o pai, o antigo rei-dragão. Não havia mais um prêmio pela sua cabeça.

— Se ela for valiosa para alguém, ele vai manter sua prima viva — Eris continuou. Puxando seus pés para cima da mesa, ela descansou os braços nos joelhos e se inclinou à frente. — *Você*, no entanto, corre muito mais perigo. Se não desembuchar, Jemsin não vai hesitar em te retalhar. E duvido muito que sua prima queira te ver morta. Mais importante do que isso: você não vai ter utilidade para ela se morrer.

Por que você se importa? Safire se lembrou da conversa que ouviu, escondida no vão. Jemsin tinha oferecido a Eris liberdade em troca da namsara. O que não fazia sentido para ela. Eris era a lendária Dançarina da Morte. O que manteria uma garota capaz de atravessar paredes e desaparecer quando quisesse presa ao capitão pirata?

Safire descartou a pergunta. Não importava naquele instante.

— Presumindo que eu saiba onde ela está, o que impede você de me matar assim que eu contar? — Safire perguntou, sem qualquer intenção de fazer aquilo.

Eris revirou os olhos. Como se não conseguisse acreditar no amadorismo da sua prisioneira.

— A única pessoa que vai matar você é Jemsin. E isso se você der informações falsas a ele. — Ela olhou para Safire duramente, em tom de aviso. — Eu não mato.

— Não — disse Safire num tom sombrio, lembrando-se dos barris de água. — Só tortura.

Eris levantou as mãos inocentemente.

— Salvei você de muita dor hoje. Os piratas de Jemsin têm métodos muito menos gentis.

Ela estava sugerindo que aqueles métodos eram gentis? Parecia inacreditável.

— Respondi duas das suas perguntas — Eris disse, endurecendo a voz. — É hora de responder uma das minhas. Onde está a namsara?

Safire desviou o olhar, pensando naquele barril de água. No pânico crescente e no momento em que tivera certeza de que seus pulmões explodiriam. Não podia passar por aquilo novamente. Precisava dar algo a Eris.

— Asha está a caminho de Firefall — ela disse, calmamente.

Eris congelou, seus olhos fixos nos de Safire.

— Não sei se ouvi você direito.

Tinha algo em sua voz. Um aviso para não mentir.

Safire virou o rosto e encarou aqueles olhos verdes, ignorando o suor acumulando na nuca.

— Minha prima está voando para Firefall. É uma cidade a oeste de Darmoor, governada por...

— Eu sei o que é — Eris a interrompeu. — Está dizendo a verdade?

A verdade é que Asha tinha voltado de Firefall havia algumas semanas.

— Ela está construindo uma escola — Safire continuou, encobrindo sua mentira com fatos. — Uma escola para preservar as histórias antigas e reconectar draksors e dragões. A biblioteca de Firefall tem uma das maiores e mais velhas coleções de histórias antigas existentes. Asha foi até lá para reuni-las e trazê-las de volta.

Tirando o detalhe de que aquilo já tinha acontecido, o relato era verdadeiro.

Finalmente, Eris parou de estudá-la. Guardando a faca de Safire no cinto, a garota levantou.

Ela se aproximou da comandante, que ficou imediatamente tensa e acionou a lâmina no pé da bota. Eris olhou para baixo, claramente relembrando a dor daquela ponta afiada cravada na sua canela.

— Tente esse truque de novo — Eris disse — e vou arrancar suas botas.

Safire congelou. Suas gazuas estavam escondidas na bota esquerda. Precisaria delas para ter alguma chance de escapar dos grilhões. Então, obedientemente, ela guardou a lâmina e deixou a garota se aproximar.

Eris a estudou. Safire a estudou de volta.

A garota era incrivelmente bonita. Bonita e graciosa.

Eris tocou no queixo dela. A pele de Safire incendiou com o toque, e ela afastou o rosto de repente.

Aqueles olhos verdes se estreitaram, mas a voz de Eris saiu suave.

— Quem machucou você?

— O que quer dizer? — Safire falou, bem baixo.

— Qualquer um pode ver que você tem medo de ser tocada.

Isso não era exatamente verdade. Safire só não estava acostumada com pessoas encostando nela. Tinha passado a maior parte da sua vida sem contato físico por causa do sangue skral da sua mãe, que corria nas suas veias.

Antes de Dax virar rei e mudar tudo, libertando os skrals e abolindo as leis injustas que os governavam, Safire só era tocada por pessoas que queriam machucá-la ou puni-la. Por isso, algo simples como o roçar de uma mão, vindo de alguém que ela não conhecia e com quem não se sentia confortável, podia atingi-la com a força de um relâmpago.

— Quem machucou você? — Eris perguntou novamente.

Safire pensou na noite da revolta. Na faca que tinha cravado no coração de Jarek.

— Não importa — ela sussurrou. — Ele está morto.

Eris fez uma careta infeliz e deu um passo cauteloso para trás.

— Pois bem então — disse, estudando sua prisioneira como se fosse um quebra-cabeça. Deu meia-volta e caminhou para a porta. Antes de abri-la e atravessá-la, parou e olhou para trás, por cima do ombro. — Remy está mais para a frente nesse mesmo corredor. Então não tente nada.

O jeito como ela falou parecia menos uma ameaça e mais um aviso sincero.

A porta se fechou, deixando Safire sozinha com a lâmpada, cuja chama queimava baixa. Ela escutou a tranca. Escutou os passos desaparecendo pelo corredor.

Seu estômago roncou. Não se alimentava desde que seguira Eris até o Papo Sedento.

Safire esperou um bom tempo. Quando teve certeza de que Eris tinha ido embora, puxou a perna para cima, para que suas mãos presas pudessem alcançar dentro de sua bota. Precisou de algumas tentativas, mas seus dedos finalmente chegaram à aba escondida entre o couro e a panturrilha, e ela soltou as gazuas.

Com as mãos presas, Safire levou mais tempo do que de costume para destrancar os grilhões. Mas, assim que conseguiu, ela se moveu pela cabine tenuamente iluminada, indo para perto da mesa. Com cuidado, esticou a mão até a lâmpada, ajustando-a até a chama arder mais forte, de modo que pudesse enxergar. Em seguida, Safire começou a inspecionar a cabine.

Primeiro, procurou por suas facas, vasculhando entre calças e camisas dobradas nas gavetas. Passou os dedos meticulosamente pelas tábuas do chão e da parede, tentando achar compartimentos secretos.

Quando ficou claro que não havia armas na cabine, procurou por algo que pudesse ser usado como uma. Mas tudo o que encontrou foi uma bússola enferrujada em uma gaveta. Safire a colocou no bolso.

Onde você guarda seus segredos?, ela se perguntou, pensando na ladra de cabelos claros como a lua. Parecia estranho que o lugar em que uma pessoa dormia não tivesse nenhum rastro da sua identidade.

Pensando na noite em que a Dançarina da Morte entrara no seu quarto e roubara sua faca de arremesso, Safire se aproximou da cama, que era praticamente apenas um colchão irregular sobre uma estrutura de madeira bruta. Ao procurar embaixo dos travesseiros, encontrou um fuso simples de madeira. Ela o pegou e passou o dedão em admiração pelas suas curvas lisas.

De repente, Safire ouviu passos trovejando pelo corredor.

Seu olhar voltou-se para a porta, e seu coração acelerou. Alguém a tinha ouvido? Visto a luz da lâmpada?

Antes que fosse pega no flagra, Safire devolveu o fuso ao lugar, diminuiu a chama da lâmpada e retornou aos seus grilhões, fechando-os em torno dos punhos.

Mas os passos vieram e foram.

A porta não se abriu.

Safire apoiou o salto da bota na parede, e as correntes dos seus grilhões fizeram ruído. Ela fechou os olhos, tentando pensar no que fazer.

Asha certamente estaria no scrin àquela altura, sem saber do perigo que ia ao seu encontro. Dax e Roa já deviam estar em pânico por causa da ausência de Safire. Se tentassem perseguir o navio de Jemsin, como ela sabia que fariam, a chegada deles nas ilhas da Estrela seria retardada. Não era um bom jeito de começar a aliança com a imperatriz.

Ela precisava escapar, encontrar Asha e avisá-la. As duas então poderiam encontrar Dax para juntos contar à imperatriz a respeito dos piratas à espreita nas águas. Safire tinha certeza de que a imperatriz enviaria sua frota atrás deles e mandaria o navio para o fundo do mar.

Ela tinha uma bússola no bolso. Sabia que as ilhas da Estrela ficavam a noroeste de Darmoor.

Só precisava de um barco para chegar lá.

Anseio

A filha do pescador estava com dezessete anos quando ele a reencontrou. Ela tinha descido até a costa e estava raspando cracas do casco do navio do pai quando sentiu uma ondulação no ar, como se alguém tivesse acabado de passar de outro mundo para este.

De que mundo ele vinha, ela mal podia imaginar. Mas, quando estava ali, ele parecia flutuar no limiar das coisas. Às vezes um homem, às vezes uma sombra.

Ela baixou sua lixa e prestou atenção.

O vento pinicava suas bochechas. As gaivotas gritavam sobre a água. Os espíritos do mar tinham desaparecido das rochas íngremes na base dos penhascos e ido para águas mais calmas.

Uma tempestade se aproximava.

Observando os zimbros, a garota não viu ninguém. Seu olho bom foi de um lado para o outro entre as árvores. Ela estava prestes a prosseguir com sua tarefa quando viu uma sombra negra entre as rochas cinza e íngremes.

Crow. Escuro como a parte mais profunda da floresta, insubstancial como um espectro.

— Você é um fantasma? — ela perguntou em voz baixa, colocando seus pensamentos para fora enquanto voltava a raspar cracas.

— Não. — A voz dele saiu alta e clara como um sino. Bem do lado dela.

A garota estremeceu. Mas não de medo.

— Então o que você é? — ela perguntou, ainda concentrada no trabalho. *— Não é um homem.*

— Tem certeza?

A resposta dele a surpreendeu tanto que o raspador escorregou e ela se cortou.

Sangue brotou. A garota largou a lâmina na areia e encarou o brilho rubro que se espalhava pela palma de sua mão.

Ele respirou o nome dela. Sua forma sólida desapareceu enquanto a escuridão se acumulava em torno da garota, fechando-a num casulo de noite.

Onde um instante atrás existia dor, agora não existia nada. A pontada em sua mão foi extinta como uma chama apagada.

O vento rugiu em seus ouvidos mais uma vez. As gaivotas e o mar voltaram.

Ela encarou a própria palma. O sangue havia sumido. A pele não estava mais aberta. No lugar do corte havia uma cicatriz fina e limpa.

De cabeça erguida, ela o viu sólido diante de si. Ao alcance do seu toque.

— Obrigada — ela sussurrou.

Um sorriso de satisfação alterou a boca normalmente severa dele. Ao vê-lo, alguma coisa dentro dela mudou.

Sua pulsação acelerou. Ela estudou aqueles olhos negros e límpidos. Profundos como o mar. Em todos os seus anos de amizade — era amizade aquilo? Ele era seu amigo? — a garota nunca tocara em Crow.

Como ela ansiava por aquilo.

Mas assim que levou seus dedos até o rosto de Crow, ele recuou. Assustado.

Ela insistiu, afastando-se do barco. Encostou na bochecha dele e sua pele se aqueceu. A garota o encarou. Seu corajoso olho bom buscava os dois olhos dele.

Eles estavam tão próximos agora. Os dedos dela deslizaram pela nuca dele.

Os olhos dele pareciam selvagens e incertos, sua respiração estava irregular.

A garota puxou o rosto dele gentilmente para perto do seu, conduzindo-o até ela.

Antes de seus lábios se tocarem, o pai gritou o nome dela, chamando-a para dentro por causa da tempestade.

Crow recuou, e disse com a voz tensa:

— Não podemos fazer isso. Você não entende o que sou.

Ele derretia diante dela. Voltava a ser sombras. Estava fora do seu alcance.

Skye deu um passo em sua direção.

— Não me importo.

— Mas deveria.

Ela soltou o ar, irritada.

— O que você é então?

— Nada de bom — ele sussurrou.

E então se foi.

A garota se encostou no casco do barco do pai, sentindo-se mais fria do que o mar.

Dez

Depois de usar o fuso para desenhar uma linha brilhante, as névoas subiram. Eris entrou nelas e atravessou.

Seus passos ecoaram fortes enquanto caminhava pela névoa branca, seguindo o caminho sob as estrelas. Alguns instantes depois, estava diante de uma porta azul em arco, com uma maçaneta. Ela a abriu e entrou no silêncio perturbador do labirinto. O fuso sempre a levava para aquele mesmo lugar, entre mundos. Um lugar que Day lhe mostrara como usar quando ela era apenas uma criança. *Um lugar para se esconder,* ele dissera na época.

Assim que Eris começou a perambular pelos corredores com vitrais, sentiu a presença estranha do fantasma a seguindo. Por hábito, passou o dedão pelas curvas e pelos sulcos familiares do seu fuso. Quando era mais nova, gostava de pensar no objeto como uma espécie de talismã, que a protegia do fantasma no labirinto. Mas anos de travessia tinham ensinado que ele era inofensivo. O fantasma gostava de segui-la, o que era perturbador, mas nunca tentara feri-la.

Ela passara a ignorá-lo, então se esquecera de que ele estava lá.

— Parece que temos uma longa noite de investigação pela frente — Eris falou para o fantasma, indo até uma porta. Sempre precisava prestar atenção no caminho que fazia. Caso contrário, o labirinto poderia confundi-la, prendendo-a ali por horas ou enviando-a de volta para o ponto de partida.

O fantasma não disse nada. Mas Eris sabia que ele a ouvia.

Havia quatro portas, cada uma levando para um lugar diferente. A primeira porta, que era usada mais frequentemente, levava à *Amante do Mar,* o navio de Kor que tinha queimado; a segunda levava ao *Jacinto*; a terceira, a mais recente, levava ao palácio de Firgaard; e a última estava diante dela agora. Pintada de ouro e com uma maçaneta de latão, levava a Firefall, uma cidade rica à beira-mar para onde Jemsin enviava Eris na maioria das suas tarefas. Uma cidade que, por acaso, estava infestada de espiões da imperatriz.

Ela quase destruíra aquela porta depois da última visita, meses antes, quando fora flagrada roubando quatro luminas. Antes que ela pudesse sacar seu fuso, os soldados a alcançaram e colocaram algemas de aço de pó estelar nela, uma forma de tortura pela qual os luminas eram bem conhecidos. O metal corrosivo não apenas roía pulsos humanos, mas por algum motivo impedia Eris de atravessar.

Ela descobrira aquilo quando fora jogada em uma cela temporária antes que a mandassem de volta para as ilhas da Estrela. Com as algemas de aço de pó estelar nas mãos, Eris tentara usar o fuso... mas nada acontecera. Se Jemsin não a tivesse encontrado e massacrado os guardas, ela estaria nas mãos da imperatriz. Ou morta.

Eris estremeceu diante do pensamento.

Mas Jemsin não ia parar de mandá-la para Firefall só por causa de um incidente com alguns soldados. Se ela destruísse a porta dourada, acabaria tendo que criar uma nova. E Eris só podia criar portas a partir de algo que pertencia ao lugar para o qual abririam. Fora preciso meses para obter o material necessário para criar aquela porta, que levava para os arquivos reais de Firefall.

Então Eris achara melhor mantê-la, e agora era grata pelo seu bom senso. Tamborilando os dedos na faca roubada em sua cintura, ela pensou na informação que Safire tinha lhe dado.

—Vamos ver se ela é mentirosa — Eris disse para o fantasma.

Ele não respondeu.

A ladra segurou a maçaneta, abriu a porta e atravessou.

Um lugar só dela

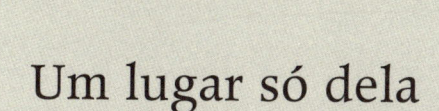

Uma noite, Crow ouviu Skye chorar. Tentou não ouvir. Tentou permanecer afastado. Mas o som do seu pesar era como um gancho dentro dele. Puxando e puxando até que cedesse.

Crow a encontrou escondida nas rochas, fora do campo de visão do cais, e sentou ao lado dela.

Skye levantou as mãos vermelhas e marcadas para mostrar a ele.

— Estão doendo — ela disse. — Mas papai precisa de mim nos barcos e na raspagem. E minha mãe precisa de mim para lavar e cozinhar. — A garota encarou os próprios dedos, infeliz, e ergueu a cabeça. Seus olhos estavam cheios de lágrimas. — O que eu não daria por apenas um dia de calma, paz e descanso. Um dia sozinha com meu tear.

Crow podia oferecer a ela mais do que apenas um dia.

Sendo assim, ele começou a trabalhar, construindo um lugar para Skye. Um lugar secreto, entre seu mundo e o dela, onde a garota poderia tecer sozinha, em silêncio. Crow criou um tear para ela. Encheu cestas repletas de fios de cores vibrantes para que Skye nunca ficasse sem material.

Criou portas que a ajudariam a ir de um lugar para outro — o cais, a casa, os penhascos, o mercado —, para que tivesse tempo para descansar.

E então criou uma chave. E a disfarçou como um fuso.

— Você pode escondê-lo entre suas ferramentas — ele disse.

Skye visitava seu tear secreto frequentemente, e vê-la tecendo alegrava Crow. Ele gostava da paz no seu rosto enquanto seus dedos trabalhavam. Do modo como sua boca se curvava quando ela terminava. Crow tinha dado um bom presente a ela. E saber disso fez um sentimento completamente novo brilhar dentro dele.

Felicidade.

Embora às vezes Crow visse a fome no olhar dela quando o voltava para ele, e às vezes ele próprio sentisse um anseio o mordendo por dentro, por um tempo, aquilo era o suficiente.

Onze

Quando a porta abriu, Safire se sacudiu e levantou. Encontrou Eris parada. Seu rosto parecia pálido e fino, sua boca era uma linha dura, seus ombros estavam caídos de exaustão. Era como se tivesse caminhado uma centena de quilômetros em um dia.

Mas eles estavam no meio do mar, então aquilo era impossível. Não era?

Em uma mão, ela segurava um prato coberto; na outra, uma taça de vinho. Colocou os dois na mesa, em cima do mapa, a poucos metros de Safire. Passou a mão no rosto, acendeu as lâmpadas e fechou a porta.

— Com fome, princesa?

O estômago de Safire roncou em resposta, e ela amaldiçoou seu corpo por entregá-la tão facilmente.

Eris a estudou.

— Vou considerar isso um "sim". — Subindo na mesa, ela descobriu o prato e mostrou um pão com cara de velho, algo que lembrava arenque defumado e uma maçã. — O capitão está com suas chaves. — Ela assentiu para os grilhões que mantinham os punhos de Safire presos ao teto. — Então vou ter que te dar a comida.

Aquilo soava terrivelmente humilhante. Mas o estômago de Safire se contorcia de fome. Então ela não disse nada enquanto a

Dançarina da Morte levantava, rasgando o pão dormido e mergulhando-o em vinho.

Eris deu um passo em direção a ela, erguendo uma sobrancelha.

Com os braços nas laterais da cabeça, Safire abriu a boca, encarando-a duramente.

— Se você me morder — Eris disse enquanto colocava o pão molhado de vinho entre os lábios de Safire —, vai se arrepender.

Safire mastigou o pão. Quando ela engoliu, Eris repetiu o movimento. E de novo.

O vinho começou a aquecer Safire. Depois de passar tanto tempo sem comida, sua mente logo ficou meio turva.

— Está tentando me embebedar? — ela sussurrou na rodada seguinte.

Eris sorriu um pouco, mas não disse nada. Só levou o próximo pedaço de pão encharcado de vinho até os lábios da outra.

Safire abriu a boca. Eris empurrou a comida para dentro, seus dedos roçando nos lábios da prisioneira. O toque foi como uma faísca, e Safire puxou o lábio inferior, na defensiva.

— Fui até Firefall hoje.

Safire parou de mastigar. *O quê?* Aquilo era impossível. O navio não tinha mudado de curso. Até onde podia dizer, ainda estavam no meio do Mar de Prata. Não era nem perto da cidade costeira de Firefall.

—Você mentiu — disse Eris, levantando a cabeça para encará-la. — Sua prima partiu semanas atrás.

Safire engoliu, perdendo a fome de repente. Preparou-se para algum tipo de golpe. Um ataque em retaliação.

Em vez disso, Eris fez uma pergunta.

— Por que fez isso? — Ela baixou as mãos, e seu olhar buscou o de Safire. — Eu disse a você que ele ia te matar se mentisse.

Eris parecia realmente confusa. Como se não pudesse entender por que alguém arriscaria sua vida por outra pessoa.

— Se eu dissesse a verdade — Safire explicou —, você ia caçar minha prima e arrastá-la para o monstro que chama de capitão. É claro que eu menti.

Eris abriu a boca para responder, então parou. Ficou calada por um instante, encarando a portinhola. Tinha escurecido do outro lado.

— Prometi a Jemsin que localizaria namsara até esta noite. — Ela voltou ao prato e arrancou outro pedaço de pão. — Você precisa me contar onde ela está. *Agora.*

Safire não disse nada.

Eris cerrou os dentes.

— Se não me der a informação de que preciso, não terei escolha além de te arrastar para a cabine do capitão.

Safire desviou o olhar, mas não em desafio. Eris parecia realmente preocupada com ela. Como se não quisesse que fosse ferida por Jemsin. Como se ela se *importasse*.

Não se engane.

A comandante se lembrou do acordo que a ladra firmara com Jemsin no Papo Sedento. Asha era a chave para o que quer que mantivesse Eris presa ao capitão pirata. Seu temor pela vida de Safire era um fingimento, uma estratégia para manipulá-la, de modo a deixar Asha nas garras de um monstro. Tudo para que Eris pudesse se libertar.

— Nunca — Safire murmurou. Um ódio por aquela garota desprezível ardia forte dentro dela.

O rosto da ladra brilhou de irritação.

— Tudo bem, então. — Ela começou a andar de um lado ao outro. — Vamos supor que você não me conte. Digamos que espere uma chance e consiga escapar esta noite, o que não vai acontecer.

Para onde iria, princesa? Estamos no meio do Mar de Prata. — Ela começou a enumerar argumentos em seus dedos. — Você não sabe para que lado fica a terra firme. Nunca navegou. Aposto que nem sabe nadar.

Safire manteve o rosto cuidadosamente neutro. As últimas duas afirmações eram verdade. Mas ela sabia a direção da terra, graças à bússola em seu bolso.

— Quer mesmo que eu arraste você para a cabine de Jemsin neste instante?

Safire levantou o queixo e encarou sua captora.

— Acha mesmo que eu colocaria Asha em perigo para me salvar? — A mera ideia enojava Safire. — Você é desprezível.

O ar esfriou com aquelas palavras. A expressão de Eris endureceu.

É isso aí, ela pensou. Era o momento em que a ladra soltaria as algemas e entregaria a prisioneira para Jemsin.

Mas Eris continuou a alimentá-la, dando-lhe o pão, o peixe e a maçã. Tudo. Só que fazia aquilo em silêncio, com um olhar tempestuoso e os lábios pressionados em uma linha dura.

Quando só restavam no prato ossos de arenque e um miolo de maçã, Eris o cobriu.

— Você tem até o amanhecer para mudar de ideia — ela disse. Em seguida, atravessou o quarto e foi para a cama, levando a lâmpada com ela.

Safire franziu a testa. *Hein?*

— Convenci Jemsin a esperar até o nascer do sol para que você pensasse melhor.

— Por quê?

— Estive me perguntando a mesma coisa — Eris disse. — Talvez porque esteja cansada demais para ver o capitão arrancar seus olhos esta noite.

Eris desamarrou a camisa e se despiu, dando a Safire uma visão completa de sua cintura afunilada, das curvas do seu quadril, das sardas em seus ombros.

Safire sentiu um calor repentino.

Vinho demais, ela pensou, desviando o olhar enquanto Eris vestia uma camisa solta.

— Tem uma tempestade se aproximando — Eris disse. — Me acorde se ficar enjoada. — Afundando na cama, ela tirou suas botas, depois a calça. — Não quero que vomite no chão do meu quarto inteiro.

Ela não esperou pela resposta de Safire. Só apagou a chama na lâmpada, deitou-se e virou de costas.

Safire esperou a respiração da outra ficar mais profunda e regular. Quando teve certeza de que a garota estava dormindo, soltou-se dos grilhões e, sem olhar para trás, escapou silenciosamente do quarto.

Ladras não eram as únicas boas em abrir fechaduras.

Doze

O BARCO GEMIA E RANGIA enquanto Safire cambaleava ao longo do corredor estreito. A cada passo que dava, parava e se apoiava na parede úmida, equilibrando-se enquanto o barco tentava derrubá-la com o balanço.

Os degraus estavam molhados. Quando chegou ao convés, ela se deu conta do motivo. A chuva chicoteou seu rosto e seus braços, ensopando suas roupas e se acumulando nos seus cílios. Relâmpagos iluminavam as nuvens furiosas acima, dando a Safire uma visão momentânea do convés, que estava vazio. Havia apenas um homem de guarda, encarando o mar, de costas para ela.

Sob a luz fraca das lâmpadas do convés, Safire caminhou até estibordo, onde mantinham o barco a remo. Suas roupas tinham grudado no corpo. Seus dentes chacoalhavam de frio. O navio balançou e uma onda cobriu o convés, submergindo-o completamente, molhando Safire até os joelhos e quase a derrubando.

Pensando que estava tudo acabado e que eles iam afundar, ela se jogou para o lado e segurou com força.

Mas o navio se reergueu, incólume, e logo o convés estava livre de água.

Quando um relâmpago brilhou no céu, Safire olhou para as ondas em vez de tentar chegar ao barco a remo. Enormes e negras, elas batiam contra o casco do navio, tão altas quanto as muralhas do palácio.

Seu estômago se revirou. Ela se forçou a ignorar o enjoo, segurando com mais força na madeira molhada.

O que estou fazendo?

Safire não sabia nadar. Nunca tinha remado antes, muito menos no meio de uma tempestade. Ela enfiou a mão no bolso, tocando a face lisa de vidro da bússola que tinha roubado enquanto tentava reunir coragem.

Preciso avisar Asha, ela pensou. *E essa pode ser minha única chance.*

Ela tinha a bússola. Sabia que o scrin ficava em algum lugar das ilhas da Estrela, localizadas a noroeste. Só precisava subir no barco a remo, descê-lo até a superfície da água e...

Mais uma vez um relâmpago brilhou no céu.

Safire ficou paralisada de medo, encarando o caos cor de tinta lá embaixo.

No três, ela disse para si mesma. *No três, você vai subir no barco e cortar as cordas.*

Safire enxugou os olhos ensopados de chuva.

Um...

Inspirou fundo.

Dois...

Dobrou os joelhos, pronta para saltar por cima da lateral.

Três!

Antes que pudesse saltar, alguém segurou seu braço, pressionando os dedos com força.

—Você enlouqueceu?

Safire endireitou a postura.

—Vire.—A voz de Eris lutava contra a chuva.—Bem devagar.

Safire manteve uma mão na madeira para que o navio sacolejante não a jogasse por cima da balaustrada, então obedeceu.

De pé diante dela sob a luz fraca da lâmpada a óleo, Eris tinha o cabelo claro colado no rosto, com chuva escorrendo pela pele.

Estava com a faca de arremesso roubada na mão, apontada para o peito de Safire.

A comandante se pressionou contra a lateral do navio, esperando Eris arrastá-la de volta para o quarto.

Mas a ladra soltou seu braço. Seu olhar parecia perfurar o de Safire enquanto se aproximava. Algo tinha mudado nela. Mais cedo, a Dançarina da Morte dava a impressão de estar cansada e exausta, mas agora parecia totalmente desperta.

Seus olhos verdes estavam mais vivos. Sua pele brilhava como a luz das estrelas. Seu sorriso era perigoso.

Ela parecia... mais do que humana.

Safire deveria estar pensando na melhor forma de arrancar aquela faca da mão dela. Mas não conseguia parar de olhá-la.

O que você é?

Eris olhou para o barco a remo e então para as ondas lá embaixo.

— Essa tempestade vai te esmagar, princesa. — Ela olhou para Safire como alguém olharia para uma criança que acaba de fazer alguma idiotice.

Como se achasse a tentativa de fuga *bonitinha*.

Uma indignação ardeu em Safire. Ela acionou a lâmina na bota, planejando chutar, pegar a faca e saltar para o barco a remo.

Antes que pudesse fazer qualquer coisa, uma voz grave e grunhida se fez ouvir.

— Que tocante.

Eris ficou tensa.

Safire olhou por cima do ombro da ladra e viu três pessoas de pé no convés. À luz das lâmpadas a óleo, ela conseguia enxergar um jovem e duas mulheres.

Além de Eris, a comandante não tinha visto nenhuma mulher na tripulação. O homem que estava de vigia agora lutava com um invasor. Antes que pudesse alertar a tripulação da chegada dos outros piratas, ele foi derrubado no convés, saindo do campo de visão de Safire. Se estava morto ou inconsciente, ela não sabia.

— Largue a faca.

Eris e a comandante se entreolharam, a primeira tentando transmitir um aviso enquanto obedecia à ordem. A faca de Safire quicou nas tábuas de madeira e deslizou pelo convés quando o navio sacudiu novamente.

Assim que Eris recuou um passo, virando-se para encarar os três invasores, Safire notou a enorme silhueta próxima do convés a sota-vento.

Outro navio?

Ela olhou do segundo navio para o jovem agora de pé na sua frente.

— É tão bom te ver vivo, Kor — Eris disse. — Onde conseguiu o navio?

— Foi um presente de alguém que acredita em mim — respondeu o jovem. — Encontre-o — ele disse, virando-se para uma das mulheres que o acompanhavam. Ela assentiu e desapareceu nos degraus que levavam à galé escura, voltando um instante depois com um fuso. O que ficava escondido embaixo do travesseiro de Eris.

Ao vê-lo, o corpo todo da ladra ficou tenso.

Safire se lembrou do seu primeiro encontro com a lendária Dançarina da Morte. Eris estava disfarçada de soldat. As duas tinham se esbarrado, e Eris deixara seu fuso cair. Sem saber quem ela era na época, Safire o pegara e devolvera.

Kor inclinou a cabeça, estudando a comandante à luz das lâmpadas. Safire o estudou de volta. Ele tinha perdido uma orelha, e seu cabelo molhado estava preso numa trança. Seu rosto estava marcado pelo que pareciam ser cicatrizes recentes de queimadura, vermelhas e com bolhas. Ele se comportava de forma tensa. Sua boca se mantinha torcida numa careta, como se cada respiração causasse dor. Aquilo fez Safire se perguntar se havia outros ferimentos escondidos por baixo das suas roupas.

O barco balançou de repente, e a comandante quase escorregou. Sua faca deslizou lentamente pelo convés, saindo do seu alcance.

— Peguem-na — Kor disse, então se virou para Eris. — Eu cuido desse demônio.

Ficou claro que ele não estava atrás de Safire, e sim da Dançarina da Morte. Talvez, se a comandante pudesse convencê-lo de que a ladra era sua inimiga também e de que ela e Kor estavam do mesmo lado, ele a deixasse ir embora. Por isso, quando as piratas foram para cima dela, Safire não lutou. Deixou que a arrastassem pelo convés, até sota-vento, onde uma delas colocou uma tábua de madeira para servir de ponte entre os dois navios. O espaço entre as embarcações tinha a extensão de três cavalos, e a tábua de madeira não era mais larga do que a bota de Safire.

—Você primeiro — disse a voz no ouvido dela logo antes de empurrá-la.

Suas mãos apertavam a madeira úmida. Estava escorregadia.

Safire encarou as ondas furiosas e engoliu em seco.

— Devagar e tranquila — disse Eris, cujas mãos estavam presas à frente do corpo. Kor tinha um punhado do cabelo loiro dela em uma mão e uma adaga pressionando seu pescoço na outra. Eris encarou Safire. — Um passo de cada vez.

A comandante subiu na tábua.

O barco balançou e rangeu, e Safire quase caiu para trás. Ela abriu bem os braços e lutou para se equilibrar, fazendo exatamente o que Eris dissera: dando um pequeno passo de cada vez. Pensou em Asha. Em como precisava sobreviver para poder avisá-la. Em como só precisava chegar ao outro navio.

A chuva chicoteava. As ondas rugiam. Os barcos subiam e desciam com as ondas. Seu pé deslizou mais de uma vez; e, mais de uma vez, ela achou que fosse cair. Mas Safire sempre reencontrava o equilíbrio. E então ela estava no convés do outro navio, com mãos a segurando. Ficou tão aliviada de estar viva que não se importava com o toque dos seus sequestradores ardendo como fogo. Nem se importou quando a arrastaram para baixo do convés e a jogaram no chão com tanta força que a dor fez seus joelhos vibrarem.

Safire contou os piratas na cabine, avaliou as armas deles e localizou as saídas. Depois se manteve atenta a seus captores. Precisava fazer todo o possível para permanecer viva. Se quisesse convencer os piratas de que estava do lado deles, primeiro precisaria parecer submissa.

Então ela ficou de joelhos, ganhando tempo.

Eles arremessaram Eris ao seu lado no chão. As palmas da ladra atingiram o piso com um forte impacto, e ela sacudiu o cabelo, espalhando chuva pelo ar.

Estavam em uma cabine comprida, com metade do tamanho do navio e janelas amplas de ambos os lados, onde se via a chuva caindo. Tochas ardiam a intervalos de cerca de um metro, mantendo o local iluminado.

No convés acima deles, alguém deu a ordem para partir.

Parecia estranho para Safire que aqueles piratas tivessem invadido o navio de Jemsin, sequestrado apenas um de seus tripulantes e uma prisioneira, e então partido tão rapidamente quanto tinham chegado.

Por quê?

O som de botas ecoando fez Eris recuar instintivamente. De relance, Safire notou que a ladra encarava o chão, parecendo perfurar a madeira com seu olhar. Era como se estivesse tentando pensar num jeito de sair dali.

— Quem são eles? — Safire sussurrou.

— Piratas — Eris sussurrou de volta.

Muito útil, pensou Safire.

— O que eles querem?

E por que você já não deu o fora?

Ela pensou em Eris naquela última noite em Firgaard: num instante estava bem na sua frente, no outro havia desaparecido. Independente de como tinha escapado de Safire naquela noite, certamente Eris poderia fugir daqueles piratas da mesma forma.

Eris não respondeu à pergunta de Safire, porque naquele momento botas pararam na sua frente. Ela cerrou os dentes antes de levantar a cabeça.

— Achou mesmo que eu não viria atrás de você? — Kor disse. Ele segurava o fuso, apertando com tanta força que Safire tinha certeza de que o racharia ao meio. — Depois que incendiou meu navio e fugiu?

Safire não gostava do jeito como ele olhava para Eris. Ela já tinha visto aquele olhar antes em outros homens. Possessivos e famintos.

— Sinceramente — Eris disse, encarando-o —, achei que talvez você tivesse morrido.

O rosto de Kor ficou mais sombrio. Ele passou o fuso para um dos piratas ao lado, fazendo careta por causa de alguma dor oculta, então pegou Eris pelos cabelos.

— É ela? — ele perguntou, olhando para Safire. — A vagabunda com quem você estava em Firgaard?

Safire sentiu todos os olhares na cabine se voltarem para ela.

Com eles, veio uma constatação repentina.

O quê?, ela pensou, chocada.

— Não — Safire disse. — Pelos deuses, não. — Ela olhou pra Eris, cuja camisa molhada estava colada no corpo esguio. Fios de cabelo cor de trigo grudavam em sua pele pálida. — Nem em uma centena de anos.

A ladra se recusou a encará-la.

— Vocês duas pareciam muito íntimas no convés de Jemsin. Não achou, Rain? E você, Lila?

Safire olhou para a primeira mulher, alta e musculosa, com um ninho de cabelos ruivos e um pássaro tatuado no antebraço.

— Muito íntimas — disse Rain, encarando-as intensamente.

Lila cruzou os braços e deu um sorriso de canto de boca para Safire.

— Puro amor.

A comandante precisava deixar claro que não estava de maneira nenhuma associada à criminosa.

— Eu estava tentando escapar — disse, balançando a cabeça com repulsa. — Ela me *sequestrou*. Depois me torturou. Teria deixado Jemsin me matar amanhã de manhã se vocês não tivessem invadido o navio e nos tirado de lá.

Rain e Lila se entreolharam.

O barco fez uma descida brusca e o estômago de Safire se revirou.

— Por favor, Kor — Eris disse, mantendo as costas retas ao se ajoelhar enquanto o encarava. — Acha mesmo que sou do tipo que corre atrás de princesas mimadas?

Um silêncio estranho tomou a sala enquanto olhares eram trocados.

— Isso é verdade? — Kor perguntou, observando a comandante. — Você é uma princesa?

O olhar de Safire encontrou o de Eris, que era afiado como uma lâmina.

— Não sou — ela começou a dizer.

— Ela é prima do rei-dragão — a Dançarina da Morte a interrompeu. Safire olhou com raiva para Eris, que a ignorou. — Jemsin a encontrou espionando e a levou como prisioneira.

— É mesmo?

Kor analisou os olhos azul-claros e a pele bronzeada de Safire. Sem dúvida, estava comparando-a ao que sabia a respeito da linhagem do rei. Ou das feições doas draksors em geral. Mas Safire nunca tinha se parecido com seus primos. Nunca tinha se parecido com ninguém no palácio. Não *pertencia* àquele lugar, um fato do qual havia sido lembrada por toda sua vida. Um fato que ela podia ver claramente nos olhos de Kor.

— Não me importo com quem ela é — Kor decidiu, sacando sua adaga. — Acho que está na hora de fazer uma troca, não concorda? Você me feriu, Eris. Agora vou ferir sua queridinha.

— Eu não sou...

— O que deveria tirar dela? — disse Kor, interrompendo e rodeando Safire. Eris não disse nada. — Uma orelha? Uma mão? Pode escolher, ladra.

Com seu plano inicial indo para o buraco, Safire olhou de relance para o cabo de faca que aparecia saindo da bota do pirata. Se ela conseguisse pegá-la...

Eris suspirou, quase preguiçosamente, então balançou a cabeça.

— Esse é o seu problema, Kor. Leva tudo para o lado pessoal.

Ele apertou mais ainda a arma.

— Vamos ver o que aconteceria — Eris insistiu. — Digamos que você esteja certo e que eu tenha me apaixonado perdidamente por uma princesa de Firgaard. — Ela revirou os olhos. — Digamos que seja verdade. Então, por estar com raiva de mim, você a mutila. — Eris fez uma pausa. — E aí o quê?

Kor estreitou os olhos, mantendo a adaga levantada.

— Primeiro — Eris continuou, levantando um dedo gracioso. Safire viu que suas mãos estavam algemadas —, você vai enfurecer

Jemsin. Ela é prisioneira dele, e pode ter certeza de que o capitão vai vir atrás de você quando der por sua falta. Segundo... — Eris levantou outro dedo. — Você vai ter todo o exército de Firgaard, sem falar naquela prima dela, a que tem o dragão, atrás de você.

Safire encarou Eris. Ela tinha dado exatamente aqueles motivos a bordo do navio de Jemsin. Mas Eris os refutara sem pensar duas vezes.

Ela está tentando me proteger?

Safire não podia pensar naquilo. Tinha que manter em mente que Eris ainda precisava encontrar Asha e entregá-la para Jemsin. E apenas Safire sabia onde a prima estava. Nada tinha mudado. A Dançarina da Morte era apenas uma garota desesperada protegendo seus próprios interesses.

— Talvez você consiga escapar deles por um dia ou dois — Eris continuou. — Mas aí o dragão vai reduzir você e seu navio a uma pilha de destroços, ou você pode acabar passando o resto da sua vida miserável na prisão do rei. — Ela sorriu para Kor, com os olhos verdes brilhando. —Você decide. Mas pelo menos *pense* antes de fazer algo idiota.

Os olhos de Kor brilharam. Ele segurou Eris pela camisa e pressionou a ponta da lâmina na garganta dela. Sua mão estava firme, mas seu olhar era febril.

A ladra não gritou. Nem desviou o olhar.

Mas Safire notou o tremor nos seus ombros.

Também notou que sob a fúria constante de Kor fervia a insanidade rubra do desejo. Ela pensou no desejo que Jarek sentia por Asha. Na necessidade de tê-la ou machucá-la.

Kor nunca teria Eris. Safire via aquilo claramente no rosto da garota. O que significava que ele também via.

Naquele momento, ela sabia que o pirata não hesitaria em rasgar a garganta de Eris.

Antes que ele pudesse fazê-lo, Safire se intrometeu.

— Conheci um homem como você uma vez.

O fogo nos olhos de Kor hesitou. Ele virou o rosto queimado para a comandante, sem aliviar a pressão da lâmina na pele de Eris.

— Seu nome era Jarek, e ele comandava o exército do rei. Quando mandava, as pessoas obedeciam. — Safire sentiu as lembranças escuras querendo rastejá-la. Só que, daquela vez, deixou que o fizessem. — Ele achava que podia ter o que quisesse. E o que não conseguia ter ele tentava destruir.

Kor estreitou os olhos na direção dela.

— E por que eu deveria me importar com esse homem?

Safire levantou o rosto para encará-lo.

— Por que enterrei uma faca no coração dele.

No silêncio da cabine, o navio rangeu.

O desejo de Kor desapareceu. Algo muito mais perigoso tomou seu lugar. Ele empurrou Eris, que caiu para trás. De canto de olho, Safire viu a garota tocar a garganta, depois estudar o sangue na ponta dos seus dedos.

Kor se agachou diante da comandante, deixando seus rostos na mesma altura e tão próximos que ela podia ver as feridas abertas na pele recém-queimada.

—Vou te contar uma coisa sobre a preciosa Dançarina da Morte de Jemsin. Sabe aquela garota ali? — Ele assentiu na direção de Eris. — É uma inimiga da imperatriz. Sete anos atrás, ela incendiou um templo cheio de gente. Metade eram crianças. Ninguém escapou.

Safire se afastou de Eris. *O quê?*

Ela sabia que a Dançarina da Morte era uma ladra. Mas uma *assassina?*

— Quem te contou isso? — A voz de Eris saiu tensa como uma corda.

Kor levantou.

— Uma criança de onze anos que queima um templo, matando dezenas, e consegue escapar das hordas de luminas a caçando... Que consegue escapar deles por *sete anos*... Uma garota comum não poderia fazer isso. — Ele entrelaçou as mãos às costas e começou a andar em círculos em torno de Eris. — E tem também a questão de que Jemsin a manda embora toda vez que vai se reunir com a imperatriz. Como se não quisesse que ela a visse. — Kor parou de andar em círculos e olhou para baixo, para o topo da cabeça dela. — Eu juntei as outras peças sozinho. Venho juntando faz um tempo já, na verdade. Planejava guardar seu segredo... mas aí você queimou a *Amante do Mar*.

Eris encarava o chão intensamente.

— Foi Leandra quem nos ajudou. Foi ela quem me ofereceu esse navio. — Ele gesticulou para a cabine em volta. — Se eu lhe devolver a fugitiva, ela vai me dar uma recompensa volumosa o suficiente para comprar uma frota inteira de navios. Sabe o que isso vai significar para mim? *Liberdade*, Eris. Chega de viver na sombra de Jemsin. Chega de ir e vir como um cão na coleira. Logo não vou ser apenas capitão da minha própria embarcação, mas da minha *frota*. E então vou ser o pirata mais poderoso do Mar de Prata. — Kor cerrou o punho. — É melhor rezar para aquele seu deus esta noite. Porque amanhã estaremos nas ilhas da Estrela.

Safire levantou rápido a cabeça. *As ilhas da Estrela*. Era lá que Asha estava. O que significava que, uma vez que chegassem às ilhas, tudo o que precisava fazer era escapar e achar um jeito de chegar ao scrin.

Uma leve faísca de esperança a animou.

Eris congelou ao seu lado.

— É isso mesmo — Kor disse, sorrindo de canto de boca. — Vou entregar você para os luminas.

Safire viu o fantasma de uma garota o encarando através dos olhos de Eris. Desde a menção às ilhas, seu rosto tinha ficado pálido.

O navio balançou. Uma onda de náusea varreu Safire novamente. Ela plantou as mãos no convés, tentando ignorá-la.

Rain puxou-a para que ficasse de pé, então marchou com ela escada acima, passando pela tempestade e pelo convés escorregadio, depois desceu por um corredor estreito. Rain a arremessou numa cabine do tamanho de um armário, depois jogou Eris junto.

Assim que trancaram a porta, o navio balançou outra vez. O estômago de Safire se revirou. Ela se apoiou na parede.

— Eu...

Vou passar mal.

Eris a encarou severamente. Bem antes de Safire vomitar.

Treze

Safire passou a noite só querendo se encolher e morrer. Eris passou a noite batendo na porta, exigindo um balde. Finalmente levaram um para ela. Agora Safire o segurava, vomitando o jantar: a maçã, então o arenque, e por fim o pão molhado em vinho. Ela vomitou até não ter mais nada além de bile saindo. O tempo todo Eris segurou seu cabelo.

O mar acabou se acalmando, e o estômago da comandante se acalmou com ele. A cabine minúscula tinha um cheiro acre e era iluminada por uma única lanterna no alto da parede. Safire tinha razoável certeza de que as duas estavam sentadas em seu vômito. Tremia de exaustão, e sua garganta parecia inflamada.

Em algum lugar acima dela, ouviu Eris batendo na porta novamente, daquela vez pedindo água. Ouviu o ranger da porta abrindo, seguido de uma troca de palavras ríspidas. Então o calor de Eris voltou para o seu lado, perto da parede.

A Dançarina da Morte abriu a jarra que recebeu e passou para ela.

— Beba.

Safire pegou a jarra, inclinou e engoliu a água fria.

— Por que fez isso? — Eris perguntou.

A comandante limpou a boca no punho.

— Fiz o quê?

Eris encarou a parede à sua frente.

— Agora há pouco. Com Kor. Ele ia me punir e você desviou sua atenção. Por que faria isso?

Safire lia as entrelinhas. *Por que me proteger depois que sequestrei você e a entreguei para o pirata mais letal do Mar de Prata? Depois que fiz você ser torturada?*

— Eu não sei — Safire disse.

Mas ela sabia.

Sabia o que era estar à mercê de homens cruéis. Ela e seus primos ainda guardavam as marcas do seu terror. Era por isso que Jarek estava morto.

Safire tinha parado de tolerar abuso havia muito tempo.

A ladra ficou quieta ao lado dela. Girava os punhos, como se estivesse agitada, e pela segunda vez Safire notou as algemas.

No silêncio crescente, pensou nas coisas ditas por Kor.

— É verdade que você queimou o navio dele?

Eris inclinou a cabeça para trás, descansando-a nas tábuas da parede. Aquela criatura luminosa de outro mundo que a encontrara no convés de Jemsin tinha desaparecido. No seu lugar havia uma garota exausta. Se ela se importava de estar coberta pelo vômito de Safire, não demonstrava.

— Claro que queimei. — Eris sorriu um pouco ao dizer isso. — Nunca fiquei tão feliz de ver algo arder em chamas.

Mas uma coisa era queimar o navio de um homem cruel. Outra era incendiar um templo cheio de inocentes.

— E o templo com as crianças? — Safire perguntou. — Foi responsável por isso também?

O sorriso de Eris desapareceu. Seus olhos verdes ficaram sombrios enquanto desviava o olhar. A vergonha estava marcada nas linhas duras do seu rosto.

— Sim — ela disse em voz baixa.

A horrível verdade se infiltrou em Safire. Subitamente com calafrios, ela se afastou da assassina.

Se Eris era uma fugitiva, se era capaz de um feito tão terrível, então ela precisava ser entregue à imperatriz para cumprir a sentença por seus crimes e, o que era mais importante, nunca encontrar Asha.

A ladra balançou os punhos de novo, dessa vez cerrando os dentes com dor.

Safire olhou rapidamente para baixo. Aquelas algemas eram bem diferentes das que Eris usara para prendê-la no navio de Jemsin. Pareciam quase elegantes. Dois círculos finos de aço pálido e prateado.

Notando a atenção da outra, Eris escondeu as mãos nas sombras de suas pernas cruzadas, mas não antes de Safire ver a pele em torno de um dos punhos. Onde o aro encostava, a pele era branca como gelo.

— O que são essas marcas? O que tem de errado com seus punhos?

— Nada — Eris disse.

Era óbvio que havia alguma coisa; as algemas a machucavam.

— Me deixa ver.

— Vai por mim, princesa. Não tem nada que possa ser feito.

— Já falei para você parar de me chamar assim.

Safire puxou uma mão de Eris com força para fora das sombras e colocou-a sob a luz da lanterna na parede. Para sua surpresa, a outra deixou. Segurando o antebraço dela, que estava estranhamente frio, Safire virou a palma da mão da outra enquanto inspecionava seu punho.

Ela já tinha visto pele marcada de branco daquele jeito uma vez, no deserto onde ficava sua casa. De noite, no mar de areia, a temperatura ia muito abaixo de zero, e quem não estivesse preparado acabava congelando.

— Ulceração de frio — ela murmurou.

— Algo assim. — Eris puxou a mão e ergueu os dois punhos. — A algema é de aço de pó estelar.

Safire nunca tinha ouvido falar naquilo.

— É uma arma — Eris explicou. — Usada pelos luminas. Ou, nesse caso, Kor. Que fez algum tipo de acordo com eles.

Luminas. O nome dado à classe militar das ilhas da Estrela. Safire tinha ouvido histórias sobre os temíveis soldados que a imperatriz usava para manter a ordem nas ilhas e patrulhar suas águas.

Mas ela nunca tinha ouvido falar de aço de pó estelar.

— Eles usam aço de pó estelar em todas as armas. — A boca de Eris se contorceu. Um olhar assombrado voltou ao seu rosto. Com os punhos ainda erguidos, ela encarou as algemas. — É um metal corrosivo que... — Safire percebeu que ela deixou de lado o que estava prestes a dizer. — Ele consome tudo o que toca. Pode levar anos ou... dias. Depende.

— Depende do quê?

— Da substância. Outro metal, por exemplo, levaria mais tempo para ser corroído.

Uma sensação gelada se espalhou por Safire enquanto ela estudava a pele branca como neve embaixo dos círculos.

— E carne humana?

— Três dias. No máximo.

Safire tentou imaginar como estariam os punhos de Eris em três dias. Primeiro, a carne seria corroída. Depois, o músculo embaixo. E finalmente os ossos.

— Essas algemas vão decepar suas mãos — ela sussurrou.

O silêncio de Eris confirmou aquilo.

Safire ficou enjoada, e não por causa do mar revolto. Tentou dizer a si mesma que não importava se Eris perdesse as mãos. Que a garota não merecia sua piedade. Que era do pior tipo de criminoso. Certamente merecia aquele destino.

Ainda assim, Safire procurou nas algemas prateadas uma fechadura ou tranca. Algo que pudesse ser arrombado. Mas não havia nada. Um único círculo de metal liso prendia os punhos de Eris.

— Como abre e fecha? — ela perguntou.

— Não tem isso — disse a ladra.

E então Safire viu: um pino forjado a frio.

Só um ferreiro poderia retirar aquelas algemas.

Um adeus

Certo dia sombrio, o mar mudou. Crow sentiu uma coisa terrível e poderosa se movendo embaixo das águas. Sentiu algo antigo e familiar clamando por ele.

Caçando-o.

Crow manteve sua distância da filha do pescador, atraindo a atenção da entidade para longe de Skye e suas ilhas. Mas ele não era mais a criatura poderosa que já tinha sido. Anos caminhando com Skye o haviam mudado.

Então, quando seu perseguidor se aproximou, Crow se escondeu. No fundo da floresta, ele se forçou a esquecer a força nas mãos calejadas e ásperas de Skye. A mirada de seu único olho bom e o anseio que despertava nele. Em seu esconderijo, Crow se forçou a lembrar quem ele realmente era: uma criatura antiga feita de escuridão.

Uma divindade das sombras.

Crow saiu para enfrentar seu perseguidor, algo tão antigo e cruel quanto ele. Uma deusa do mar.

— Por muito tempo você ficou perdido — ela disse, chamando por ele de um jeito doce. — Volte para mim.

Quando o Deus das Sombras se recusou, ela atacou.

Ambos batalharam por sete dias e sete noites. Lutaram com tempestades, redemoinhos e monstros. E, com cada golpe, o Deus das Sombras se lembrava um pouco mais de si mesmo.

Por fim, ele levantou e desferiu um golpe devastador. Em choque e derrota, a deusa do mar caiu de joelhos diante dele. O Deus das Sombras estava de pé por cima dela, levantando um punho para terminar o trabalho.

Mas, antes de golpear, uma lembrança veio à sua mente: Skye na canoa do seu pai, desenganchando um peixe com ovas e devolvendo-o ao mar.

Ao encarar sua inimiga, uma sensação nova e gentil se alastrou por ele.
Piedade.
O Deus das Sombras impediu sua mão.
Percebendo o gesto, sua inimiga fugiu.
Muito tempo depois, quando Crow voltou a si mesmo, seu primeiro pensamento foi para Skye. Estaria segura? Quando foi buscá-la, ele lentamente se deu conta de que não tinham se passado sete dias enquanto guerreava com a deusa do mar, e sim sete anos.

Certamente a garota mortal o tinha esquecido.
— É melhor assim — ele disse.
Mas precisava saber.

Que mal poderia fazer caminhar pela baía, passar pelo cais de seu pai, subir os penhascos uma última vez, para garantir que ela estivesse segura?

Puxando a escuridão à sua volta, Crow partiu. Só observaria de longe. Não iria atrás dela.

Mas, conforme se aproximava da casa de Skye, ouviu a música. Sentiu a alegria da dança. E então, preenchido por uma curiosidade que tinha tentado arduamente extinguir, uma curiosidade dada a ele por Skye, chegou mais próximo do que deveria.

Era o dia mais longo do ano, e o vilarejo comemorava. Ele a encontrou imediatamente na multidão de pessoas dançando. Ela usava um vestido branco sem mangas que terminava logo abaixo dos joelhos, e uma coroa de pequenas flores azuis na sua cabeça. Estava de mãos dadas com um homem. Ele sorria enquanto dançava com Skye, como se ela fosse tudo que mais amasse no mundo.

O rosto dela estava mais velho, seu cabelo estava mais comprido. Caía em torno dela como folhas de outono enquanto Skye e o homem giravam e giravam, rindo.

Não estavam comemorando o dia mais longo do ano. Estavam comemorando um casamento.

O casamento dela.

Se Crow tivesse um coração humano, ele teria se partido.

Subitamente, os olhos dela encontraram os de Crow.

Skye parou de dançar.

O tempo pareceu parar enquanto se encaravam. O rosto dela ficou pálido enquanto seus lábios formavam seu nome.

Crow precisou de toda a sua força para dar as costas. Para todos eles. Tinha sido um erro. Ele nunca deveria ter ido ali. Não pertencia ao mundo dela, assim como ela não pertencia ao dele.

Já estava nas árvores quando ouviu passos familiares. Fechou os olhos, tentando não escutar. Reuniu a escuridão em torno dele, tentando se esconder nela.

Mas Skye o encontrou. Como sempre fazia.

— Onde está indo?

As palavras o fizeram parar, enraizando-o à terra de um jeito que só ela sabia fazer. Havia dor em seu peito. Como se tivesse algo pesado lá batendo no mesmo ritmo das ondas na costa.

Ele não se virou. Não conseguia encará-la.

— Faz sete anos — ela sussurrou, e ele ouviu o tremor em sua voz. — E você decide voltar hoje... entre todos os dias?

De repente, ela estava do seu lado. Na sua frente.

— Agora está indo embora novamente. Sem nem dizer oi.

Ele cobriu o rosto com as mãos.

— Eu não deveria ter vindo — sussurrou.

— Então por que veio? — Suas palmas da mão atingiram os ombros dele. Crow cambaleou para trás, soltando os braços, chocado com a força dela.

Eles se encararam. Os olhos dela eram como furacões. Ele nunca a vira tão furiosa.

Não, não furiosa. Magoada.

Ele tinha feito aquilo.

— Eu achava que você era meu amigo — ela disse, com o queixo tremendo. — Entendo agora. Você me deixou acreditar nisso porque tinha pena de mim. — Sua boca se retorceu. — A garota mortal pobre e feia.

Aquilo era demais.

Ele deu um passo na direção dela, lembrando-se do último encontro como se tivesse sido no dia anterior. Um instante antes.

— Não diga isso.

Lágrimas grudaram em seus cílios. Ele as limpou antes que escorressem pelas bochechas.

— Eu não pude vir — ele disse.

Mas como poderia explicar? Que sete anos dela eram como sete dias para ele? Ela não entenderia.

Skye esticou a mão na direção dele, juntando em seu punho as sombras que o envolviam.

— Me leve com você.

— Não posso.

— Porque sou mortal.

— Sim.

— Então me torne imortal.

Ele olhou fixamente para ela. Skye não sabia o que estava pedindo. Mas Crow sabia. E o custo era alto demais.

— Não posso. Você e eu...

Mas suas palavras se perderam na maciez da boca de Skye.

Por um segundo, ele se lembrou da fruta que ela lhe dera todos aqueles anos antes. Do modo como o fizera ansiar por mais.

O beijo dela era ainda mais cruel. Porque, daquela vez, ele sabia que não deveria aceitar o que ela oferecia.

Mas Crow aceitou.

Ele a devorou, esmagando-a contra ele, precisando dela por inteiro. Quando Skye gritou de dor, ele percebeu que tinha se descontrolado. Seu beijo havia despertado o deus nele, e aquele deus ia destruí-la.

Crow se desvencilhou dela antes que aquilo acontecesse.

— Skye... — Até ele podia ouvir seu coração agora humano, o coração que ela tinha dado a ele, se partindo com as palavras. — Você e eu jamais poderemos ficar juntos.

Antes que Skye pudesse impedir, ele se derreteu em sombras. Escapando dela.

Daquela vez para sempre.

Catorze

Safire não estava acostumada a ser confinada a lugares pequenos. O armário a sufocava. O próprio navio era como uma jaula da qual não podia escapar. Como Eris aguentava viver a bordo daquelas coisas? A comandante estava acostumada a correr pelas trilhas através da Fenda com Asha. A perambular pelo palácio e pela cidade. A treinar com seus soldats.

Por toda a sua vida, Safire precisara se mover e se manter forte, para sua própria sobrevivência.

Ficar confinada a deixava nervosa.

Então, aproveitando que Eris dormia, ela fazia flexões, concentrada. Enquanto seu torso subia e descia, com seus músculos ardendo devido ao esforço, ela pensou num plano.

Podia sentir pena daquela garota, com suas mãos trancadas em algemas corrosivas, mas tratava-se de uma criminosa. No dia anterior ela tinha instruído os homens de Jemsin a torturá-la para obter informações. Assim que soubesse onde a namsara estava, Eris ia calá-la e levá-la até Jemsin. Safire não podia deixar aquilo acontecer. O mais seguro era entregar Eris à imperatriz, que decidiria o que fazer com ela.

Kor estava prestes a fazer aquilo. Era do interesse de Safire, portanto, escapar assim que possível, deixando a Dançarina da Morte com os piratas.

Mas, embora seus propósitos pudessem estar temporariamente

alinhados com os de Kor, Safire tinha visto seu olhar cruel. E ele não hesitaria em exercitar aquela crueldade em Eris na próxima vez que a tivesse só para si. A comandante podia até querer ver a ladra trancafiada, mas não desejava que fosse ferida. Escapar seria deixá-la completamente à mercê de Kor.

E ainda havia a questão daquelas estranhas algemas. E se Kor não entregasse Eris a tempo e ela perdesse as mãos?

Safire estava em um dilema.

No final das contas, decidiu levar Eris consigo. Tinha visto mapas das ilhas da Estrela quando a imperatriz convidara Dax para visitá-la. Depois que conseguisse se orientar, ela iria até a capital, entregaria Eris e encontraria Asha.

Tudo o que precisava fazer era se manter alerta e viva. Seguiria o jogo. Seria uma prisioneira boa e obediente. Assim que a oportunidade de escapar surgisse, aproveitaria.

Eris acordou, endireitando-se num sobressalto e quebrando a concentração de Safire. A comandante caiu no chão e respirou fundo enquanto seus músculos relaxavam.

— Você ouviu isso?

Safire observou Eris do chão, deitada com a bochecha quente pressionada contra as tábuas de madeira.

— O quê?

— Espíritos do mar. Estão cantando. — Eris levantou e começou a andar de um lado para o outro. — *Droga*.

Safire levantou, observando-a. Tentando ouvir o que a outra ouvia. Mas os únicos sons que havia eram os uivos do vento e os rangidos do navio.

Com os punhos unidos, Eris bateu na porta, gritando para alguém abri-la. Quando ninguém veio, ela gritou mais.

— Escutem, seus idiotas! Ele está nos levando diretamente para o cemitério de navios! Me deixem sair!

Ao entender que ninguém responderia, ela começou a chutar a porta com força.

Finalmente, alguém abriu. O próprio Kor estava de pé na entrada.

Eris se encolheu, com as bochechas rosadas e a respiração pesada. Safire ficou de pé atrás dela.

— Aquela terra diretamente à frente é a ilha das Sombras — Eris disse a ele. — É conhecida por seu cemitério de navios. *Parece* ser um atalho para Eixo, mas na verdade...

— Você é uma ladra, não uma maruja — ele disse, rosnando. — Deixe a navegação comigo.

— Tem espíritos à frente, esperando por idiotas como você!

Os olhos dele se estreitaram quase até fechar.

— Espíritos do mar não existem. São histórias criadas por marujos delirando por causa do escorbuto. E quem disse que estou levando você para Eixo?

Eris franziu a testa e ficou quieta.

— Se eu tiver que descer aqui de novo — ele disse, se aproximando —, você vai se arrepender. A imperatriz pode te querer viva, mas não disse em que condições.

Eris recuou, esbarrando em Safire.

Kor encarou a ladra até ela desviar o olhar. Por um instante, Safire achou que ele talvez cumprisse sua ameaça naquele exato momento. Então o pirata se lembrou da garota de pé atrás de Eris, olhou para ela e recuou.

Finalmente, Kor foi embora e bateu a porta atrás de si.

Quando ouviu o clique da tranca, Eris cerrou os punhos.

— Eu cresci na ilha das Sombras. Sei o que nos espera embaixo da água.

Como se o próprio mar tivesse escutado, o navio estremeceu com um grito agudo, seguido pelo som de madeira dobrando e quebrando. O chão pareceu levantar. O barco se inclinou à frente e então parou repentinamente, arremessando Eris e Safire na parede.

Gritos de alerta ecoaram acima delas. Passos pesados iam de um lado a outro.

— Pelos céus, o que está acontecendo? — murmurou Safire quando viu que água começava a entra por baixo da porta, inundando o chão.

— Chamam de passagem dos naufrágios por um motivo — disse Eris, que, depois de recuperar o equilíbrio, voltou a bater com os punhos algemados na porta.

A água avançou até o outro lado da cabine e, lentamente, começou a subir.

Safire se juntou a Eris para fazer barulho.

Logo a porta foi aberta novamente. Dois piratas entraram, e junto com eles veio uma onda de água salgada. Safire foi forçada a sair primeiro, empurrada pelo corredor. Assim que chegou ao convés, puxou o ar salgado. O vento chicoteava seu cabelo no rosto. Ela procurou afastá-lo, olhando para o norte. Nas proximidades do navio, rochas negras reluzentes surgiam como navalhas cortando a névoa. Logo depois delas, Safire enxergou o contorno de penhascos cinza-claro.

Sua beleza impressionante a enfeitiçou.

Muito mais perto, ela podia ver outras formas na penumbra. Silhuetas de cabeças flutuando na água. Formas inumanas agachadas nas rochas.

— Espíritos do mar — Eris explicou, subitamente ao seu lado. — Conhecidos por quebrar navios e comer tripulações vivas.

Safire estremeceu.

Mas, quando dois piratas a forçaram para estibordo, ela viu que o vento ainda rugia, açoitando as ondas em um frenesi. Enquanto as ondas arrebentavam contra o navio e recuavam, ela podia ver as rochas afiadas que prendiam a embarcação.

— Para dentro — disse Rain, esticando a mão para o barco a remo, preso por uma corda.

Atrás dela, Eris estava discutindo com Kor. Safire não ouvia uma palavra do que ela dizia. Estava olhando das ondas que quebravam contra o casco para os espíritos do mar na névoa.

— Escuta, garota. É para o barco a remo ou para o mar. A escolha é sua.

Rain lhe lançava um olhar tão furioso que ela subiu no barco. A pirata subiu atrás dela.

— É perigoso demais! — Eris disse, erguendo a voz para Kor.

Safire viu que o capitão forçava Eris, com as mãos presas à frente, em direção aos barcos a remo.

Os olhos da ladra encontraram os de Safire enquanto ela se esticava para subir no lado oposto do mesmo barco. Eris devia ter visto algo no olhar da outra, porque seu rosto mudou. Ela olhou rapidamente para onde as mãos da comandante seguravam no banco com tanta força que suas articulações estavam brancas.

—Você estava certa — Safire admitiu. — Não sei nadar.

Eris fez uma expressão de surpresa. Por um instante, Safire achou que parecia realmente preocupada com ela. Como se o barco virar fosse uma séria possibilidade.

Mas, se estava pensando aquilo, Eris não falou nada.

A tripulação ainda a bordo soltou a corda do barco a remo e começou a descê-lo. O estômago de Safire se contorceu quando caíram e então pararam, balançando. Ela encarou as ondas furiosas rugindo e desabando, querendo afogá-la. Olhou para as formas escuras e famintas, que esperavam para devorá-la.

— Ei. Princesa. Não olhe lá para baixo. Olhe para mim.

Mas Safire não conseguia desviar o olhar.

Não era para eu morrer desse jeito.

— Safire. — Eris pegou o queixo dela com as mãos algemadas e desviou seu rosto para longe do perigo.

A comandante se surpreendeu mais ao ouvir o som do seu nome do que com o toque dos dedos de Eris. Ela fez como pedido e olhou nos olhos de Eris, que pareciam solenes enquanto ela dizia:

— Prometo que não vou deixar nada acontecer com você.

Os punhos presos da ladra deixavam claro que aquilo era uma mentira. Se o barco virasse, Eris não seria capaz de salvar nem a si mesma. Ela não conseguiria impedir os espíritos do mar de devorar as duas.

Mas era uma mentira gentil, com a intenção de confortá-la.

— De que serve a promessa de uma pirata imoral? — Safire respondeu.

Mas ela sorria ao dizer aquilo.

E Eris acabou retribuindo o sorriso.

Quinze

O BARCO QUASE VIROU DUAS VEZES.

Kor era um completo imbecil por ter tentado aquilo. Sabia tão bem quanto Eris o que ondas da altura do céu podiam fazer com um barco pequeno e sem leme.

O único motivo para tal imprudência era o navio destroçado atrás deles.

Enquanto Rain e Lila remavam, Eris continuava atenta à névoa. Podia sentir o fedor dos espíritos do mar, um cheiro de peixe apodrecendo, mas não conseguia mais enxergar suas formas escuras. Se ainda tivesse algum apreço pela Tecelã do Céu, talvez tivesse rezado para ela.

— Se eu fosse você, remaria mais depressa — Eris disse para Rain conforme o fedor ficava mais forte.

A pirata grunhiu enquanto puxava os remos, mas de resto a ignorou.

Um grito cortou o ar atrás deles, seguido pelo som de dentes rasgando carne. Sentada diante de Eris, Safire girou, segurando as laterais do barco a remo e encarando a névoa. Mais gritos ecoaram, parcialmente abafados pelo rugido do mar. Rain e Lila remaram com mais afinco. Eris escutava, completamente imóvel, enquanto a tripulação de Kor era arrastada membro por membro dos barcos para dentro das águas.

Estavam chegando na costa. Meia dúzia de boas puxadas nos remos poderiam levá-los até lá. Atrás de Safire, no fundo do barco, Kor gritou para que remassem mais forte. Seu cabelo preto tinha escapado da fita e agora brilhava com os borrifos do mar enquanto ele puxava seus remos com força.

Foi aí que Eris ouviu a onda. Um segundo antes de sentir o barco levantar e virar. Seu coração parou quando o mar a jogou para fora, arremessando-a de cabeça na água.

A temperatura gelada provocou um choque no seu corpo. O sal fez seus punhos feridos arderem. Seu ombro bateu no fundo, sob a força das ondas. Enquanto lutava contra a maré tentando arrastá-la, ela sentiu o mundo girar. Ouviu as ilhas se moverem e murmurarem.

Ali, lutando contra o mar, seu passado se ergueu como um pesadelo.

Eris ouviu os gritos dos que morriam. Sentiu o cheiro da madeira e das tapeçarias ardendo. Sentiu o calor das chamas devorando tudo.

Suspensa na água, aprisionada em suas lembranças, ela parou de lutar. Em vez disso, desejou que a maré a arrastasse para as profundezas. Implorou para que o mar tirasse o ar dos seus pulmões.

Como a responsável por tantos horrores, era o mínimo que merecia.

Antes que o mar pudesse obedecê-la, alguém a agarrou. Dedos seguraram seu braço com força e a puxaram. Atravessando as ondas, ela foi arrastada para a margem e levada para longe do perigo. Quando o oceano recuou e a areia molhada afundou embaixo dos seus pés, Eris caiu de joelhos. Ao levantar a cabeça, viu Kor na sua frente.

— Levante — ele disse, empurrando o ombro dela com o cabo da adaga. — Temos que continuar andando.

— Onde está Safire?

Eris olhou para trás. Rain arrastava o barco a remo acima da linha da maré. Além daquele, só mais um barco tinha resistido. Ali perto, Safire cuspia água enquanto Lila a arrastava para a margem.

Ao vê-la viva, Eris deixou escapar um suspiro de alívio. Ela olhou para mais longe, por cima das águas. Além da névoa, podia enxergar a forma de vários espíritos do mar observando das ondas.

Ela se forçou a levantar e começar a caminhar.

Jemsin já devia ter se dado conta de que tinham sumido. Caçaria Kor, ou mandaria seu convocador fazê-lo por ele. Mas Kor poderia facilmente levar Eris até a imperatriz antes que Jemsin o encontrasse. A Dançarina da Morte precisava escapar, achar a namsara e levá-la até o capitão.

Era a única coisa que havia entre Eris e sua liberdade. E, naquele exato instante, enquanto olhava das águas infestadas de cadáveres para o homem prestes a entregá-la para sua pior inimiga, ela desejava a liberdade mais do que nunca.

Conforme Kor a forçava a subir pela praia e andar na direção das árvores ocultas pela névoa, uma dor perturbadora interrompeu os pensamentos de Eris. Seus punhos presos pelo aço de pó estelar haviam inflamado. Em apenas alguns dias, o aço consumiria tudo, pele, músculo, osso.

Primeiro, ela precisava achar um jeito de se livrar daquilo. *Depois,* encontraria a namsara.

E, se não conseguisse arrancar as algemas, então que assim fosse. Kor não a entregaria para aqueles que tinham tirado tudo dela.

Eris escaparia e localizaria a namsara com ou sem suas mãos.

A ilha das Sombras era a menor das ilhas da Estrela, e a que ficava mais ao sul. Pelos primeiros onze anos da sua vida, era a ilha que Eris chamava de casa.

Ela tentou não pensar naquilo durante a travessia da floresta.

Rain, Lila e alguns outros cortavam zimbros e abetos, tentando abrir caminho pelo solo lamacento e lodoso até a trilha. Kor e dois outros piratas caminhavam atrás de Eris e Safire, observando-as como falcões. Mas a Dançarina da Morte podia sentir a tensão neles. Poucos momentos antes, tinham ouvido seus companheiros ser consumidos vivos, e agora caminhavam por uma floresta sobrenatural. Ninguém sabia o que poderia vir atrás deles.

Safire não tinha dito uma palavra desde que haviam deixado a costa. O caminho todo, desde o barco, ela morrera de medo. Com os pés de volta à terra firme, seu rosto suavizou enquanto ela absorvia seu entorno. Eris a observou estudar as árvores contorcidas e prateadas, as beiradas abruptas de penhascos, as rochas estéreis cobertas de musgo.

Eris conhecia aquele olhar. As ilhas da Estrela atraíam qualquer um com sua beleza e seus mistérios. Era só quando se tinha sido realmente capturado que elas revelavam sua verdadeira natureza. Mas aí já era tarde demais.

Pensando naquilo, Eris verificou o céu em busca de gralhas. Parte dela torcia para que o convocador de Jemsin fosse atrás dela, por mais que temesse a criatura. Seria um jeito fácil de escapar daquilo. Mas os únicos pássaros sobrevoando eram gaivotas.

Quando olhou para trás, ela viu Safire estudando um arbusto de frutas brancas pelo qual passavam.

— Frutos de escarpa — Eris disse a ela, e os ombros das duas se roçaram. A comandante levantou a cabeça. — O dardo com o qual espetei você na outra noite era feito de um espinho de cardo de escarpa. As frutas podem ser usadas da mesma forma.

Safire franziu a testa e apertou os lábios, aproximando-se da planta, então recebeu um empurrão de Rain.

A pirata olhou feio para a garota enquanto Eris contava os homens atrás delas. Fez uma careta quando viu Kor, que fechava o grupo, a encarando. *Quatro atrás e quatro à frente.* Definitivamente os números não estavam a seu favor.

Mas Eris tinha enfrentado situações parecidas muitas vezes antes.

Eles caminharam pela maior parte do dia. Assim que começou a garoar, o cheiro úmido da terra e dos zimbros despertou uma onda de lembranças agridoces. Foi então que Eris começou a reconhecer o cenário à sua volta. O ritmo deles logo acelerou, e a garota se deu conta de que tinham chegado a uma trilha. Uma trilha familiar. Uma pela qual caminhara milhares de vezes quando criança.

De repente, sabia exatamente onde estavam.

— Não — Eris sussurrou, parando de supetão.

Daquela vez, quando Kor a empurrou, Eris fincou os pés, se recusando a ser movida.

— Ande — Kor grunhiu.

— Prefiro morrer.

Safire parou e olhou para trás, estudando sua reação.

Kor gesticulou para dois outros piratas empurrarem a ladra adiante. Mas, assim que pegaram no braço dela, Eris se prostrou de joelhos.

Teriam que arrastá-la se quisessem que continuasse.

Ela não demorou a sentir a pressão do aço nas costas.

— Não tenho tempo para isso.

Quem dera eu soubesse onde está meu fuso, Eris pensou. Mas poderia estar escondido com qualquer um dos piratas. E, mesmo se ela estivesse com ele, o aço de pó estelar prendendo seus punhos a impedia de atravessar.

Estava completamente indefesa.

Eris fechou os olhos com força.

— Me matem, então. Bem aqui. O que você vai fazer comigo é pior do que a morte.

Kor parou na frente dela, encarando-a com aqueles olhos escuros e ferozes. Eris olhou além dele, para o caminho entre as árvores enevoadas. Um caminho que subia pelos penhascos de xisto e corria ao longo do mar.

Um caminho que levava para casa.

Não, ela pensou, endurecendo seu coração diante da ideia. *Aquele lugar nunca mais será minha casa.*

O grupo inteiro parou. Aqueles que caminhavam mais à frente deram a volta para ver qual era o problema.

— Kor? — a corpulenta Lila disse, olhando para o céu cinza, com seu cabelo brilhando por causa da chuva. O clima tinha ficado bem mais frio e nublado por causa da tempestade se aproximando. — Temos um dia de caminhada pela frente, e o tempo só vai piorar. Acho melhor a gente acampar.

Kor embainhou a adaga e esfregou os olhos. Parecia cansado. Eris se perguntou se ele se sentia responsável pelo massacre deixado em seu rastro.

— Lidem com Eris, está bem? Rain? Lila? Vigiem a garota a noite inteira.

— E essa aqui? — Lila indicou Safire com a cabeça.

Kor soltou os braços. Seus olhos se estreitaram na direção da comandante.

— Amarrem as duas juntas. Vai ser mais fácil de vigiar.

As piratas amarraram as prisioneiras a um abeto com uma corda do barco, deixando Safire de um lado e Eris de outro. Juntas, Lila e Rain passaram a corda em volta da barriga e do peito delas, prendendo os braços, antes de dar um nó complicado na corda.

As duas garotas ficaram de pé sobre as prisioneiras, admirando seu trabalho. Rain limpou o suor da testa, destampou o jarro de água e tomou um longo gole antes de passá-lo a Lila, que também bebeu.

— Você vai nos oferecer um pouco disso? — Eris perguntou, ciente de que Safire tinha vomitado tudo o que havia bebido e tinha a maior chance de estar desidratada de todas elas.

Lila olhou para Rain, que assentiu em consentimento. Então a primeira se agachou, levando o jarro até os lábios de Eris, e o inclinou cuidadosamente. Depois que a ladra deu vários goles, Lila levantou e levou o jarro até Safire.

Mas a comandante virou o rosto.

— Não estou com sede.

Eris franziu a testa. Não podia ser verdade.

Lila deu de ombros e voltou para perto de Rain.

Foi quando as duas viraram as costas que Eris notou um gosto estranho na boca.

É da água, ela se deu conta. Um gosto amargo. Lembrava uma mistura que Day costumava fazê-la beber quando criança se tinha dificuldade de dormir.

Um súbito peso se instalou em seu corpo, inundando-o, deixando seus pensamentos letárgicos e vagarosos. Suas pálpebras se fecharam contra sua vontade.

Eris as forçou a abrir, entendendo de que era aquele gosto.

Frutos de escarpa.

Ela piscou. Sua visão ficou turva enquanto tentava olhar para Safire, do outro lado da árvore.

Garota esperta, ela pensou, logo antes de ser arrastada para o sono.

Dezesseis

Uma voz sibilou nos ouvidos de Eris. Alguém a sacudia para acordá-la.

Ela abriu os olhos. Um brilho vermelho e dourado tremeluzia borrado na beira do seu campo de visão. Piscando, Eris se virou para ele.

Uma jovem estava ajoelhada perto dela no escuro, segurando uma tocha feita de pano enrolado em lenha. Ou pelo menos parecia ser uma mulher. O formato era meio confuso. Eris se concentrou e conseguiu identificar olhos azuis e sobrancelhas escuras apertados numa expressão de infelicidade.

Tentou se lembrar do nome da garota, mas ele estava perdido na escuridão da sua mente.

Quando o mundo começou a girar, Eris fechou os olhos para impedi-lo. O sono veio, atraindo-a de volta para a névoa.

O súbito choque do frio a trouxe de volta. Ela engasgou e sentou, arfando.

O mundo ficou um pouco mais claro. O suficiente para ela perceber que suas roupas estavam molhadas. A corda que a amarrava ao abeto tinha sumido. As algemas de pó estelar ainda ardiam em seus punhos. Só que agora estavam amarradas a uma corda. Seu olhar seguiu a corda. Safire segurava a outra ponta. Na outra mão, carregava o jarro vazio de água. E, nas árvores atrás dela, Rain e Lila dormiam.

Safire deu um puxão na corda, fazendo força nas algemas de Eris e provocando uma careta de dor da outra. Como a ladra não se moveu imediatamente, Safire a olhou rancorosa, transmitindo com clareza o que queria que Eris fizesse: levantar e *não* acordar as piratas.

Eris levantou cambaleando, ainda tonta por causa da água. Com a floresta girando à sua volta, deu um passo na direção das duas piratas inconscientes. A comandante a segurou pelo braço.

— Já peguei as armas delas — Safire disse entredentes.

Eris olhou a garota de cima a baixo e notou a adaga guardada em sua cintura, além do cabo de uma faca aparecendo no topo de sua bota.

Esperta *e* eficiente.

Mas não eram armas que Eris queria, era seu fuso. Ela olhou para a forma adormecida de Rain e para a bolsa de couro na cintura de Lila.

— Se está procurando o fuso — Safire sussurrou —, eu o usei de lenha.

Eris tomou um susto.

—Você não fez isso.

Safire esticou a tocha na direção dela para mostrar a chama. A prova do crime.

Eris queria amaldiçoar aquela garota até o fundo do oceano.

— Aquele fuso é meu...

Lila se remexeu, e Eris se calou. As duas prisioneiras se viraram para a pirata. Não tinha ainda aberto os olhos, mas estava murmurando ansiosamente.

Safire gesticulou com o queixo para Eris para começar a caminhar. E, porque preferiria ser prisioneira daquela garota do que de Kor, a ladra obedeceu.

Os efeitos prolongados da mistura de frutos de escarpa deixavam o mundo meio distorcido nas bordas. Por muito tempo, tudo o que a ladra viu foi um borrão verde-escuro, as curvas e oscilações da terra. Ela mal ouvia o trovão retumbando acima dela ou o vento gritando por cima das árvores. Mal sentia a chuva ensopando suas roupas, deixando sua pele fria e grudenta.

— Para onde está nos levando? — Eris perguntou a Safire enquanto caminhavam.

— Para os luminas.

É claro. Eris esperava algo diferente? Safire era uma soldada. Não só uma soldada, uma comandante. Ela amava a lei. E Eris era uma fora da lei. Por que Safire não entregaria Eris para os luminas? Tinham todos objetivos em comum. Eram a mesma coisa.

O pensamento atingiu Eris bem fundo.

— Por que não continuou com Kor então? — a ladra perguntou, friamente. — Ele teria entregado a gente para a imperatriz na metade do tempo que você vai levar para encontrar o caminho até a capital.

— Tenho certeza de que ele faria isso — Safire disse. — Mas não gosto de ficar à mercê dos outros.

Eris, que tinha estado à mercê de outros sua vida toda, sentiu algo quebrar dentro dela.

— Falou como uma verdadeira princesa.

Safire olhou para ela furiosa.

Eris desviou o olhar, com raiva.

Elas continuaram a caminhar em silêncio. Conforme os efeitos da bebida iam passando, Eris percebeu que Safire fazia o mesmo que Kor no dia anterior. Pegava o mesmo atalho escolhido pelo pirata. Aquele que passava diretamente pelo lugar ao qual Eris jurara nunca mais voltar.

Então ela parou, e as algemas foram puxadas contra seus punhos. Eris sibilou enquanto aço afundava nas suas feridas, numa picada cruel.

— Estamos indo na direção errada — ela respondeu. Sua mentira lutou contra o som dos trovões.

Safire virou para ela. A tocha estava se apagando, molhada demais para queimar direito. O pouco de chama que tentava permanecer aceso fazia o cabelo escuro de Safire brilhar vermelho. Tudo o que ela precisava fazer era dar um puxão na corda para a dor penetrante irradiar por Eris outra vez.

— Os barcos ficam naquela direção. — Eris indicou com o queixo para um lugar além delas, descendo o penhasco. — Você vai precisar de um para tentar chegar a Eixo.

Safire balançou a cabeça.

— Seus amigos esperariam que fôssemos atrás dos barcos. Precisamos escapar dessa tempestade. — Safire sabia que Eris estava ensopada e tremendo. — Se não fizermos isso, logo teremos problemas maiores do que Kor. Estamos indo lá para cima. — Ela apontou com a tocha moribunda para uma enorme silhueta negra no topo do penhasco.

Ao vê-la, Eris ficou tensa. Seus pensamentos se encheram de fumaça e fogo.

Ela balançou a cabeça e fincou os pés.

— Pode ir em frente se quiser. Vou ficar por aqui mesmo.

Safire olhou para Eris como se ela fosse uma criancinha irritante.

— Que tal assim? — Safire disse, amarrando a ponta da corda de Eris em volta da cintura. — Se cooperar, a primeira coisa que vou fazer quando chegarmos à capital é encontrar um ferreiro para cuidar *disso.*

Ela puxou a corda conectada às algemas.

A dor resultante em seus punhos fez a raiva de Eris faiscar. Ela cerrou os dentes.

— Para que eu tenha mãos quando você me entregar aos cães da imperatriz? Acho que não.

Safire se aproximou mais um passo, segurou o colarinho molhado da camisa da prisioneira e puxou com toda a força.

— Escuta, seu pedaço petulante de destroço marinho. Nós vamos subir, nem que eu tenha que te arrastar pelo caminho inteiro, juro pelos céus. — Seu olhar fazia a pele de Eris arder. — Ou posso te amarrar aqui e deixar que Kor lide com você. Pode escolher.

Ela soltou. Eris recuou, percebendo que falava sério.

Mas havia algo muito pior do que Kor esperando por Eris no scrin.

Ela se sentia mal só de pensar.

Podia tentar lutar contra Safire, mas ela era a comandante do rei. Agora estava armada, e depois de vê-la treinando com seus soldados em Firgaard, Eris sabia que era forte e habilidosa em combate, enquanto ela mesma não era. A Dançarina da Morte sempre tinha confiado em outras habilidades para sobreviver. Sem seu fuso e com suas mãos algemadas, ficava seriamente limitada.

Na situação em que se encontrava, ela não era páreo para Safire. E Kor já devia ter notado a ausência delas àquela altura. Provavelmente tinha mandado Rain e Lila voltarem para os barcos e seguido adiante por conta própria, ou o contrário. Se Eris continuasse teimando, garantiria que elas seriam pegas.

O mais importante era que ela precisava da localização da namsara. Se quisesse encontrá-la, ficar perto da prima dela era sua melhor opção.

— Se cooperar — Safire disse, interrompendo seus pensamentos — conto onde enterrei seu fuso.

O quê? Eris levantou a cabeça.

— Pensei que você tivesse feito ele de lenha.

Safire deu de ombros.

— Eu menti.

A mandíbula tensa da comandante denunciou que ela tentava disfarçar os dentes batendo de frio. Ela também estava completamente encharcada. Molhada, com frio e tremendo.

Eris teve uma vontade estranha e súbita de levá-la para um lugar seguro, acender uma fogueira e aquecê-la.

Mas descartou a ideia e olhou para o topo do penhasco.

Se fosse com Safire, apesar do medo do que havia lá em cima, descobriria onde seu fuso estava enterrado. Aí só teria que se livrar da garota, voltar e desenterrá-lo.

— Está bem. — Eris deu uma espiada no cabo que saía da bota de Safire. — Mas, se quer que eu coopere, precisa me entregar a faca.

— Para você cortar minha garganta com ela? — Safire voltou para a trilha, puxando a prisioneira atrás de si. — Nem pensar.

Valeu a tentativa, pensou Eris, então fez uma careta e desistiu.

Não era como se tivesse escolha.

Quando as árvores começaram a ficar mais espaçadas, a tocha já tinha se apagado completamente. Relâmpagos brilhavam no céu, iluminando seu caminho. As duas seguiram a trilha de terra batida pela escuridão, subindo os penhascos. Quando o terreno arenoso cedeu lugar a degraus de xisto desgastado, molhados de espuma do mar, elas os subiram.

Não demorou para as pernas de Eris começarem a arder, conforme iam cada vez mais alto. Fazia sete anos que tinha caminhado por aqueles degraus. Com os raios iluminando o mar negro lá embaixo, ela pensou em todas as noites em que tinha assistido sentada às tempestades passando por aquela mesma área. Deixando o trovão silenciar todas as perguntas não respondidas dentro dela.

Quanto mais alto subiam, mais perto chegavam. Com cada visão, som e cheiro familiar, o estômago de Eris se contorcia. Lembranças que ela achou que tinha trancafiado fundo se libertaram, deixando-a zonza.

Não consigo fazer isso...

Eris parou, interrompendo o progresso de Safire. Apertou os joelhos, tentando não vomitar.

— O que houve?

— Nada — ela sussurrou, fechando os olhos com firmeza e tentando manter tudo afastado por pura força de vontade. — Só... um efeito dos frutos de escarpa.

Quando a náusea, que não tinha nada a ver com os frutos, se aquietou, Eris evitou aquele olhar afiado demais e ficou de pé. A comandante a observava na escuridão. Eris a ignorou e seguiu adiante.

Logo ela estava arfando. Suas pernas tremiam de exaustão. Havia muito tempo desde que fizera aquela escalada. Safire não tinha uma gota de suor escorrendo da testa. A respiração entrando e saindo de seus pulmões não era agonizada. Ela estava tão renovada e alerta quanto no começo da subida.

Quando chegaram ao topo dos degraus, Eris diminuiu o ritmo. Uma enorme forma escura se erguia diante delas. A ladra sentia sua presença como uma faca nas costelas.

Ela se obrigou a olhar. Não estava mais diante da casa da sua infância; aquele era o pesadelo do qual tinha fugido.

Clarões de relâmpago iluminaram o lugar. Antes vermelhas como barro e com heras verde-escuras, as paredes agora estavam pretas e queimadas. Os vitrais estilhaçados das janelas se escancaravam como bocas com dentes quebrados. As tábuas não conseguiram suportar o teto enquanto queimava, e ele tinha desabado fazia muito tempo.

Nenhum cão latiu diante da aproximação delas. Nenhum animal zurrou.

O silêncio era como um peso em torno do pescoço de Eris.

Às vezes, quando estava em alto-mar ou em terra firme fazendo um serviço para Jemsin, ela conseguia fingir que tinha sido tudo um sonho. Mas agora, encarando o fantasma do seu passado, aquela noite horrível voltou como uma onda forte quebrando sobre ela.

Quando Safire se aproximou pelo lado, Eris sussurrou:

— Bem-vinda ao scrin.

Dezessete

Safire encarou boquiaberta a carcaça queimada e oca diante delas. Parecia algo entre um farol e um templo, semidestruído pelo fogo.

O scrin.

Ela tinha ouvido Eris corretamente? Aquele era o scrin, o lugar para onde Asha e Torwin haviam ido?

Um pensamento horrível passou por sua cabeça.

E se eles estavam aqui durante o incêndio?

— Não...

Safire começou a correr, arrastando Eris atrás de si. Passou por baixo da entrada, onde chamas tinham arrancado as portas das dobradiças. Seu coração batia forte no peito. Seu estômago se contorcia.

Eris parou logo depois de entrar, forçando a outra a parar também.

— Safire.

Ela não a escutou. Estudava o interior escuro, procurando por...

Dedos apertaram seu ombro. Por instinto, a comandante girou, sacando a faca roubada, com um olhar insano no rosto. Eris a largou, levantando as mãos algemadas, e deu um passo para trás. Seu cabelo claro estava colado no rosto e seu corpo tremia sem controle. Safire podia enxergar a clavícula da garota através da camisa, de tão ensopada que estava.

— Isso aconteceu muito tempo atrás — Eris disse.

Relâmpagos cortaram o céu, iluminando a ruína. Foi então que Safire viu as folhas se decompondo nos cantos. E as tábuas caídas, macias e apodrecidas por causa da chuva e do tempo.

Asha devia ter chegado, visto que o scrin estava em ruínas e partido.

A menos que ainda estivesse ali...

Safire olhou em volta rapidamente. Elas estavam em uma sala ampla com pé-direito alto, cujo propósito ainda era misterioso. Pilhas de cinzas e destroços se acumulavam ao longo de uma parede enquanto vários arcos vazios — cujas portas haviam queimado muito tempo antes — eram ostentados por outra.

O único vitral inteiro subia bem alto na parede que dava para o norte. Nela havia uma mulher sem rosto desenhada em múltiplos tons de vidro azul e roxo, com sete estrelas coroando sua testa. Em uma mão segurava um tear, na outra um fuso reluzente como a luz das estrelas.

Safire a reconheceu. Era a mesma imagem da tapeçaria que ficava na parede do seu escritório. Da tapeçaria roubada por Eris.

— É a Tecelã do Céu — Eris explicou. — Uma deusa que costura almas e as transforma em estrelas.

Eris se aproximou de uma estátua embaixo da janela. Numa primeira olhada, Safire achou que era um cão. Mais de perto, viu asas esculpidas e um rabo de leão, além de garras e uma cabeça parecida com a de uma águia.

A estátua estava rachada, e a cabeça tinha caído no chão. Eris a pegou, segurando-a com ambas as mãos, quase com carinho.

Safire olhou para a pilha de destroços aos pés dela, então pegou um pedaço de madeira queimada.

O que aconteceu aqui?

Ela se virou para perguntar aquilo, mas parou quando viu que

Eris pegava outra coisa do chão. De onde Safire estava, parecia ser um pequeno disco dourado. E, do jeito que Eris olhava para ele, devia ser importante.

— O que é isso?

A ladra levantou a cabeça, com a testa franzida em concentração, como se refletisse.

— Um botão — ela disse, percorrendo com o dedão o contorno da circunferência. — Que pertence a alguém que você conhece.

Ela o arremessou. O botão fez um arco na direção de Safire, que o pegou com a mão livre. Quando Safire abriu os dedos para revelar o objeto na palma da mão, seu coração pulou no peito.

Ela se lembrou daquele dia no campo dos dragões com Asha, que vestia seu novo casaco de voo. O que Dax mandara fazer especialmente para ela, sua namsara. Safire se lembrava do jeito como o sol refletia naqueles botões dourados, cada um esculpido com a imagem de uma flor de namsara.

E agora ela tinha um deles na mão.

— Ela está aqui — Eris disse, já virando e procurando nas sombras. — Ou esteve há pouco tempo.

Safire notou a mudança na ladra. De pé diante dela não estava mais a garota magricela, encharcada e entorpecida com quem tinha subido os degraus de pedra. Agora ela parecia mais com a garota a bordo do navio de Jemsin, na noite da chuva. Seu cabelo brilhava como a luz das estrelas, e ela cheirava a tempestade, elétrica e *poderosa*. Seus olhos verdes se iluminaram conforme seu olhar varria o scrin, faminto por encontrar sua presa.

A visão fez Safire se lembrar do que Kor dissera.

Vou te contar uma coisa sobre a preciosa Dançarina da Morte de Jemsin...

Safire se lembrou de como Eris tinha relutado em ir até ali. De como ela parecia exausta, quase doente, conforme chegavam mais perto.

Sete anos atrás, ela incendiou um templo cheio de gente. Metade eram crianças. Ninguém escapou.

— Você fez isso — Safire disse em voz alta, sacando a adaga roubada. Eris se virou. Ao ver a lâmina, ela recuou. Mas a corda ainda estava amarrada ao cinto de Safire. A Dançarina da Morte ainda era uma prisioneira. — Foi desse templo que Kor falou. — A comandante sacudiu a cabeça diante da monstruosidade do fato, imaginando as pessoas trancadas entre aquelas paredes enquanto queimavam. Imaginando seu pânico e seu medo. — Por *isso* os luminas estão caçando você. Porque você é um monstro.

Cheia de desprezo, Safire fez a Dançarina da Morte recuar até a parede, mantendo a lâmina apontada para seu peito.

— É isso mesmo — Eris disse amargamente, com as costas roçando os tijolos vermelhos de barro queimado. — Por que não termina o serviço que impediu Kor de fazer? É o que a imperatriz para quem vai me entregar planeja para mim, de qualquer modo. Assim você pode se poupar da infelicidade da minha companhia.

Safire podia ouvir a resignação na voz dela enquanto dizia aquilo. Como se realmente quisesse que a comandante enterrasse a faca. Acabasse com tudo.

Mas uma assassina com remorso ainda era uma assassina. Ela tinha matado pessoas inocentes. Não hesitaria em caçar Asha em troca da sua liberdade, ainda mais agora que ela sabia que a namsara estava perto. Bem ali, naquelas ilhas.

Eris encarou Safire, com olhos desafiadores.

—Vamos lá — ela disse, empurrando, forçando o aço da lâmina a perfurar sua pele. —Vamos acabar logo com isso, princesa.

Safire apertou a pegada na adaga. Mas ela não fora vítima daquele crime. Não ia tirar a vida de Eris. Entregaria a assassina à imperatriz e deixaria que as leis das ilhas da Estrela determinassem seu destino.

— O que aconteceu com a garota que crava facas no coração dos inimigos? — sussurrou Eris ao notar a hesitação da outra.

Safire estreitou os olhos.

Jarek. Ela nunca deveria ter dito aquele nome em voz alta. Não na frente da Dançarina da Morte. Mas era tarde demais. E a pergunta no ar, além da lembrança de Jarek, levou-a de volta à noite da revolta: o rei estava morto, Dax tinha vencido, Jarek estava cercado pelo exército de rebeldes.

Safire tinha esperado a vida inteira por aquele momento, para ver seu algoz de joelhos. Mas Jarek se recusara a se ajoelhar. Até o final, ele se manteve de pé, ainda lutando, sem se curvar à nova ordem.

Safire nunca tinha odiado aquele monstro mais do que naquele momento. Odiara sua oposição e lealdade. Odiara que, só por um instante, tivesse conseguido entendê-lo.

Ela conseguira se ver nele.

Então, sim. Cravara uma faca no seu coração.

Achava que seu ódio morreria com ele. Que sua morte aliviaria a dor de uma vida inteira de asco. Mas não fora o que acontecera.

Naquela noite, diante do cadáver de Jarek, com a arma responsável pela morte dele na mão, o ódio de Safire permanecia inflado dentro dela. Fazia com que se sentisse doente.

— Safire?

A voz espantou a memória para longe. Imediatamente, ela estava de volta ao salão arruinado, e apesar de ser *ela* pressionando uma adaga roubada contra a clavícula de Eris, também era ela quem se sentiu inesperadamente indefesa.

Aquilo acontecia às vezes, quando estava sozinha nas suas rondas. Ou acordada na cama. Ou até mesmo de pé, vigiando o rei numa assembleia lotada. Irracionalmente, Safire era tomada por aquela sensação: um anseio de ser segurada. Por alguém que dissesse a ela que ficaria tudo bem.

Que *ela* ficaria bem.

Safire se envergonhava daquela sensação. Porque *claro* que estava perfeitamente bem. Não precisava de ninguém para cuidar dela. Podia cuidar de si mesma.

— Sinto muito — disse Eris. — Pelo que quer que ele tenha feito a você.

De repente, Safire se deu conta de quão perto elas estavam. O suficiente para que sentisse o calor de Eris. O suficiente para que sentisse o cheiro da pele dela, como raios e trovões.

E então, atrás delas, alguém pigarreou.

Safire congelou. Eris levantou a cabeça por cima do ombro da comandante.

— Estou interrompendo alguma coisa? — A voz era grave e familiar. Safire poderia reconhecê-la em qualquer lugar. Seu coração pulou de felicidade ao ouvi-la.

— Dax!

O rei-dragão estava de pé diante dela, vestido com uma túnica dourada. Usava um sabre na cintura e estava acompanhado por quatro guardas. Seus cachos escuros brilhavam, molhados de chuva, e, embora seus olhos castanhos estivessem marcados pela exaustão, o alívio ao ver Safire *viva* estava evidente em seu sorriso.

Ela não tinha se dado conta de quanta falta sentia dele até aquele momento. De quanta falta sentia de todos eles. A presença do primo provocou um surto de alegria nela. Safire queria abraçá-lo mais do que qualquer coisa, mas a corda de Eris ainda estava amarrada a sua cintura, e ela ainda tinha a lâmina apontada para o peito da garota, impedindo-a de tentar qualquer coisa.

— Como me encontrou? — Safire perguntou apenas.

Dax ia responder quando se lembrou da presença de Eris.

— Quem é essa?

Safire olhou para a Dançarina da Morte, que estava estranhamente calada.

— Essa é...

Mas o que ela poderia dizer?

Essa é a garota que queimou este templo junto com todos que estavam dentro dele?

Essa é a ladra que pretendia caçar Asha e entregá-la ao pirata mais mortal do Mar de Prata?

A imperatriz está atrás dela?

Safire deu um passo para trás, colocando espaço entre ela e a assassina. Porque, é claro, Eris era tudo aquilo.

— Isso não importa agora. Tem piratas por perto e prefiro evitá-los, se pudermos.

— Já cuidamos disso.

Safire inclinou a cabeça na direção de Dax.

— Você os capturou?

Ele assentiu, seu olhar se alternando entre ela e Eris.

— Estão sendo levados para o navio agora mesmo.

Dax deu uma olhada para o lado, gesticulando para guardas que Safire não podia ver até eles saírem das sombras e ficarem sob a luz das estrelas. Os quatro soldats se aproximaram, com as armas em punho, e cercaram a prisioneira.

— Podemos cuidar dela agora, comandante.

Mas Safire balançou a cabeça.

— Essa garota é o pior tipo de criminosa — ela disse, agarrando o ombro de Eris e a puxando para longe da parede. — Ela fica comigo.

Safire nem considerava confiá-la aos cuidados de outra pessoa. Agora que havia capturado a Dançarina da Morte, não podia permitir que ela escapasse.

A segurança de Asha dependia daquilo.

Um rompimento

Por sete anos, Skye tinha esperado por ele. Observando a costa, os penhascos, as árvores. Esperando por seu amigo e confidente.

Como ele ousava retornar naquele dia, de todos os dias possíveis, e então simplesmente abandoná-la para sempre?

Skye não retornou à celebração do casamento. Em vez disso, arrastou sua canoa até a margem e remou para dentro do mar. Puxando com força os remos, jurou a si mesma que não retornaria até gastar toda a sua fúria e todo o seu pesar remando. Até estar tão cansada e dolorida que não se importasse mais com a sombra chamada Crow.

O céu escureceu acima dela.

Skye continuou remando.

O mar se avolumou ao seu redor.

Skye remou com mais força.

O vento gritou seus avisos. A chuva tentou empurrá-la para trás. Mas Skye era filha de pescador. Tinha passado a vida toda no mar.

Não tinha medo de um pouco de chuva.

E então, longe da costa, ela sentiu: um poder surgindo embaixo dela. Vindo das profundezas.

A tempestade tinha trazido alguma coisa com ela.

Skye parou de remar.

— Crow? — ela sussurrou.

Teria ele mudado de ideia? Teria voltado por ela?

As ondas começaram a golpear o casco do barco com punhos de água. Sua espuma entrava pelas beiradas.

O mar estava tentando afundá-la.

O que quer que estivesse na água não era Crow.

Skye tentou virar. Tentou remar de volta para a costa. Mas o mar segurou seus remos e os arremessou na tempestade.

Ela segurou as laterais do barco, determinada a permanecer ali dentro. A mantê-lo para cima.

Mas a onda seguinte virou o barco.

A água salgada subiu, fria e escura como a morte. Silenciou os gritos de Skye. Apertou seus dedos gelados em torno dos seus tornozelos. Arrastou-a cada vez mais para baixo.

Para a escuridão.

A um mundo de distância, Crow sentiu a vida de Skye se esvaindo.

Ele avançou sobre as águas, procurando no mar. Seu coração demasiadamente humano batia num ritmo terrível. Seria aquilo culpa dele? Seria sua punição por abandoná-la?

Quando a encontrou, já era tarde demais.

O mar a tinha jogado sobre as pedras.

— Skye...

A água estava perturbadoramente calma quando ele a puxou para junto de si. A areia reluzia em contraste com sua pele pálida como a morte.

As pálpebras de Skye se abriram tremendo. Sua vida se dissipava rapidamente.

— Você voltou.

Ele tinha menos instantes para tomar uma decisão. Era a natureza das coisas mortais morrerem. Tudo o que Crow tinha que fazer era se despedir.

Segurá-la com força enquanto sua alma atravessava para um lugar aonde ele jamais poderia ir. Era a última lição que sua humana poderia ensinar a ele.
Só que...
Me torne imortal, *ela tinha pedido.*

Se Crow nunca a tivesse conhecido, teria sido fácil recusar. Mas Skye pegara o deus que havia nele e o ensinara a ser humano. Ensinara-o a desejar, ansiar e querer.
Naquele momento, antes que ela partisse de vez, Crow segurou as mãos fortes e habilidosas delas nas suas. Ali, nas rochas, com o mar silencioso e parado em volta deles, entrelaçou seus dedos nos dela. Dedos que puxavam e remavam, consertavam e teciam.
Tecer é o que ela mais ama fazer, *ele pensou.*
Em retribuição a todos os presentes que ela havia lhe dado, Crow a presenteou com um. Ele a tornou a Tecelã do Céu e lhe deu domínio sobre as almas dos mortos, fazendo dela seu oposto: uma deusa da esperança. Capaz de iluminar o caminho através da escuridão.
Quando terminou, Crow recuou e observou o que havia feito.
Ela não era mais Skye, a filha do pescador. Junto com sua mortalidade, ele havia tirado tudo que a constituía. Ela não se lembrava da sua baía, ou do pequeno barco onde havia passado metade da vida, ou do marido que tinha deixado na costa.
Ela não conhecia Crow. Não conhecia nem a si mesma.
Ele a havia mudado.
Agora, ela era eterna. Formidável. Uma deusa de esperança e luz.
E apesar de ser magnífica, ela não era sua Skye. A garota humana que havia amado não existia mais. E onde o coração dele ficava, se um dia chegara a ter um, havia agora um vácuo furioso e vazio.

Dezoito

Na manhã seguinte, no convés do navio de Dax, Safire se inclinou contra o balaústre da popa e sentiu o borrifo salgado do mar. Depois da tempestade da noite anterior, o oceano estava calmo e reluzente como uma joia.

Com o rei ao seu lado, ela inclinou a cabeça para trás para observar os dragões voando, suas enormes asas abertas enquanto planavam por baixo das velas e em torno da popa do navio de Dax e Roa, envolvidos em uma brincadeira de perseguição. A montaria esguia e amarela do rei, uma criatura gentil chamada Faísca, estava na liderança. Os outros pertenciam aos diversos soldats a bordo, exceto um, que ficava isolado do grupo.

O dragão solitário voava mais longe, sozinho. Safire observou a luz do sol refletir nas escamas brancas de Martírio enquanto ela e o rei se colocavam a par de tudo o que tinha acontecido desde Darmoor.

Dax explicou que Martírio apareceu no horizonte pouco tempo depois do navio deles partir do porto de Darmoor, surpreendendo a todos. Roa estava preocupada com o que fariam com ele depois que chegassem a Eixo. Mas o rei achou que seria bom para Martírio ficar na companhia de outras montarias, dragões já ligados a cavaleiros. Eles poderiam ensiná-lo a brincar e lutar, e o mais importante: mostrar a ele que nem todos os humanos eram motivo de medo. Poderiam ensiná-lo a ser um dragão de novo.

Estudando a criatura solitária, Safire tinha suas dúvidas.

— Não entendo — Dax disse ao lado dela, observando a costa passar rapidamente pelo horizonte enquanto seguiam a linha costeira de Eixo, navegando rumo ao porto. Ele tinha acabado de informá-la de que um soldat de folga, que frequentemente se preocupava com a despreocupação da comandante pela própria segurança, a tinha seguido até o Papo Sedento. Quando ela não saíra, ele comunicara aquilo a Dax, que a vinha rastreando desde então. — O que um pirata como Jemsin quer com Asha?

— Talvez resgate — disse Safire, pensando em algo que Eris dissera. — Ou talvez só queira atingir *você*. — Ela apertou os olhos sob a luz do sol. Seu primo vestia uma túnica dourada, com o brasão real bordado, e seus cachos úmidos estavam ainda mais enrolados do que de costume por causa da névoa que vinha do mar. — Perturbou algum pirata recentemente?

Dax inclinou a cabeça para o lado.

— Não que eu me lembre.

— Talvez ele não queira Asha exatamente — disse uma voz atrás deles.

Tanto Safire quanto Dax viraram para ver a rainha-dragão se aproximando. Roa usava um vestido simples de lã que descia até seus tornozelos, com o capuz elegante puxado para trás e caindo solto sobre os ombros. Ela tinha olheiras e nenhum diadema dourado ornava sua testa escura, onde os cachos também negros tinham sido cortados bem rentes. Roa tinha ficado tão magra e fraca depois de sua última visita às savanas que era como se estivesse se desvanecendo. Sua preocupação e seu pesar com a fome do seu povo tinham afinado os contornos suaves dela. E se era doloroso para Safire assistir àquilo, era certamente ainda mais excruciante para Dax, que amava sua esposa mais do que a própria vida.

Safire torcia para que a ajuda que a imperatriz planejava oferecer a eles pudesse realmente aliviar o sofrimento nas savanas.

Inconscientemente, Roa encostou no próprio ombro. Safire sabia que aquele ombro carregava oito anos de marcas de garras. Essie, a irmã da rainha-dragão, tinha passado aquele tempo presa na forma de um falcão, e nunca saíra do lado da irmã, mantendo-se empoleirada ali. Nos meses de ausência de Essie, Safire notou que Roa tinha adquirido o hábito frequente de passar os dedos pelas cicatrizes, quase afetuosamente.

A rainha encarou Safire com seus olhos castanho-escuros.

— Asha e Torwin estão com a faca da Tecelã do Céu.

Safire se lembrava de ver a arma que Roa usara para salvar a irmã nas mãos de Torwin no dia antes de partirem. Aquele era o único motivo de terem ido para o scrin.

— É possível que Jemsin queira a faca que Asha carrega, e não ela própria.

Nos olhos escuros dela, Safire podia ver a noite em que Roa libertara a alma da irmã. Ela se lembrou da entidade corrompida na qual, no fim, Essie se transformou. Roa nunca teria conseguido salvá-la sem a faca da Tecelã do Céu.

— Mas por que Jemsin ia querer uma faca que corta almas? — Safire murmurou.

Ninguém tinha uma resposta para aquilo.

— E quanto à Dançarina da Morte? — Roa perguntou, abraçando sua própria silhueta magra para se proteger do frio do vento. Vendo aquilo, Dax esticou as mãos para a esposa, passando seus braços em torno da cintura dela e a puxando para perto. — Qual é a parte dela nisso tudo?

Ao pensar em Eris, Safire puxou o fuso da garota do bolso. Tinha mentido sobre enterrá-lo, para que não tentasse roubá-lo de volta.

— Ela parece ser uma trabalhadora forçada, e não parte da tripulação de Jemsin. Quando Jemsin dá uma ordem, ela obedece. — Safire passou o dedão pela madeira gasta, examinando as curvas lisas, então lembrou algo que Kor tinha dito. — Acho que Jemsin pode estar escondendo a garota, e em troca de sua proteção ela faz o que ele pede.

— Escondendo a garota de quem?

Safire encarou os olhos preocupados de Dax.

— Da imperatriz.

Safire ainda não tinha contado direito aquela parte da história para ele. Então aproveitou para relatar aos dois tudo o que tinha descoberto a respeito de Eris. Que ela não era só uma ladra que ninguém conseguia capturar. Era uma fugitiva.

— Aparentemente a imperatriz vem caçando há anos a assassina que incendiou o scrin. Ela só não sabia que essa pessoa também era a Dançarina da Morte.

Quando Safire terminou, os olhos de Dax estavam sombrios, e Roa pressionava os lábios em uma linha dura.

— Como você a capturou? — Roa perguntou no abraço de Dax, enquanto observava as mãos de Safire passearem pelo fuso. — Achei que fosse impossível pegar a Dançarina da Morte.

— Eu também — Safire disse. Em Firgaard, a garota parecera ser um fantasma. Caminhando através de paredes. Desaparecendo bem na sua frente. Mas quando Kor capturara as duas e prendera os punhos de Eris com aquelas algemas terríveis, as estranhas habilidades dela tinham simplesmente desaparecido.

Por quê?

Ela balançou a cabeça.

— O importante é manter a Dançarina da Morte até a entregarmos à imperatriz.

— Bom, não vai demorar agora — Dax disse, descansando o

queixo no topo da cabeça de Roa enquanto olhava para a proa. — Estamos quase no porto de Eixo.

— Tenho certeza de que Leandra gostaria de ser informada de que suas águas estão infestadas de piratas — Roa disse. — Deveríamos nos oferecer para ajudar a eliminá-los.

Foi só quando passou o dedão pela terceira vez em torno do fuso que Safire notou os símbolos entalhados na madeira. Havia sete estrelas em um anel na parte mais larga, quase completamente desgastados. Mas tinha alguma outra coisa ali.

Ela o levantou até a altura do rosto, estreitando os olhos na direção da palavra esculpida.

Skye, dizia.

Safire franziu a testa diante do nome. Não havia motivo para surpresa. Eris era uma ladra. O fuso tinha sido roubado, claro.

— Depois, você pode voar até a ponta mais ao sul de Eixo e garantir a segurança de Asha — Dax disse.

Safire levantou a cabeça, assustada.

— É lá que ela está?

— Torwin mandou uma mensagem na noite em que você desapareceu. Vou te mostrar a carta. Deve ser fácil encontrar Asha.

Aquelas palavras a perturbaram. Se era fácil encontrá-la, caso Eris escapasse...

Ao pensar naquilo, Safire se deu conta de que fazia algum tempo desde que verificara a prisioneira.

Segurando o fuso com força, ela se afastou do balaústre da popa.

— Então assim que Eris estiver seguramente trancada na prisão da imperatriz, encontrarei Asha e avisarei sobre Jemsin.

A comandante ainda pensava no fuso enquanto seguia para a cabine que Dax tinha designado como sua. Ela se lembrou do seu primeiro encontro com Eris. Tinha colidido com ela, disfarçada de soldat, e o fuso caíra no chão. Safire havia pego e devolvido.

No segundo encontro, no quarto de Safire, Eris também estava com o fuso. Ela o tinha visto na mão da ladra antes que desaparecesse.

Era óbvio que existia alguma conexão entre o objeto e as fugas de Eris.

Qual seria?

Quando passou pela porta e entrou em sua cabine, dois soldats a saudaram. No centro do aposento luxuoso estava Eris.

Dax queria colocá-la no brigue, onde Kor e sua tripulação também estavam presos. Safire impediu aquilo, lembrando-se do olhar do pirata naquela noite no navio. Criminosa ou não, Safire não queria aquele homem nem perto de Eris.

Agora, em uma troca irônica de lugares, as algemas de Eris estavam acorrentadas a uma das vigas acima da sua cabeça. Mas a expressão de dor em seu rosto tornava difícil para Safire se vangloriar daquilo. Ela viu que os punhos da garota estavam esfolados e sangrando.

Aço de pó estelar levava três dias para corroer carne humana, Eris dissera.

Quantos já tinham se passado?

Quase dois.

O estômago de Safire se revirou à mera ideia. Mas eles estavam quase chegando a Eixo. Assim que atracassem no porto, ela encontraria um ferreiro que pudesse retirar as algemas. Seria mais seguro e inteligente ir direto para a imperatriz, mas as algemas eram uma crueldade perversa. E Safire não aceitaria tal coisa. Só teria que ficar de olho em Eris enquanto faziam aquele desvio.

— Nos deixem a sós por um instante — ela disse aos soldats.

Depois que eles saíram, Safire fechou a porta.

—Vocês da realeza certamente viajam em grande estilo — Eris disse assim que os soldats saíram, olhando em volta na cabine. Sua voz tinha um tom lento de provocação. — Só o estofamento aqui seria suficiente para pagar comida para um vilarejo faminto.

Safire também olhou em volta. A cabine estava decorada com mobília luxuosa feita de madeira escura, estofada em tons ricos de azul e roxo. Havia retratos pendurados nas paredes e, na mesa, taças de prata ao lado de um decantador de vinho.

Eris inclinou o queixo em direção à cama.

— E eu aposto que esses lençóis de seda...

As palavras morreram em seus lábios quando seu olhar encontrou o objeto na mão de Safire. Uma expressão de desespero passou rapidamente pelo seu rosto.

Era a confirmação de que a comandante precisava.

— Primeiro você disse que tinha queimado — falou Eris, encarando a outra. — Depois que tinha enterrado. Você mentiu duas vezes. — Os lábios dela se curvaram em um lento sorriso. — Parece que estou sendo uma má influência para você.

O comentário perturbou Safire, que não respondeu. Ela pegou uma cadeira da mesa e sentou com o apoio das costas para a frente, encarando a prisioneira.

— Tenho uma teoria — a comandante disse, enquanto jogava o fuso para cima e pegava novamente; provocando Eris da mesma forma que Kor antes. — Os rumores dizem que é impossível capturar a Dançarina da Morte. — O fuso voou para cima e para baixo. Eris nunca tirava os olhos dele. — Que ela consegue escapar de qualquer cela. Que caminha através das paredes. Que escapa até da morte.

Da vez seguinte em que o fuso aterrissou, Safire fechou os dedos em volta dele. Ela percebeu que Eris a encarava intensamente.

— Não muito tempo atrás, vi você desaparecer diante dos meus próprios olhos. Agora, aqui está. *Capturada*. O que mudou entre aquela noite e essa?

Quando Eris não respondeu, Safire suspendeu o objeto de madeira pela ponta mais fina, mantendo-o ali.

— É o fuso — ela especulou em voz alta. — De alguma forma, ele permite que você desapareça.

Eris sorriu de canto de boca.

— Por que não entrega ele para mim e eu mostro se está certa ou não?

Enquanto se inclinava por cima do encosto da cadeira, Safire sorriu de volta.

— Eu sei que estou certa. Sem ele, você não é nada além de uma ladra comum.

A mandíbula de Eris ficou tensa.

— Então é isso que você faz com todos os seus prisioneiros, antes de conduzi-los até a morte? Zomba deles? Se vangloria? — Ela balançou a cabeça com nojo. — Isso é baixo demais para você.

Safire se ressentiu diante das palavras. Ela retomou a postura, mas suas bochechas ficaram vermelhas.

Ela não deveria se importar com a opinião daquela marginal.

Mas se importava. E o fato de que Eris estava certa a incomodava: zombar e se vangloriar era mesmo baixo demais para ela.

Andei passando tempo demais na companhia de criminosos, Safire pensou.

Ainda assim, ela levantou, perturbada, e caminhou até a pequena portinhola.

— Não estou levando você até sua morte — disse suavemente, olhando para o porto lá longe. Mal conseguia distinguir os cais, galpões de pescadores e barcos amarrados às docas. Mais além, a cidade se espalhava e subia pela montanha logo atrás. — A imperatriz concederá um julgamento justo.

Eris deu uma risada de escárnio.

—Você é uma tola se acredita nisso.

Safire a encarou surpresa.

— Como assim?

Em Firgaard, todo criminoso tinha direito a um julgamento. As coisas não haviam sido sempre assim, mas agora eram, sob o governo de Dax e Roa.

— Se ela me levar a julgamento, eu direi a verdade. E Leandra não quer que eu faça isso. — Os olhos de Eris estavam excessivamente brilhantes. — Acredite em mim, princesa. Não terei direito a julgamento algum. Ela vai me levar até as escarpas imortais e se livrar de mim, assim como faz com aqueles que mais odeia.

Safire cruzou os braços, virando-se de volta para a portinhola e observando a fumaça das chaminés de Eixo subirem em caracóis para o céu à distância. Ela precisava ser cuidadosa. Sabia que Eris era perfeitamente capaz de manipulá-la.

Hesitante, Safire perguntou:

— E qual é a verdade?

—Você já decidiu qual é a verdade — Eris disse em voz baixa.

Safire se virou novamente para encará-la.

—Vamos ver.

Então Eris contou a ela.

Sete anos antes...

— Nós a escondemos aqui pelo máximo de tempo possível.

Eris não tinha planejado espionar. Só havia ido até o quarto de Day porque os tecelões estavam sem tinta roxa e pediram a ela para buscar mais cardos de escarpa. Ela tinha ido avisar que subiria até a pradaria.

Day gostava de saber onde Eris estava o tempo todo.

Quando ela ouviu vozes dentro do quarto, virou-se no mesmo instante para ir embora, sabendo o que seu guardião achava de ficar ouvindo escondido. Mas, ao escutar seu próprio nome, Eris parou.

Ela não conseguiu evitar; virou-se e escutou junto à porta.

— Os luminas estão ficando mais fortes. — Eris reconheceu a voz grave do mestre tecelão. — Se ela ficar mais tempo, trará tragédia para nós.

— Eu entendo — Day respondeu com suavidade.

— Você sabe como me sinto quanto à garota. Como todos nos sentimos. Mas... sinto muito, Day.

A porta se abriu de repente. Antes que Eris pudesse se esconder, o mestre tecelão parou diante dela, com as borlas prateadas da túnica balançando. Seus olhos escuros e limpos encararam Eris cheios de surpresa.

Day saiu de trás dele.

— Eris...

Os dois trocaram um olhar por cima da cabeça dela.

— *Vejo você no jantar* — *disse o mestre tecelão. Antes de ir embora, ele tocou o ombro da garota no que só podia ser um adeus.*

Conforme seus passos ecoavam cada vez mais longe, as implicações das suas palavras reverberavam dentro dela.

Ele queria que ela fosse embora? Mas aquela era sua casa. Tudo e todos que amava estavam ali. Day. Os teares. Seu melhor amigo, Yew. Os penhascos, as pradarias e o mar...

— Por quê? — *Sua própria voz parecia estranha aos seus ouvidos. Como um espelho se quebrando.* *— Por que vou trazer tragédia para todos?*

Day se inclinou na direção dela até seus olhos estarem na mesma altura. Ele não vestia túnicas com borlas, e sim calça e suéter cinza, manchados de terra. Afinal, era apenas um cuidador.

— Me escute...

Eris não estava escutando. Estava entrando em pânico.

Sempre soubera que não era importante. Era uma órfã e a haviam aceitado por caridade. Os tecelões tinham feito uma promessa para a Tecelã do Céu: abrigar aqueles que precisavam de abrigo.

Mas Eris nunca tinha imaginado que a mandariam embora.

— Não podem me mandar embora — *ela disse, com a voz embargada.* *— Para onde iria? Não tenho outro lugar ao qual recorrer, Day. Vou ficar completamente sozinha!*

— Eris. — *Ele colocou as mãos fortes sobre seus ombros.* *— Você nunca ficará sozinha. Não importa onde esteja.*

Ela balançou a cabeça. Lágrimas faziam seus olhos arderem. Ele não disse: Vai ficar tudo bem. Não disse: Não vou deixar que façam nada.

— Você não me quer aqui — *ela se deu conta. Sempre temera aquilo, lá no fundo. E ali estava a prova.* *— Ninguém me quer.*

— Eris...

Ela não queria mais ouvir suas palavras vazias.

Então se desvencilhou dele e fugiu.

Acelerou pelos corredores, esbarrando em aprendizes enquanto escapava do scrin. Sob o sol poente, subiu pelas trilhas de terra, pela floresta boreal prateada, ao longo dos penhascos rochosos que davam para o mar. Seus passos ecoavam pela terra. Ela tentava correr mais rápido do que as palavras que tinha escutado.

Não parou de correr até alcançar a pradaria.

Lá em cima, o cheiro era de zimbro e sal marinho. Ao longe, no início dos penhascos, o mar rugia ao se chocar contra as rochas.

Eris tinha acabado de desabar na grama, cansada de correr tão rápido e para tão longe, quando um som veio do outro lado do prado.

Yew vinha estabanado na sua direção. Balindo alto, com seu rabo curto e branco balançando enquanto corria pelo campo. Ele empurrou de leve o ombro de Eris com sua grande cabeça branca e começou a se roçar nela.

Eris abraçou Yew, absorvendo seu cheiro almiscarado e enterrando seu rosto manchado de lágrimas na lã da ovelha, recentemente tosquiada.

— *Por que ninguém me quer?* — *ela sussurrou.*

Como se respondesse, Yew se enrolou do lado dela e apoiou o queixo branco macio em seu colo.

Quando parou de chorar, ela deitou na grama dourada, fitando o céu azul acima. Segurando a faca dada por Day para cortar cardos de escarpa, Eris passou os dedos pelo padrão entalhado de estrelas na bainha prateada.

— *Para lembrá-la de que a Tecelã do Céu está sempre com você* — *ele lhe dissera no dia em que a presenteara com a faca.* — *Quando for usá-la, ofereça uma prece a ela.*

Eris fechou os olhos, pensando na prece que Day recitava com ela toda noite antes de dormir:

Quando a noite cai
Lembro aqueles que partiram antes de mim,
iluminando meu caminho pela escuridão.

Quando me sinto abandonado e sozinho
Sei que suas mãos seguram os fios da minha alma
e não há nada a temer.

Quando o inimigo me cerca
Lembro que você está comigo.
E, mesmo que quebrem meu corpo não levarão minha alma.

Eles sempre falavam a última frase juntos. Eris recitou a prece duas vezes agora, e quando abriu seus olhos se sentiu mais calma. Com menos raiva. Mas ainda machucada.

Eu deveria ser grata só por terem me aceitado, *ela pensou*. Eu, uma órfã imprestável.

Usando tal pensamento como um escudo contra a dor, Eris levantou. Viu um trecho em que cardos de escarpa cresciam em tufos próximos da beirada do penhasco, então sacou a faca da bainha e foi cortar alguns.

— Como um presente de despedida — disse a Yew, que estava deitado na grama, observando-a com olhos castanhos profundos. — Para os tecelões.

Eris nem percebeu o tempo passar. Foi só quando Yew levantou abruptamente e encarou o mar que ela se deu conta de que o céu estava escurecendo e as estrelas começavam a aparecer.

A garota largou o caule espinhoso do cardo e abaixou a faca, olhando na mesma direção.

Yew baliu, agitado. Eris colocou a mão livre nas costas quentes do animal, estudando o crepúsculo azul. Uma silhueta apareceu em seu campo de visão. Algo, talvez um homem, caminhava na direção deles vindo dos penhascos. Uma enorme gralha preta voava acima dele.

Eris franziu a testa. Não havia caminho por onde subir ou descer aqueles penhascos. Era preciso escalar os degraus do outro lado do scrin.

Então de onde ele tinha vindo?

Ela se lembrou dos avisos de Day sobre desconhecidos e recuou.

— Quem é você? — Eris gritou.

De onde estava, podia ver que o andar dele era desajeitado e duro. Como se estivesse mancando.

O homem tropeçou.

Eris embainhou a faca e correu até ele. Yew a seguiu cautelosamente. Enquanto se aproximava, a garota viu que era um homem mais velho, talvez da idade de Day. Suas roupas estavam ensopadas e um corte vermelho horrível rasgava sua testa logo acima do olho direito. Sangue, agora seco, tinha escorrido pela bochecha e pelo pescoço, e se acumulado no sulco na garganta. A gralha preta circulava acima dele.

— Você está bem? — Claramente ele estava em algum tipo de apuro. — Qual é seu nome?

— Jemsin — ele disse, com a voz rouca. — Meu navio...

Suas mãos tremiam, e Eris podia ver que seus dedos estavam arranhados e feridos.

Teria ele escalado os penhascos? Ela olhou de suas mãos para seu rosto com admiração.

A gralha mergulhou de repente, batendo suas grandes asas enquanto pousava no ombro de Jemsin. O homem a encarou com seus olhos vermelhos como sangue. Eris sentiu um calafrio inesperado e voltou a recuar.

— Um vento cruel nos arremessou diretamente nas rochas — Jemsin disse. — Como se fôssemos apenas uma folha. Onde estou, garota?

— Na ilha das Sombras — ela disse, observando a gralha enquanto ela se aproximava cuidadosamente de Jemsin, pronto para segurá-lo se ele tropeçasse ou caísse. — O scrin não fica longe. Lá você vai encontrar ajuda. Onde está o restante da sua tripulação?

Ele balançou sua cabeça, e seus ombros caíram.

— Foram comidos. Os espíritos do mar pegaram todos antes que pudessem nadar até a costa.

Eris pensou nos homens nadando pelas águas prateadas e frias enquanto, um por um, seus companheiros eram puxados para o fundo por mãos com escamas e garras.

Estremeceu com a ideia.

— Venha — ela disse, segurando a mão dele enquanto o conduzia pelas trilhas de penhasco, pela floresta boreal, esquecendo os cardos de escarpa. A gralha voou do ombro de Jemsin e voltou a sobrevoá-lo. Mas, conforme se aproximavam do scrin, algo fez o homem parar.

— Espere — Jemsin disse entredentes, segurando o braço dela. Yew baliu para ele. O homem a soltou, levantando as mãos. — Está sentindo esse cheiro?

Eris deu uma fungada.

Ela sentiu o odor pungente de fumaça. Virou-se na direção do scrin. Pela escuridão, acima das copas dos zimbros, dava para ver uma multidão de faíscas vermelhas sendo cuspidas para o céu.

Um pavor atordoante se espalhou por ela.

— Não...

O homem esticou a mão novamente, mas Eris já estava correndo.

Diretamente na direção do fogo.

Para casa.

Yew baliu em algum lugar muito para trás.

Não demorou muito para Eris ver as chamas. Chamas enormes e famintas. Laranjas e vermelhas. Devorando o scrin.

Homens vestidos de preto, com lâminas prateadas nas costas, cercavam o scrin, vendo-o queimar.

Mas não foi aquela visão que interrompeu os passos de Eris.

Foi o homem sendo forçado a se ajoelhar. Sendo forçado a ver.

— Day... — ela sussurrou.

Havia uma mulher de pé na frente dele, com o cabelo claro preso em um coque formal. O modo como ela se portava, com o queixo empinado e os ombros para trás, mostrava que estava acostumada a dar ordens. Vestia preto, como os demais soldados, e segurava uma espada prateada enquanto encarava seu prisioneiro.

— Achou mesmo que poderia se esconder de mim? A voz da comandante ecoava acima do som das chamas crepitantes.

Day a encarou de onde estava ajoelhado na terra.

— Onde está?

Ele não disse uma palavra.

— Devo contar como ela gritou no final? Como ela implorou?

Day cerrou os dentes e, por um instante, Eris achou que seu guardião pudesse atacar, mas ele ficou onde estava e não disse nada.

— Me diga onde está!

Day encarou algum ponto atrás dela. Frio e silencioso. Sem nenhuma resposta.

A comandante o golpeou na cara com o cabo da espada. Day cuspiu sangue, sacudiu a cabeça uma vez como se estivesse se recuperando, e ergueu o olhar novamente. Para um ponto além da mulher. Para as estrelas.

Eris viu os lábios do seu guardião se moverem. Observou sua boca formar as palavras familiares:

— Quando o inimigo me cerca...

Era a prece que ele havia ensinado a ela. A que recitavam juntos à noite.

— Lembro — sua voz parecia ficar mais alta, flutuando até Eris no alto — que você está comigo.

A mulher fez uma cara de escárnio para Day, levantando a espada atrás de si.

Eris sabia o que estava prestes a acontecer. Sabia que era impotente diante daquela situação.

— Não...

— E mesmo que quebrem meu corpo não levarão minha alma.

A mulher atravessou o coração de Day com a espada prateada.

Eris sentiu seu corpo congelar.

Antes que pudesse gritar, a mão de Jemsin cobriu sua boca com força.

Ele a puxou para trás. Eris tentou empurrá-lo. Day precisava dela. Tinha que ir até ele.

A mulher puxou sua lâmina. Enquanto o fazia, Day olhou diretamente para Eris. Como se soubesse o tempo inteiro que ela estava lá.

Seus olhares se encontraram. Eris viu o sangue escorrendo pelo suéter cinza. Viu que seus olhos já ficavam nublados. Ela parou de lutar.

Naquele momento, antes que a morte o levasse de vez, Day formou uma palavra com a boca.

— Corra.

E então Jemsin a arrastou de volta para as árvores, dizendo a mesma coisa que Day.

— Day! O scrin! — Ela soluçou. — Meus amigos estão todos lá dentro!

Jemsin a segurou pelos ombros e a obrigou a olhar para ele.

— Me escute, garota. Seus amigos estão mortos. Não tem nada que possa fazer por eles agora. — *O pirata a puxou contra suas roupas molhadas e incrustadas de sal.* — Precisamos sair daqui. É o que ele ia querer para você: que sobrevivesse.

Jemsin a afastou e limpou as lágrimas nas bochechas dela.

Eris fitou seus olhos castanhos.

— Está pronta?

A garota assentiu.

Eles correram.

Os dois precisavam dar um jeito de escapar das ilhas, mas tudo o que Jemsin possuía tinha ido parar no fundo do oceano, e o Através só os abrigaria temporariamente, já que a única porta nele levava diretamente de volta para o scrin. Então Eris tentou trocar seu fuso por uma passagem a bordo de um navio. O condutor da embarcação riu dela e os recusou, até ver a faca na sua cintura. A que Day tinha dado a ela.

— Com isso — ele disse com olhos brilhantes enquanto a chamava de volta — temos uma troca mais justa.

Então Eris vendeu sua faca em troca da passagem.

Foi somente depois de partirem do porto, somente depois das ilhas da Estrela desaparecerem no horizonte, que Eris se perguntou: Por que Day? Por que a comandante do exército dos luminas forçara justo ele a assistir ao scrin queimar, e não os outros? Day era apenas um cuidador.

E o que eles estavam procurando? O que era tão importante que valia queimar o scrin com todo mundo dentro?

Eris se lembrou da conversa que tinha ouvido. O mestre tecelão dera uma dica na conversa com Day que ela havia entreouvido: Se ela ficar mais tempo, trará tragédia para nós.

Day não tinha discordado.

Eris não sabia por que os luminas tinham vindo ou o que eles queriam. Mas sabia de uma coisa: a destruição do scrin, o massacre de todos os seus amigos, a morte de seu guardião...

Tudo era culpa dela.

Dezenove

Eris nunca tinha contado aquela história para ninguém. E só contara agora porque talvez assim pudesse conquistar a compaixão de Safire. Daquele modo, talvez pudesse convencê-la a não a entregar para a imperatriz.

Mas outra parte dela tinha contado a história porque não podia parar de pensar na expressão de horror no rosto de Safire quando Kor dissera a ela que *Eris* era a responsável pelo incêndio. Horror. Depois repulsa. E, por fim, desprezo.

Normalmente, aquilo não importava para Eris. Quem ligava para o que outras pessoas pensavam?

Mas, por algum motivo estúpido, o que Safire pensava era importante.

No silêncio que ficou ao fim da sua história, Safire permaneceu imóvel, olhando fixamente pela portinhola. Eris se remexeu desconfortável, esperando que ela dissesse alguma coisa. A dor nos seus punhos a fez cerrar os dentes. Suas pernas tremiam por ter sido forçada a ficar de pé a noite inteira.

Finalmente, Safire se virou.

—Você espera que eu acredite — ela sussurrou — que a imperatriz massacrou um templo cheio de devotos de sua divindade… e colocou a culpa em uma *criança*? — Sua voz tinha ficado estranhamente vazia. — Acha que sou idiota?

Engolindo o nó de decepção na garganta, a ladra resistiu a dar a primeira resposta grossa que veio à sua mente.

O que você esperava?, Eris pensou. *Que ela acreditasse em você, uma ladra ordinária trabalhando para um pirata horrível, em vez de na governante benevolente de uma sociedade pacífica?*

É claro que Safire tomaria partido da imperatriz. Ela era realeza, como Leandra.

Eris observou a comandante desamarrar desajeitadamente a fita azul-clara que mantinha seus cabelos pretos fora do rosto e a amarrá-la no punho. Em seguida, passou dedos frustrados pelos fios, puxando-os para trás, seus dedos formando um nó com raiva.

— É do seu interesse que eu fique do seu lado — ela disse, com a voz irritada enquanto deslizava uma faquinha pelo nó, usando-a para segurá-lo ao mesmo tempo que a ocultava. — Você precisa que eu te solte.

Sim, Eris precisava daquilo. Mas existia outro motivo para contar a história: aquela era a *verdade*.

Ela se sentiu enganada por ter lhe entregado algo precioso que fora descartado como lixo.

Desde quando sou tão ingênua?, Safire pensou amargamente.

Safire balançou a cabeça, enojada.

— Entendo por que você é indispensável para Jemsin. Não é apenas uma excelente ladra. É uma mestra da mentira.

—Você está certa — Eris disse, derrotada. — Inventei tudo isso para que me libertasse.

Safire fez uma careta.

— Acha que vou te deixar livre para caçar minha prima? Mesmo se eu *acreditasse* em você, não a libertaria.

Alguém falou lá em cima, interrompendo as duas. Eris olhou rapidamente para a porta, com o corpo tenso.

— Estamos chegando ao porto — Safire disse, olhando pela portinhola.

Eixo. Onde ficava a cidadela de Leandra.

— Perfeito — Eris murmurou, enquanto uma sensação terrível borbulhava nas suas entranhas. — Quanto antes isso terminar, antes estarei livre de você.

— Mal posso esperar — Safire respondeu.

Após o navio baixar a âncora, a comandante e um punhado de tripulantes foram encontrar a escolta do rei e da rainha, deixando Eris a cargo de dois soldats. Os dragões foram levados para longe para uma breve quarentena. Ao que parecia, eles deixavam a imperatriz desconfortável.

Os guardas com Eris a forçaram a sentar na beira do cais, onde o único jeito de escapar seria pelo mar. De mãos presas, se tentasse saltar e nadar, ela morreria afogada.

Eris estava contemplando tal destino quando parou e observou os punhos. Sua pele estava coberta de sangue seco rachado, e as feridas ficavam mais profundas. No dia seguinte, àquela hora, já conseguiria ver os ossos. Se ainda estivesse viva.

O que a imperatriz faria quando finalmente tivesse sua preciosa fugitiva?

Um esguicho de água interrompeu seus pensamentos. O cheiro de peixe podre flutuou até ela.

Sua pele se arrepiou. Eris conhecia aquele cheiro.

Quando se virou na direção dele encontrou dois olhos fixos nela. Tão arregalados como os de um peixe. A criatura tinha saído da água e estava agora sentada no cais, encarando Eris. Seu corpo esguio era parte escamas, parte luz das estrelas.

Um espírito do mar.

O coração de Eris batia loucamente enquanto o resto de seu corpo permanecia imóvel. Ela se lembrou do som de dentes rasgando a carne da tripulação de Kor enquanto remavam até a praia.

— Conheço você — o espírito disse, com uma voz líquida e musical.

— Duvido — Eris respondeu, com os pulmões congelados no peito. Não ousou olhar para trás, para onde os guardas estavam. Não queria fazer qualquer movimento súbito. A criatura estava sendo amigável. Mas aquilo poderia mudar a qualquer momento.

Ela olhou em volta do cais. As tripulações de outros navios andavam de um lado para o outro. Ninguém mais estava vendo aquilo?

— O Deus das Sombras está ficando mais forte. — A criatura moveu as pernas escamosas, deixando-as penduradas para fora do cais. — Achamos que você gostaria de saber disso.

— Por que eu gostaria de saber? — Eris perguntou, mantendo os olhos no cais.

— Porque você sente isso também. — O espírito do mar sorriu, mostrando seus dentes afiados. — Quando ele estiver livre, irá atrás dela.

Eris franziu a testa. A criatura estava falando coisas sem sentido. Ela não sentia nada daquilo.

— Irá atrás de quem?

—Você sabe de quem.

— Não, eu realmente não sei — ela disse.

De repente, a criatura se inclinou para a frente, esticando dedos escamosos na direção dos punhos de Eris.

— Quem fez isso com você?

Ela afastou as mãos algemadas.

— Por favor. Só vá embora.

— Eu poderia ajudar. Poderia aliviar a dor.

Eris parou, estudando a criatura. Ela não tinha pálpebras, só olhos pretos líquidos. Seus pés eram levemente membranosos e seus dentes, afiados como navalhas. Mas havia algo etéreo, quase sereno, no modo como apertava seus lábios finos ao ver os punhos presos de Eris.

— Eu poderia... remover isso.

— É mesmo? — Eris disse entredentes. — Sei que seu tipo gosta de carne fresca. Seria esse o preço?

A criatura torceu o nariz.

— Coisa tola. Não *você*. Seria um presente... daqueles que querem libertá-lo.

Um calafrio percorreu Eris. Ela levantou a cabeça e viu dentes reluzentes e pontiagudos.

— Libertar quem?

A criatura suspirou profundamente.

— Acabei de dizer. O Deus das Sombras.

Um ruído os interrompeu. Passos no cais.

Atrás deles, uma voz familiar disse:

— Eris, nós...

Os olhos do espírito do mar se voltaram para a direção do som. A ladra se virou e viu Safire paralisada diante do monstro. Quando Eris olhou de volta para o espírito, entendeu o motivo. Os olhos da criatura estavam vermelhos como sangue agora, e a serenidade do seu rosto fora transformada em algo...

Faminto.

A criatura se jogou na direção de Safire, seus dentes brancos brilhando enquanto sua mandíbula escancarava.

Eris agarrou a perna escamosa, e o espírito do mar caiu no cais. Ele chutou, tentando segurar na madeira, tentando se arrastar na direção de Safire. Desesperado. Enlouquecido.

Safire sacou a faca, tremendo.

A pegada de Eris escorregava. Ciente do que aconteceria se a criatura se soltasse de vez, ela enterrou seus dedos com *força*.

O espírito gritou e se virou para trás. Sibilou na cara de Eris, furioso e selvagem.

Mas não mordeu. Não queria a ladra.

Quando sibilou novamente, ela sibilou de volta.

O espírito piscou, como se assustado.

— Tola. — A criatura cuspiu a palavra, depois se voltou uma última vez para Safire, com os olhos esfomeados, antes de virar abruptamente para o mar escuro. Eris o soltou enquanto o espírito mergulhava na água e desaparecia nas profundezas.

Safire arfava. Ela baixou a faca.

Eris levantou as mãos algemadas, sinalizando para que não se aproximasse mais da água. Mas o mar estava calmo, sem nenhum sinal do espírito do mar. O único som remanescente era o de cascos batendo contra a madeira do cais.

Atrás de Safire, os soldats tinham todos sacado suas lâminas, atentos a Eris.

Ela os ignorou, examinando a comandante.

—Você está bem?

Safire tirou os olhos das águas. Depois de algum tempo, sussurrou:

— Por que fez isso?

Eris abriu a boca para falar, mas não tinha uma resposta.

O espírito do mar tinha oferecido liberdade a ela. Teria matado Safire, uma pessoa determinada a levá-la até seus inimigos. Teria até tirado as algemas dos seus punhos.

Se não tivesse impedido a criatura, Eris estaria livre agora.

Ela cerrou os dentes. *Por que está sendo tão idiota hoje?*

E então o som pesado de passos ecoou pelas docas. Eris viu vários homens vestidos de preto se aproximando. A luz das lâmpadas refletia nas botas pretas polidas, nas fivelas prateadas. Havia lâminas cruzadas em suas costas.

Luminas.

A visão originou uma onda de pânico nela.

Subitamente, Eris viu Day, se ajoelhando diante de uma lâmina daquelas. Sentiu o cheiro do scrin ardendo atrás dele. Ouviu os tecelões gritando, presos atrás das portas.

Ela cambaleou para trás.

Safire a segurou, impedindo que caísse no mar.

— Preferia que tivesse deixado eu me afogar — Eris disse à comandante enquanto os luminas a empurravam pelo cais e pelo portão da cidade.

Eris preferia morrer afogada a parar nas mãos *deles.* Dos que tinham tirado tudo dela.

Aquele era seu pior pesadelo transformado em realidade.

Vinte

Eris salvou minha vida.

Safire estava atordoada com a constatação enquanto mexia nas pontas da fita azul amarrada no punho.

Por que fizera isso?

A ladra poderia facilmente ter deixado que o monstro a matasse. Que matasse todos eles. Ela estaria livre no mesmo instante.

Enquanto avançavam pelas ruas de Eixo, Dax e Roa cavalgavam mais acima, acompanhados por seus guardas. Safire se mantinha para trás, tomando conta da prisioneira. Vários luminas caminhavam com eles, cada um com um emblema de círculo de sete estrelas no seu peito.

Ao redor, os sons das vozes dos bêbados se misturavam à música e ao barulho de palmas. Para onde quer que Safire olhasse, havia fitas balançando em tornozelos e punhos, rostos cobertos com tinta prateada e florzinhas azuis entrelaçadas nos cabelos de homens e mulheres, mais outras tantas espalhadas pelos paralelepípedos.

A comandante, que normalmente estaria memorizando cada esquina, vitrine e rosto, continuava atenta a Eris, cujas mãos agora estavam livres das suas amarras.

Safire tinha feito uma promessa à garota. Então, assim que haviam entrado na cidade, ela exigira que encontrassem um ferreiro para remover suas algemas. Os luminas tinham feito oposição, dizendo que a imperatriz estava impaciente para encontrar seus visitantes. Safire insistira, afirmando que não tinha carregado a fugitiva por toda aquela distância para que perdesse as mãos por uma prática tão cruel.

Talvez tivesse sido a coisa errada a dizer. Acusar seus anfitriões de crueldade não era a melhor maneira de passar uma boa impressão. Todos os soldados tinham estreitado os olhos para ela, e até Dax fizera uma cara de desespero. Como quem dizia: *Pode não estragar tudo, por favor?*

Mas Roa viera em sua defesa, indicando uma forja do outro lado da praça.

Agora, Eris caminhava ao lado de Safire. As mãos dela estavam presas com corda, mas mesmo aquilo parecia horrível. Seus punhos tinham sido brutalizados, e os cortes profundos sangravam. A corda claramente os deixava irritados.

Acima de tudo, Safire podia sentir a energia contida de Eris, como se ela esperasse por sua chance de fugir. Para impedi-la, a comandante segurava firmemente a ponta da corda.

— Faz anos que estamos tentando capturá-la — disse uma voz repentina ao lado dela. Safire viu um lumina jovem e alto. O peito do uniforme exibia o brasão da Tecelã do Céu, como todos os outros. — Como você conseguiu?

— Na verdade, foi ela quem me capturou — respondeu Safire, atenta a alguma coisa ao longe.

Além dos telhados do quarteirão, uma torre preta e solitária se erguia na névoa cinza, parecendo nunca desaparecer de vista. Não importava quantas ruas virassem, ela continuava lá. Tomando conta deles.

Enquanto Safire contava a história ao jovem, alguém deu um súbito puxão na corda. A comandante olhou para Eris, segurando mais forte. Mas a garota tinha apenas tropeçado no calcanhar do lumina à frente dela.

— Não se preocupe — disse o soldado ao lado de Safire, percebendo sua inquietação. — Logo chegaremos à cidadela. Assim que a multidão nos deixar passar. — Ele piscou para ela. — Me chamo Raif, aliás.

Eris olhou na direção deles.

— Sou Safire.

— Eu sei.

A comandante olhou para aqueles olhos cinza emoldurados por cílios loiros. Raif sorriu para ela.

— Você chegou bem no meio da Noite de Skye — disse ele, aproximando-se.

— É mesmo? — respondeu Safire, fingindo interesse. Ela sentiu outro puxão na corda e notou que Eris estava analisando o quarteirão. Como se procurasse por alguma coisa.

— Já ouviu falar dela? — Raif perguntou. — A garota que se apaixonou por um deus?

Skye. Ela sacudiu a cabeça, apesar de reconhecer o nome. Ele estava gravado no fuso de Eris.

— É meio que uma lenda das ilhas da Estrela.

Se Skye era uma lenda, certamente haveria um monte de garotas com seu nome. Aquele fuso podia pertencer a qualquer uma delas.

— A Noite de Skye é um festival dedicado a ela. Envolve promessas e pedidos de noivado. — Ele sorriu maliciosamente. — É uma noite de uniões secretas.

— É uma orgia de bêbados — Eris murmurou ao lado dela.

Safire olhou em volta. Fitas e pétalas dançavam no ar. Eles passaram por um padre realizando uma união, depois por uma roda de casais dançando, com os rostos marcados em prata. As mulheres tinham grinaldas de flores na cabeça e seus parceiros as conduziam no compasso da música.

Logo a multidão ficou mais densa, e continuou a aumentar. Dax e Roa pareceram menores ainda para Safire, de tão adiante que estavam. Raif e os outros dois luminas permaneceram para trás. Por todo o percurso, ele sorriu e contou a ela sobre a cidade. Sobre como tinha sido construída milhares de anos atrás, após a derrota do Deus das Sombras. Sobre como o brasão da imperatriz — que ele usava com muito orgulho no peito — era um símbolo das sete ilhas da Estrela, além das sete estrelas na coroa da Tecelã do Céu.

Por fim, ele disse saber onde ficava a praia mais bonita do mundo, acrescentando que, se ela quisesse, poderia levá-la para ver o pôr do sol um dia daqueles.

Ao lado dela, Eris zombou:

— Acredite em mim, Raif, ela não é o tipo de garota que para e assiste ao pôr do sol.

A comandante a encarou.

— É mesmo?

— É mesmo — disse Eris, olhando para a frente.

Ela estava tentando provocá-la. Mexer com sua cabeça outra vez. Safire sabia que o melhor a fazer era ignorá-la. Mas havia algo no seu tom de voz que era quase possessivo. Safire não podia deixar passar batido.

—Você não sabe nada a meu respeito.

Um lado da boca de Eris se curvou enquanto ela olhava para as costas dos luminas marchando à sua frente.

—Você não é uma pessoa tão difícil assim de se ler, princesa. Ordem, rotina, controle... É esse tipo de coisa que excita gente como você. Não espontaneidade. Não praia e pôr do sol.

As bochechas de Safire enrubesceram de raiva.

— Gente como eu.

— Exato — disse Eris, olhando para ela agora. — Gente como você. Vocês são previsíveis como pedras.

A raiva borbulhou dentro de Safire.

Mas o que importava o que Eris pensava dela? Ela era uma ladra assassina. Não era *ninguém*.

Raif virou a esquina diante deles.

Safire o seguiu, e quase deu um encontrão nele, levando Eris junto. Antes que pudesse ver por que o soldado tinha parado, ele esticou o braço, empurrando-a para trás. A comandante olhou por cima do ombro de Raif e descobriu o motivo.

Cinco luminas estavam a cerca de dez passos de distância, vestidos de preto. A luz refletia em suas lâminas. Eles formavam uma roda enquanto um deles batia com um tipo de porrete no que parecia ser um saco de grãos.

Quando Safire olhou melhor, percebeu que era uma jovem.

Ela ficou sem ação, vendo o porrete descer repetidas vezes. A visão despertou uma lembrança. Em um instante, ela estava de volta a Firgaard. Mal tinha feito catorze anos. Estava curvada sobre os azulejos com mosaicos no chão do palácio...

A silhueta sombria de Jarek e seus soldats sobre ela, suas botas deixando marcas na barriga e nas costas, nos ombros e pernas. Lugares em que seria mais difícil perceber os machucados. Com cada golpe, a dor explodia dentro dela. Mas Safire preferia os golpes aos nomes pelos quais a chamavam. Nomes horríveis e nojentos. Os mesmos que usavam para xingar sua mãe.

E então, como se tivesse acabado de sair de uma história antiga, Asha estava lá, vestida com seu traje de caça, suja de sangue de dragão. Seus olhos pretos ficaram selvagens quando ela segurou seu machado de arremesso em uma das mãos, gritando para eles. Gritando coisas duas vezes mais horríveis do que eles tinham gritado para Safire.

Raif deu meia volta, pegou a comandante e a arrastou, levando Eris com eles. Saiu do beco silencioso antes mesmo que ela expirasse. Mais uma vez, eles foram cercados pela multidão. Mas Safire ainda estava presa ao passado, com contas para acertar.

Dax parou atrás de Asha, a tempestade em seus olhos desmentindo seu comportamento tranquilo, sugerindo que ele queria mais do que tudo sacar sua arma e se juntar à irmã. Em vez disso, ele segurou firme sua espada embainhada e ficou entre os soldats e as duas garotas, fazendo-se de escudo.

Raif segurou o braço de Safire, tirando-a das lembranças de repente.

— Continue andando.

Não importara que seus primos a tivessem salvado da agressão. No dia seguinte, os soldats estavam de volta a seus postos, esperando o momento de atacar. E, quando eles não voltavam, outros assumiam seus lugares. Mas não fora aquilo que marcara Safire.

O que ela nunca esquecera fora de Asha e Dax indo em seu auxílio *sempre*.

Teria a mulher apanhando alguém para salvá-la?

— Ela precisa da nossa ajuda — disse Safire.

— Confie em mim — disse Raif, olhando para a frente. — Não temos como ajudar. Mantenha a cabeça baixa e acelere o passo.

— Concordo com Raif nessa. — Eris tinha um olhar solene. — Aquela mulher já era. E você também vai morrer caso se meta.

Se isso é verdade, pensou Safire, *então alguém precisa mesmo impedi-los.*

Ela passou a corda de Eris para Raif e se virou, abrindo caminho pela multidão. Alguém grunhiu para que saísse da frente. Ela ouviu Raif gritando para que parasse.

E então estava de volta ao beco, deixando o mercado para trás enquanto avançava para o círculo de luminas. O que segurava o porrete estava tão envolvido em seu jogo brutal que só a viu quando ela parou entre ele e a mulher deitada no chão, machucada e quebrada. Safire segurou o porrete com a palma da mão.

Aquilo deveria ter doído um bocado. Mas tudo o que Safire sentia era sua própria raiva aumentando.

Os olhos azul-claros do lumina se arregalaram, surpresos. Os demais assistiam a tudo congelados.

— Ousa interferir na lei da imperatriz? — disse o soldado na frente dela, tentando arrancar o porrete da mão de Safire. Com um corpo musculoso e um rosto marcante, ele era o tipo de homem que ela teria chamado de bonito em outras circunstâncias. Aqueles tipos frequentemente eram bonitos.

Safire segurou mais forte, aguentando firme. Tentou incorporar a calma de Dax, apesar de todo o seu corpo tremer.

— Tenho certeza de que não existe nenhum crime que mereça uma punição tão doentia.

Ele a olhou de cima a baixo.

— Você claramente não é daqui, então serei generoso. Dê o fora agora mesmo e não vai sofrer as consequências. — Ele assentiu para que fosse.

Por um breve momento, Safire hesitou. Talvez estivesse errada. Talvez a mulher aos seus pés fosse responsável por um crime verdadeiramente hediondo. Afinal, Safire era uma convidada em Eixo. Não devia assumir que sabia mais do que os soldados que viviam e trabalhavam ali. Mais do que aquilo: uma confusão poderia prejudicar a visita de Dax. Poderia impedi-lo de conseguir a ajuda de que precisava para os nativos das savanas.

Safire estava a ponto de recuar quando uma voz apavorada a tirou dos seus pensamentos.

— Por favor, senhora...

Com a mão ainda segurando a clava do lumina, Safire olhou para a mulher no chão. De perto, ela parecia muito jovem. Talvez tão jovem quanto a própria Safire. Seus braços tremiam enquanto ela ficava de joelhos. Seu olho esquerdo estava fechado de tão inchado, e Safire notou que seu braço estava quebrado. Quando seu olho direito mirou a comandante, brilhou com as lágrimas.

— Não vá embora — ela sussurrou. — Eles vão me matar.

Era como Eris dissera: *aquela mulher já era*.

Um arrepio percorreu a pele de Safire. No dia em que Dax a nomeara sua comandante, ela jurara defender aqueles que precisavam. Não interessava o crime daquela mulher — se é que era culpada de algo —, a punição nunca deveria ser o espancamento até a morte.

E, se Dax estivesse lá, concordaria.

Safire se ergueu, ficando de pé. Arrancou o porrete da mão do soldado e virou para a jovem aos seus pés.

— Corra — ela disse.

Em resposta à sua rebeldia, várias lâminas foram sacadas ao mesmo tempo.

— Fuja *agora*!

A mulher obedeceu. No momento em que um dos soldados se moveu para impedi-la, Safire girou a clava, acertando-o com um golpe entre as escápulas. A provocação funcionou. Ele se esqueceu de sua presa e se virou para ela.

— Garota idiota — disse o lumina que perdera o porrete, dobrando as mangas. — Tudo bem. Estou generoso hoje. — Ele olhou para os outros, estalando cada junta dos dedos. — Vamos mostrar a essa aí como tratamos os inimigos da Tecelã do Céu.

Safire sacudiu a clava, segurando-a pela base. Pronta para ele. Pronta para todos eles. Já estivera naquela posição centenas de vezes. Não havia nada que os soldados pudessem fazer a ela que já não tivesse sido feito.

Mas, antes que ele pudesse dar o primeiro golpe, Eris estava lá. Livre das cordas que a prendiam um momento atrás. Seus olhos cintilavam, seu cabelo brilhava. Ela tinha o fuso na mão — recuperado do bolso de Safire —, e se abaixou para desenhar uma linha prateada brilhante nos paralelepípedos cobertos de areia.

Eris segurou a mão de Safire enquanto levantava. Uma neblina prateada cobriu o beco, engolindo os soldados, que desapareceram primeiro. Em seguida, foi a vez do barulho do mercado estar distante. Depois a rua.

Safire não conseguia ver Eris ou qualquer outra coisa. Mas ela sentiu aqueles dedos quentes entrelaçados firmemente nos seus. Conduzindo-a.

— Não solte — disse Eris.
E ela não soltou.

Vinte e um

Quando a névoa virou uma neblina cinza, Safire levantou a cabeça. Por um único momento fugaz, o céu adquiriu um tom de preto profundo, pontilhado com estrelas. Muitas estrelas. Mais brilhantes, mais claras e mais próximas do que nunca. Tão próximas que Safire ergueu os dedos convencida de que poderia tocar uma delas.

E então, subitamente, a neblina se dispersou. Na sua ausência, voltaram os sons do mercado que tinham deixado para trás. Corpos quentes esbarravam em Safire. O cheiro de açúcar e flores a envolveu. Instrumentos de corda tocavam bem alto nos seus ouvidos.

— Diabos — Eris xingou, materializando-se ao lado dela. Seus dedos continuavam entrelaçados.

— O que acabou de acontecer? — Safire perguntou, olhando em volta. Saias rodopiaram e fitas tremularam conforme casais giravam ou passavam por eles, levados pela música. Todas as garotas tinham grinaldas de flores na cabeça, e seus sorrisos cintilavam mais do que as estrelas.

Uma multidão apertada cercou os dançarinos para vê-los e incentivá-los.

— Eu estava tão desesperada para sair daquele beco — disse Eris, olhando em volta, a angústia clara no seu rosto — que pensei mais *nisso* do que no lugar para onde queria ir. — Ela sacudiu a cabeça. — Me confundi ao atravessar. Agora voltamos para cá.

Nada daquilo fez sentido para Safire.

— Pra cá onde? — ela sussurrou.

— Estamos em uma dança de noivado — disse Eris, assistindo aos passos singulares dos dançarinos. Ela apertava sua mão cada vez mais. Safire olhou dos casais de bochechas rosadas girando em volta delas para o anel de espectadores que os cercava. Todos eles rindo, cantando e gritando incentivos.

A cena pareceu repentinamente familiar. Ela se deu conta de que tinham passado por ali não fazia muito tempo. Mas haviam atravessado pelo lado de fora da roda de dança. Agora estavam do lado de dentro.

A atenção da multidão foi se concentrando aos poucos no único casal ainda de pé dentro da roda: Eris e Safire. Suas testas se franziram e seus lábios se moveram. Alguém estendeu uma coroa de flores para Eris, entendendo errado o motivo de estarem ali.

Safire observava o que havia além da roda, na ponta do quarteirão. Luminas passavam apressados, parando os foliões para interrogá-los, gritando para outros soldados ajudarem a procurar os fugitivos.

Eris devia ter notado também. De repente, tirou a faca de arremesso do nó prendendo o cabelo de Safire, de modo que os fios caíram soltos em volta do seu rosto.

— O que está fazendo? — ela sussurrou enquanto Eris pegava a grinalda de flores azuis e a colocava na cabeça da Safire.

Eris passou o braço na cintura dela.

— Finja que está perdidamente apaixonada por mim — a ladra murmurou, vendo os soldados passarem por fora da multidão. — E faça o que eu fizer.

Antes que Safire pudesse protestar, Eris a conduzia nos passos da dança. Do lado de fora da roda, luminas as caçavam. Normalmente, o uniforme teria denunciado Safire. Mas ela ainda vestia as roupas neutras que colocara para espionar Jemsin no Papo Sedento. Nada a distinguia como a comandante do rei-dragão que visitava as ilhas.

Alguém deu um grito de incentivo. Safire viu a multidão comemorando conforme ela e Eris iam se juntando aos casais de noivos. A maioria era de homens e mulheres, exceto por um casal de garotos mais para a ponta, os dois vestindo coroas de flores na cabeça e sorrindo felizes um para o outro. Eris inclinou a cabeça para o homem que a presenteara com a grinalda. Safire notou que na verdade ela acompanhava o espaço mais adiante, atenta aos luminas, que pelo visto não haviam pensado em verificar a roda de dança. Por que fariam aquilo? Estavam atrás de uma fugitiva perigosa e uma soldada desobediente, não de um casal apaixonado.

Ela devia ter impedido Eris. Devia tê-la arrastado para fora da roda e a levado para os luminas que as procuravam. Mas ainda se lembrava do olhar daqueles homens. Queriam machucar Safire do mesmo modo que tinham machucado a menina que ela salvara.

A comandante pensou no relato de Eris sobre a noite em que o scrin queimara.

E se ela falou a verdade?

Acima de ludo, ali não era Firgaard. Safire não conhecia a punição por desafiar diretamente — ou, ainda pior, atacar — um dos soldados da imperatriz. Ela podia ser a comandante de um rei visitante, mas não sabia se aquilo importava.

Safire tinha pouquíssimo poder ali. E Eris a salvara. Por quantas vezes? Já havia perdido a conta.

Em uma estranha virada de jogo, uma coisa era certa: ela confiava em Eris. Pelo menos naquele momento.

Então, conforme a ladra marcava o ritmo dos passos para ela,

Safire a acompanhou, misturando-se ao grupo. Pelo menos até pensar no que fazer.

Era uma sensação estranha deixar Eris conduzir. Fazia com que suas palmas suassem e sua pulsação acelerasse.

Logo, elas estavam com a respiração tão pesada quanto a dos outros dançarinos. Enquanto o condutor gritava as instruções — que Eris entendia, mas ela não — o cabelo solto de Safire começou a grudar na sua pele suada. De vez em quando, após Eris analisar o perímetro com seu rosto corado, ela voltava a cabeça para a outra. Seus olhares se encontravam, e ela sorria.

Como um segredo compartilhado, aquele sorriso fazia o coração de Safire acelerar. Ela baixou os olhos, tentando reprimir qualquer sentimento caloroso se atiçando dentro dela.

De repente, a música parou. Eris a pegou com força pelo punho, mantendo-a perto. O peito das duas subia e descia com a respiração. Os luminas estavam indo embora, passando pela roda. Somente alguns soldados permaneceram para trás, falando baixo uns com os outros perto de uma tendas de flores.

Safire ouviu o barulho animado da multidão em volta delas quando o condutor — o homem que dera a coroa de flores para Eris — gritou as últimas instruções. Eris ficou rígida, o que chamou a atenção de Safire. Ela deixou os luminas para lá e se concentrou na roda.

Gritos de encorajamento foram dados ao longo do grupo. Safire viu o jovem perto dela indo buscar sua parceira e então a beijar com vontade na boca. Os outros pares de dançarinos se abraçavam com intimidade.

Logo, os olhares dos espectadores se voltaram para o único casal que não seguia as instruções: Safire e Eris. A multidão começou a fazer coro enquanto o condutor repetia sua instrução final, daquela vez só para elas.

Safire e Eris se entreolharam.

O coro ficou mais alto. Os luminas tentavam entender de onde vinha aquele barulho tão animado.

Ao notar o que acontecia, Eris tocou o rosto de Safire com as mãos quentes. A comandante encontrou seu olhar suave.

— Pronta? — ela sussurrou.

Safire abriu a boca para dizer: você não pode estar falando sério!

Mas Eris já inclinava a cabeça da comandante para trás.

E a *beijava*.

Vivas irromperam ao redor delas.

O toque dos lábios de Eris fez os nervos de Safire faiscarem. Percebendo o pânico da outra, a ladra desceu o dedão gentilmente por sua mandíbula, depois por seu pescoço. Acalmando-a. Persuadindo-a a se envolver mais com o beijo.

—Você está se saindo bem — ela murmurou. — Só me acompanhe.

Safire relaxou e a imitou.

Eris tinha gosto de tempestade. Como trovões, relâmpagos e chuva, tudo misturado. Safire pegou sua camisa, precisando de uma âncora para firmá-la no turbilhão que se formava dentro dela.

Um turbilhão despertado por Eris.

A ladra sorriu, com a boca encostada na de Safire, suas mãos deslizando por seus quadris, puxando-a para mais perto.

Safire sabia que, se não a afastasse naquele momento, talvez nunca mais o fizesse.

O pensamento a apavorou.

Ela recuou rapidamente, ofegante.

Assim que abriu os olhos, um brilho dourado atraiu sua atenção. Ela se virou para ver o que era. Além da roda, encontrou um jovem as observando. O brasão de um dragão enroscado em uma espada marcava sua túnica dourada. Ele parecia chocado.

Dax.

O rei havia testemunhado tudo.

Aquilo fez Safire se lembrar de quem era. Lembrar-se de com quem estava e do que aquela garota era capaz de fazer. Ela havia acabado de beijar a Dançarina da Morte — a garota que roubara a joia do tesouro de Dax, que estava destinada a ajudar os mais prejudicados pela praga das savanas.

A garota que planejava caçar Asha e entregá-la para Jemsin.

Safire procurou Eris para impedi-la de escapar. Para corrigir as coisas.

Mas ela já havia sumido.

Vinte e dois

Daquela vez, quando Eris passou pela neblina cinza, concentrou-se com vontade em seu destino. Conforme a neblina espiralava, ela não andava mais pelas ruas festivas de Eixo, cheias de cores, risos e dança. Caminhava sob o céu estrelado, com o silêncio reluzindo ao seu redor enquanto ela fazia a travessia.

Quando a porta azul-escura com uma lua e estrelas pintadas apareceu na frente dela, Eris relaxou. A fuga tinha sido um sucesso. Girando a maçaneta prateada, ela a abriu e entrou, caindo direto no labirinto, cujas paredes de vitrais cintilando com misteriosas luzes brancas flutuava logo acima.

Fechando a porta atrás dela, Eris relaxou. Em seguida, abriu os dedos, revelando uma fita azul-clara na palma.

Diferentemente dos últimos itens roubados de Safire apenas para provocá-la, a fita fora pega com um propósito.

Correndo pelo labirinto, Eris pensou em Safire. Lembrou-se do calor da sua boca, da maciez dos seus lábios... e de seu olhar aterrorizado quando ela se afastou abruptamente. Enquanto a própria Eris sorria como uma pateta.

Sou muito trouxa.

Ela fechou a mão, apertando a fita com força.

— Boa noite, Eris.

A voz rouca atrás dela a fez assumir uma postura ereta. A

ladra girou, afastando-se cambaleante da coisa parada nas sombras pelas quais acabara de passar. Suas penas preto-azuladas, suas garras mais pareciam ganchos e seus olhos eram vermelhos como sangue.

Kadenze.

O convocador de Jemsin.

Meio humano, meio monstro, ele era a única coisa que podia segui-la pela névoa e pelo Através, até o espaço entre os planos. Kadenze era o motivo de Eris nunca ter conseguido escapar de vez de Jemsin. A gralha podia rastreá-la em qualquer lugar.

O olhar infernal do convocador a queimava.

— Estava à sua espera.

Eris escondeu a fita atrás das costas e engoliu em seco.

— O que ele quer?

— Jemsin está muito preocupado.

Ela estreitou os olhos para o monstro à sua frente.

— É mesmo? Bem, pode dizer a Jemsin que Kor, o amigão dele, me atrasou consideravelmente.

— Jemsin vai lidar com Kor — disse Kadenze, analisando-a com seu olhar sangrento. — Faça o que prometeu.

— Estou trabalhando nisso — Eris grunhiu. — Só preciso de algum tempo. *Pelas marés.*

— Ele pediu para lembrar a você qual seria o preço de fracassar.
— Kadenze se aproximou.

Eris nunca havia falhado em um trabalho, e não ia começar agora. Certamente não com tanto em risco. Se entregasse a namsara para ele, Jemsin deixaria que partisse em liberdade. Se falhasse, ele ia entregá-la a seus inimigos.

Eris não falharia.

Uma brisa fria repentina e arrebatadora soprou, fazendo-a estremecer. Ao senti-la, o convocador olhou para os vitrais atrás de

Eris. Ela não se deu ao trabalho. Sabia o que era: o fantasma se movendo pelo labirinto, provavelmente atraído pelo som das vozes.

— Por que Jemsin quer a namsara? — Eris nunca tinha feito aquela pergunta. Só a fazia agora porque, tendo sido forçada a conviver com Safire nos dias anteriores, não pudera deixar de notar como ela se preocupava com a prima. Como era protetora em relação a Asha.

— É a imperatriz que a quer.

Eris ergueu o queixo. Não esperava por aquilo.

— O quê?

O convocador transferiu o peso de uma pata para outra, agitando suas penas e batendo as garras no piso. Como se algo o enervasse.

— Leandra fez um acordo irrecusável com o capitão.

Eris estreitou os olhos, pensando no encontro de Jemsin com a imperatriz. Ele a tinha enviado a Firgaard por aquele motivo. Leandra devia ter feito a proposta para o pirata naquela ocasião.

— O que ela ofereceu?

— Acesso livre às águas de seu reino *se* Jemsin entregar a namsara.

Eris assoviou, desejando que Safire pudesse ouvir aquilo. Que tipo de rainha benevolente daria permissão para um pirata pilhar todo o entorno das ilhas da Estrela? Era uma troca que favorecia muito mais a Jemsin, o que fez Eris se perguntar o que Asha possuía que a imperatriz tanto queria.

E por que não convidá-la para ir junto com o irmão, que estava a caminho da cidadela naquele momento?

Talvez a imperatriz houvesse feito aquilo e a namsara tivesse recusado o convite.

Eris sacudiu a cabeça. Todas aquelas perguntas estavam começando a lhe dar dor de cabeça. O que importava, de qualquer maneira? Não era problema dela. Com a fita segura na mão, Eris se afastou do mostro.

— Já acabamos por aqui? — perguntou, caminhando na direção da primeira esquina do labirinto.

— Por enquanto.

A porta se abriu com um rangido. Eris não esperou para vê-la se fechar e seguiu em frente. Seus pés tinham memorizado o caminho até o centro do labirinto havia muito tempo. As imagens das paredes de vidro pintado eram tão familiares que sonhava frequentemente com elas: paisagens marinhas, penhascos tempestuosos e pequenas enseadas tranquilizadoras. Quando Eris chegou no centro, a visão familiar do tear a aqueceu um pouco.

Ela sentou no carpete branco e macio cobrindo o chão. Uma imagem passou pela sua mente quando se viu diante do tear vazio: Safire com o cabelo solto e a grinalda de flores na cabeça. Ela se inclinou por cima da cesta cheia de novelos de lã, passando os dedos gentilmente pelas cores. Procurando por uma que combinasse com a fita roubada.

A porta para o navio queimado de Kor se tornara inútil e precisava ser substituída. Eris a havia trançado com tiras arrancadas das velas da *Amante do Mar*, e ela a conduzia para a galé do navio. Era a única maneira da mágica funcionar: usar objetos do lugar para onde Eris quisesse ir. Fora Day quem lhe contara aquilo. Quem a ensinara a transformar a tapeçaria em portas.

Este lugar vai te manter em segurança, ele tinha dito a Eris.

Mas então ele morrera. Jemsin a encontrara. Ela percebera que Kadenze podia caçá-la em qualquer lugar, mesmo no Através.

Uma tristeza antiga formou um nó na sua garganta. Ela o engoliu, afastando as lembranças de Day. Para longe, onde não pudessem machucá-la.

Naquele momento, Eris precisava de uma porta que a levasse a uma pessoa, não a um lugar. Nunca tinha feito nada parecido antes. Não sabia se funcionaria.

Mas ela sabia de algumas coisas: Asha, a namsara, estava nas ilhas da Estrela. E, muito em breve, Safire entraria em contato com ela para alertá-la a respeito da Dançarina da Morte.

Então Eris teceria uma porta que a levaria para Safire. Ela ia se manter nas sombras, como fizera em Firgaard, esperando e observando. E, sem saber, quando Safire encontrasse a prima, levaria Eris direto para ela.

Eris pegou um novelo de lã marrom para criar a trama e começou a desenrolá-lo. Enquanto trabalhava, o ar ficou mais frio. Ela parou, sentindo alguma coisa observá-la através do vidro. Sabia o que era.

Continuou a desenrolar o fio, mas o fantasma permaneceu ali. Era comum que viesse e fosse embora enquanto ela estava no labirinto, mas ele raramente se demorava.

— O que me diz? — Eris perguntou. — Essas cores combinam?

Ela costumava conversar com o fantasma. Mas ele nunca respondia.

Só que, daquela vez, ele respondeu.

— Quem machucou você? — A voz dele era como o vento arranhando uma porta.

As mãos de Eris pararam. Devagar, ela baixou os fios. O fantasma pairou sobre a garota. Preto como o céu noturno, ele tinha a forma de um homem. Mas não era um homem.

O coração dela batia rápido.

O fantasma olhou para baixo, silencioso como a morte. Eris conhecia aquele olhar. Ele a observava havia anos, desde a primeira vez que ela fizera a travessia.

Mas por que falar com Eris justo agora?

O fantasma parecia olhar para os braços dela, estudando o dano que o aço de pó estelar causara. Os punhos estavam ensanguentados e ralados, sangrando na região onde a carne tinha queimado.

— Está doendo?

Ela assentiu.

O fantasma se aproximou. Eris se manteve quieta. Assim que ele tocou seus punhos, uma onda de sensações a percorreu, todas elas familiares, mas nenhuma dela própria.

O desejo terrível de querer alguém que nunca se vai ter.

A dor vazia de ser sempre solitário.

A escuridão de um desespero capaz de esmagar a alma.

Se estivesse de pé, ela teria caído de joelhos com seu peso insustentável. Eris tremeu. Mas, enquanto os sentimentos do fantasma a inundavam, expurgaram a dor aguda e latejante nos seus punhos.

O fantasma recuou. Apesar de a aflição permanecer nela, todo o resto tinha sido levado.

Eris esticou as mãos sobre as pernas e observou os punhos. Momentos antes, tinham estado doloridos e purulentos. Agora a dor havia partido e cicatrizes vermelhas horríveis substituíam as feridas abertas.

Cicatrizes que, ela sabia, ficariam lá pelo resto de sua vida.

— Obrigada — Eris sussurrou.

O fantasma não disse nada.

— O que você é?

— Nada bom — disse ele.

Ela franziu a testa. Se ele não era bom, por que a livrara da sua dor?

— Qual é o seu nome?

— Crow — ele disse, finalmente. — Ou assim me chamei um dia.

Em seguida, desapareceu nas sombras.

Vinte e três

— Pelos céus, o que foi *aquilo*?

O rosto de Dax ficou tenso enquanto ele passava os dedos por seus cachos, encarando Safire como se não a reconhecesse mais. E ela mesma não se reconhecia.

Não apenas tinha deixado a fugitiva escapar dos seus dedos, liberando-a para caçar Asha, como a tinha *beijado*.

Safire afastou o pensamento. Estava desesperada tentando evitar pensar naquele beijo. Na sensação de despertar que ele causara. Como se estivesse dormindo todos os dias antes daquilo.

A comandante tentou bloquear rapidamente o turbilhão de emoções espiralando dentro dela. Confusão, vergonha, medo — todos sentimentos que lhe eram desconhecidos. Não sabia o que fazer com eles.

— Ela estava tentando se misturar à multidão para não ser reconhecida.

Só estava me usando.

Safire olhou para trás. A música tocava enquanto os casais apaixonados iam entrando na roda de dança.

— E você deixou — disse Dax, em tom acusatório. Mas ela podia ver que ele também estava confuso. Tentava ver sentido no que testemunhara. Tentava encontrar um motivo. Algo que lhe permitisse continuar a confiar em sua prima, que sabia o quanto ele precisava que tudo corresse bem durante a visita, e a admirá-la.

Mas não havia qualquer sentido no que acontecera.

Uma comoção irrompeu atrás de Safire. Dax reagiu, indo para o lado dela. A comandante viu o brilho dos uniformes pretos e das estrelas prateadas. Luminas os cercaram.

Safire sentiu o estômago se contorcer ao ver o homem que os liderava. O mesmo soldado do beco. De quem ela tirara o porrete.

— Afaste-se, por favor — ele disse a Dax, sem desviar a atenção de Safire. — Ela está presa.

Dax arregalou os olhos.

— O quê? — Safire o viu levar a mão à espada. Ela segurou seu punho para impedi-lo. — Qual foi o crime? — Dax perguntou, enquanto ele e a prima se entreolhavam.

— Impedir o justo cumprimento da lei — respondeu o lumina.

Rapidamente, os guardas de Dax e Roa apareceram, formando um círculo protetor em volta do rei, da rainha e da comandante.

As coisas estavam saindo dos eixos. Roa e Dax ainda nem tinham chegado à cidade e já entravam em conflito com o exército da imperatriz.

A culpa era de Safire. Ela precisava consertar as coisas.

— Ele tem razão — disse a comandante, referindo-se à mulher encolhida no beco. — Eu impedi. — Ela encarou o soldado no comando. *Mas não é uma lei justa.*

Safire sabia que alguns soldados ruins não significava que um exército inteiro era corrupto. Tinha certeza de que a imperatriz ia querer ouvir sua história. Quando Safire desse seu relato, os luminas envolvidos seriam punidos por abuso de poder.

O capitão assentiu para os dois soldados à sua esquerda.

— Prendam-na.

Com uma expressão sombria, Dax se adiantou para intervir.

Mas Safire segurou o punho dele com mais força e sacudiu a cabeça. Já houvera estragos o suficiente por um dia. Ela não queria arruinar a aliança entre Dax e a imperatriz antes mesmo que começasse. Principalmente se Leandra pudesse de fato ajudar os nativos.

— O que aconteceu? — perguntou uma voz familiar enquanto dois soldados seguravam os braços de Safire, suas mãos apertando-os como tornos. — Cadê a fugitiva? — Raif, recém-chegado, parou perto deles, analisando a cena. Ele segurava a corda que atava as mãos de Eris. A Dançarina da Morte tinha desfeito o nó.

— Eu a perdi — disse Safire.

No caminho para a cidadela, os luminas conduziram Safire por três postos de controle, com Dax e Roa os seguindo de perto. No terceiro e último portão, foram parados pelos guardas, que chamaram o capitão lumina de lado.

O portão era feito de um aço grosso e áspero que subia quase tão alto quanto os muros de Firgaard. O aço se retorcia em um padrão de estrela que se repetia por toda a sua extensão. Quando Safire olhou para cima, viu pontas altas e serrilhadas para dissuadir escaladores.

Além dos portões havia o que parecia ser um vasto pátio vazio. Somente os luminas marchavam por ele. Qualquer um que passasse pelo portão teria que andar ou correr para o muro da fortaleza, que era fortemente vigiado de cima, o que significava que os corredores seriam vistos e provavelmente alvejados por flechas muito antes de chegar.

— Leve-a para a área de contenção — Safire ouviu o capitão lumina dizer enquanto estudava o último portão, que se retorcia como ondas espumando. — Quanto ao rei e à rainha, mostre a eles seus aposentos.

Roa andou entre os soldados, acompanhada por seus guardas pessoais, cada um deles escolhido pessoalmente por Safire.

— Ficaríamos gratos se levasse todos nós para a área de contenção até a situação ser resolvida — disse ela, com os olhos escuros brilhando enquanto tentava se juntar à comandante.

O capitão agarrou o punho de Roa, impedindo-a.

— A área de contenção é para *criminosos*, alteza.

Uma chama se acendeu dentro de Safire. Os guardas de Roa sacaram suas armas.

A rainha-dragão era consideravelmente menor e mais baixa do que o capitão lumina, mas com sua postura desafiadora e seu olhar intimidante ficavam de igual para igual.

— Tire as mãos de mim, por favor. — Sua voz saiu como um trovão.

— Se afaste da criminosa — o capitão insistiu — e pensarei a respeito.

Então Dax se meteu.

— Primeiro você prende minha comandante como uma criminosa — a voz do rei-dragão entregava o quanto ele se continha enquanto seu olhar perfurava o capitão. — Agora maltrata minha rainha? — Ele não estava com a mão na espada, mas o efeito foi o mesmo. Sua expressão era sanguinária. — É isso que chamam de hospitalidade nas ilhas da Estrela?

Enfrentado pelo rei e pela rainha, ambos implacáveis, e cercado por seus guardas, o capitão lumina soltou Roa. Mas não relaxou. Safire podia sentir a tensão no ar, como uma tempestade se formando.

E uma tempestade estava mesmo a caminho. Na forma de uma mulher.

— Alguém pode me explicar por que meus convidados estão detidos no meu portão?

Todas as atenções se voltaram para a pessoa além das barras de ferro, que se aproximava. Ela falara com a autoridade de alguém acostumada a ser obedecida total e imediatamente, mas não tinha a aparência de uma rainha.

Não havia nenhum guarda a protegendo. Ela não vestia tecidos ou ornamentos extravagantes e apenas uma trança clara coroava sua cabeça. Na verdade, enquanto a observava, das botas na altura das panturrilhas até a fivela brilhante do cinto, passando pela jaqueta azul justa que abotoava do lado esquerdo, Safire pensou que a mulher parecia mais a capitã de uma fragata do que uma monarca.

Ela não parecia nem jovem nem velha, mas algo perdido no meio.

— Pelas marés, Caspian. — Os soldados se afastaram da imperatriz, que olhava zangada para os dois luminas segurando o braço de Safire e mantendo-a prisioneira. Seus olhos tinham a cor do mar em fúria quando ela voltou a atenção para seu capitão. — Espero que haja uma boa explicação para isso.

Caspian fez um breve resumo dos acontecimentos que tinham levado à prisão. Ele apontou com o queixo na direção de Safire.

— Estávamos punindo uma herege quando a garota interferiu.

Safire estreitou os olhos ao ouvir a palavra "garota". Em Firgaard, ela era a comandante. Se estivesse lá, teria mostrado quão acima dele na hierarquia estava.

— E ao interferir ela deixou escapar a fugitiva que estávamos trazendo ao seu portão — ele prosseguiu.

A menção à fugitiva revelou algo de relance no rosto da imperatriz. Irritação, decepção. Talvez ambas as coisas. Afinal, ela havia passado anos caçando a criminosa que incendiara o scrin.

A imperatriz se virou para Safire, com as mãos atrás das costas.

— Quer dar sua versão dos fatos?

Para alguém que, de acordo com Eris, desprezava a verdade, aquela mulher parecia profundamente interessada em descobri-la.

— Tudo o que ele disse é verdade. — Safire encarou o capitão. — Vi seis homens fortemente armados espancando uma mulher indefesa. Não me passou pela cabeça *não* me intrometer. Mas, sim, infelizmente perdi sua fugitiva no processo. — Ela tentou não olhar para Dax, cujo olhar a perfurava em repreensão. Como precisava consertar aquela bagunça, e ainda impedir Eris de encontrar Asha, Safire se pronunciou. — Mas eu a capturei uma vez e posso capturar de novo. É uma promessa.

A imperatriz ficou em silêncio, seus lábios apertados em uma linha fina enquanto estudava Safire. Por fim, ela falou com Caspian.

— Solte-a.

A mandíbula do capitão tremeu, como se ele quisesse argumentar. Em vez disso, ele se virou para os soldados que detinham Safire. Bastou um gesto discreto dele e a pressão nos braços da comandante se aliviou. Em seguida, os soldados recuaram.

— Meu exército foi incapaz de capturar essa criminosa — a imperatriz disse para Safire, que massageava seus braços no lugar onde o soldado fincara os dedos. A pele já devia estar com hematomas. — Eu gostaria de saber como *você* a capturou e o que aprendeu sobre ela. Talvez possamos encontrar um momento para conversar mais a respeito enquanto estiver aqui.

Safire assentiu.

— É claro.

— Quanto ao outro problema, tenho certeza de que foi apenas um equívoco. — A imperatriz dispensou Caspian com um gesto.

Safire parou, prestes a corrigi-la. Não tinha sido um equívoco. Aqueles soldados estavam abusando gravemente do seu poder. Ela havia sido testemunha.

Mas então a comandante notou o alívio esperançoso de Dax.

A imperatriz os tinha convidado à sua fortaleza por um motivo. Leandra havia ouvido falar do sofrimento na savana e queria ajudar a aliviá-lo.

Safire tinha desprezado a autoridade dos soldados de Leandra e piorado as coisas ao deixar Eris escapar. Ela não queria sabotar a visita de Dax e de Roa em consequência.

Então segurou a língua.

—Vocês devem estar cansados — disse a imperatriz, conduzindo-os adiante. — Mostrarei seus aposentos para que possam repousar antes do jantar.

Estar dentro da cidadela era como estar embaixo d'água.

Cada aposento e corredor era pintado em um tom de mar, que iam do azul-aveludado a cinza frios e turquesa brilhantes. Os lintéis e as molduras eram do bege pálido da espuma do mar, e o som de água corrente fluía de quase todos os cômodos, devido às fontes instaladas no centro. Cada uma delas possuía uma estátua de mármore de um navio com as velas içadas, de uma sereia se escondendo atrás dos cabelos ou até de uma baleia saltando.

Por isso, quando a imperatriz os conduziu para o corredor seguinte, Safire parou.

Aquela parte era diferente.

Os corredores estavam cheios de pinturas que iam do piso ao teto, de uma ponta até a outra. Safire seguiu Dax e Roa, estudando as pinceladas brilhantes que transformavam a pintura na espuma de ondas brancas ou redemoinhos escuros espiralantes. No começo, os desenhos dentro das molduras mostravam rajadas, tempestades e turbilhões.

— Algum tempo atrás ouvi falar da praga que está assolando seu lar — a imperatriz falou para Roa, vários passos adiante.

Safire ouvia apenas parcialmente. Agora os quadros também mostravam monstros. Eram dragões, krakens e espíritos do mar, com dentes afiados, esmagando os ossos dos marinheiros cujo navio tinham destroçado.

Aquilo a fez pensar em Eris a salvando da criatura no convés, uma escolha que custara a ela sua liberdade.

A menos que proteger Safire tivesse sido um movimento calculado, como a dança e o beijo. Ambos haviam sido apenas subterfúgios para Eris se misturar à multidão e passar despercebida pelos luminas. E se proteger Safire, assim como fazer um relato diferente sobre a noite em que o scrin queimara, fosse somente um jeito de ganhar sua simpatia para conseguir o que ela queria?

E agora Eris estava solta nas ilhas da Estrela. Caçando Asha naquele exato momento.

De repente, as paredes pareceram estreitas demais. Safire não queria estar ali. Queria estar lá fora, procurando sua prima.

— Convidei vocês porque sei o que está matando suas plantações — a imperatriz disse muito à frente, fazendo Safire perceber que tinha ficado para trás. — É a mesma praga que atingiu essas ilhas quando estavam sob o domínio do Deus das Sombras.

Conforme Safire apertava o passo pelo corredor, notou de canto de olho uma imagem recorrente em cada quadro pendurado nas paredes: uma sombra pairando no horizonte.

Voltando a desacelerar, Safire olhou de uma pintura para a outra. A primeira mostrava um navio ao longe. Na seguinte, vários outros navios se uniam a ele. Depois, uma frota inteira. Liderando todos eles, de pé no timão, estava uma jovem imperatriz. Com as bochechas vermelhas queimadas do vento, o cabelo embolado por causa do vento e do sal.

Os quadros a mostravam ancorando nas ilhas da Estrela, escalando os penhascos cinzentos, atravessando florestas boreais escuras e pradarias cobertas de musgos, e finalmente chegando a uma torre com milhares de degraus. De repente, a sombra no horizonte ficou maior e mais ameaçadora.

— Tenho uma solução para seu problema — disse a imperatriz.

No alto daqueles milhares de degraus, sentada em um tear, havia outra mulher. Uma coroa de sete estrelas repousava na sua cabeça e sua mão segurava um fuso.

A Tecelã do Céu.

Era uma imagem praticamente idêntica à tapeçaria pendurada no escritório de Safire. Um presente de Asha. Que Eris roubara.

— O que é isso? — perguntou Roa. Safire viu a imperatriz retirando uma corrente prateada do pescoço. Havia uma pequena cápsula no lugar do pingente.

— Um presente — disse Leandra, deixando-a na mão de Roa. — O motivo de eu ter convidado vocês para virem aqui.

Safire se distanciou dos quadros e foi até eles enquanto a imperatriz abria a cápsula e revelava uma semente pequena, que caiu na palma de Roa.

— A salvação do seu povo. — Ela estudou a reação de Roa enquanto dizia aquilo. — Ela é resistente à praga. Tenho vários celeiros abastecidos com essa mesma semente. Antes de você partir, mandarei meus soldados carregarem seu navio com elas.

Os dedos de Roa tremeram enquanto se fechavam sobre a semente, segurando-a com firmeza. Seus olhos se encheram de lágrimas.

— Não sabe o quanto isso significa para nós. Para *mim*.

A imperatriz sorriu amavelmente.

— Acho que sei.

— Deve existir algo que eu possa oferecer em troca — disse Dax, com o braço passado gentilmente na cintura de Roa. A um estranho, ele pareceria calmo e sereno. Mas Safire ouviu o tremor sutil em sua voz. — Para demonstrar nossa gratidão.

Desde a chegada das notícias sobre o pai de Roa, sobre Lirabel e seu bebê, Safire percebia que Dax se escondia dentro de si mesmo. Ele não estava falhando apenas com os nativos, mas com sua esposa, que tinha parado de comer devido ao luto. Antes da chegada do convite da imperatriz, Dax mal conseguia olhá-la nos olhos.

Agora, enquanto o horrível peso da praga era retirado dos ombros de seu primo e o rosto de Roa se iluminava em esperança, Safire sabia em quem acreditava. E não era em Eris.

A imperatriz recusou qualquer espécie de pagamento pelo presente. Safire voltou ao último quadro pendurado na parede. Mostrava a Tecelã do Céu descendo a escada da sua torre para encontrar a jovem imperatriz. Em vez do fuso, ela segurava uma faca curvada como a face esguia da lua.

Safire estudou a lâmina, com os pensamentos em Asha, que carregava uma faca similar àquela, tentando encontrar seu criador nas ilhas da Estrela.

É só uma questão de tempo até Eris encontrá-la, pensou Safire.

A comandante precisava encontrar sua prima primeiro e levá-la para a cidadela, onde estaria em segurança. Porque, se existia um lugar que Eris nunca colocaria os pés, Safire tinha certeza de que era o interior da fortaleza da inimiga de quem vinha fugindo havia sete anos.

Safire não foi jantar. Depois que a imperatriz mostrou a eles seus aposentos, ela bateu na porta de Dax e disse a ele que estava saindo para procurar Asha. Ainda extasiado com o presente generoso de Leandra, o rei estava ansioso para resolver a confusão com Eris e perdoar o erro de sua comandante. Mais do que aquilo, queria Asha em segurança tanto quanto Safire, então entregou a ela a carta enviada por Torwin e um mapa das ilhas da Estrela, mostrando antes a pequena vila na ponta sul de Eixo, para onde eles se dirigiam, de acordo com a carta. Dax disse a ela para levar Faísca, sua dragoa dourada.

Uma das condições para que Dax e Roa viajassem com dragões era que eles fossem colocados dentro da cidadela enquanto a visita durasse, garantindo que não voassem sobre a cidade e assustassem o povo de Eixo, que não estava familiarizado com os monstros imensos. Portanto, a imperatriz precisava dar sua permissão para alguém sair ou entrar na cidadela em um dragão.

Quando Safire chegou ao pátio coberto onde os dragões eram mantidos, ela não os encontrou acomodados em baias, e sim amordaçados e acorrentados ao chão.

Safire quase deixou cair a carta de permissão.

É óbvio que Dax não concordou com isso, ela pensou, espiando seu entorno. Os cinco dragões que tinham viajado com o navio do rei e da rainha levantaram as cabeças ao notá-la. Anéis de metais circundavam as mandíbulas e patas traseiras dos animais, e as correntes de aço prendendo-os ao chão eram tão curtas que eles mal conseguiam ficar de pé, quanto mais caminhar.

Num movimento coordenado, os dragões levantaram e alongaram as asas, como se dissessem: *Estamos indo embora?*

Enquanto via se os dragões estavam bem, Safire notou que faltava um.

Martírio.

Ele deve ter entrado em pânico ao avistar Eixo. O dragão abominava cidades. Devia ter se mandado muito antes que os outros entrassem em quarentena. O pensamento a deixou feliz. Ser acorrentado e amordaçado daquela maneira teria causado danos irreparáveis a uma criatura como Martírio.

Um soldado se aproximou, interrompendo os pensamentos dela.

— Eles deviam estar acomodados em estábulos — disse Safire, entregando a carta de permissão da imperatriz.

Ele arqueou uma sobrancelha, depois apontou para o pátio em volta.

— E o que acha que é isso?

Uma prisão, pensou Safire, enquanto cada par de olhos fendidos os acompanhava na direção de Faísca, a dragoa dourada de Dax. Ela não ousou dizer aquilo em voz alta. Já tinha causado problemas o suficiente por um dia. Contendo a língua, vestiu as luvas e a jaqueta de voo de Dax e ficou esperando o soldado soltar o dragão.

Assim que as correntes caíram, Faísca se sacudiu, vibrando animada. Safire estalou a língua passando os comandos ensinados a ela, e Faísca foi obediente para seu lado. Sentindo o odor do seu cavaleiro na jaqueta de Safire, a criatura a cheirou longamente, depois tocou seu quadril com o focinho.

Dax não sabe de nada disso, Safire quis dizer a Faísca, acariciando sua testa escamosa, *mas pode ter certeza de que vou contar a ele assim que a gente voltar.*

Asha ficaria furiosa com o tratamento dispensado aos dragões.

Com aquilo em mente, Safire montou em Faísca, depois esperou os soldados abrirem o portão na ponta norte do pátio. Quando as manivelas gemeram e as barras de ferro foram erguidas, ela viu que a luz caía com o pôr do sol.

Faísca ficou mudando o peso de um pé para o outro, ansiosa por sair.

Entendo você, pensou Safire.

No momento em que o portão foi erguido, a criatura disparou para os jardins abertos. Ela se movia de um jeito gracioso e gentil. Num piscar de olhos, as duas haviam saído do pátio e estavam voando.

Conforme a cidadela ia ficando para trás e o ar frio a fazia tremer, Safire se sentia mais leve. Embaixo dela, Faísca grunhiu comemorando sua recente liberdade enquanto seguiam para o sul.

Safire se sentiu tentada a não a devolver.

O voo demorou mais do que deveria, em parte porque o sol tinha se posto e em parte porque Safire procurava luzes. As outras vilas por onde tinham passado estavam salpicadas do brilho das lamparinas a óleo em parapeitos de janela, derramando-se para a rua.

Elas passaram três vezes pela vila que buscavam antes de Safire se dar conta de que ficava ali.

Quando pousaram, a comandante mal podia distinguir as formas das casas sob o luar. Com um comando estalado, pediu que Faísca esperasse, depois desceu a trilha repleta de plantas entre as casas. O silêncio era tanto que seus passos pareciam ecoar nos seus ouvidos. Sob a luz do luar, ela analisou cada casa. As janelas da primeira estavam todas quebradas. O telhado da segunda tinha quase desabado. A porta da terceira apodrecera nas dobradiças.

Safire parou.

— Não mora ninguém aqui — ela disse em voz alta.

A estrutura da casa seguinte gemeu com o vento, fazendo Safire pular. Quando o silêncio voltou, ela chamou a prima na escuridão.

— Asha?

Ninguém respondeu.

— Asha! — Safire gritou, circundando a boca com as mãos.

Estava prestes a voltar para Faísca quando alguma coisa farfalhou na grama atrás dela.

Asha?

Safire sentiu o calor do recém-chegado atrás de si. Sua forma imensa. Por alguma razão, pensou na sombra nos quadros da imperatriz e girou rapidamente, com o coração acelerado.

Dois olhos fendidos a encararam da escuridão.

— Kozu? — Safire relaxou imediatamente. — É você?

Mas Kozu só tinha um olho. Conforme a sombra se aproximava, as escamas refletiram a lua, e Safire viu que elas eram brancas, não pretas.

— Martírio?

O dragão estalou a língua, de maneira quase agradável. Como se estivesse feliz por Safire se lembrar dele.

Qualquer esperança que Safire tivesse se extinguiu. Ela pressionou os olhos enquanto Martírio a estudava.

— Ela não está aqui, está?

Aquilo significava que Asha encontrara o que queria na vila abandonada e seguira em frente? Ou que Eris a tinha encontrado e levado para Jemsin?

Uma coisa era sequestrar Asha. Safire acreditava totalmente que Eris seria capaz daquilo. Uma picada de um dardo quando Asha estivesse sozinha bastaria para sobrepujá-la. Depois, a Dançarina da Morte poderia facilmente desaparecer com ela, como tinha desaparecido com Safire e reaparecido em algum outro lugar. Como o navio de Jemsin.

Mas ela também precisaria lidar com Kozu e Torwin. Se Eris sequestrasse Asha, os dois iriam atrás dela. O único problema era que dragões podiam ser mortos com arpões, como a ladra deixara claro vários dias antes. E Jemsin tinha um monte deles em seu navio.

Mesmo que Eris ainda não tivesse encontrado Asha, Safire sabia que aquilo não demoraria muito a acontecer. Afinal, ela era a Dançarina da Morte. Não havia nada que não pudesse roubar.

Martírio deu seus estalidos, interrompendo os pensamentos dela. Safire olhou para cima.

— Onde ela está, Martírio? — Safire se aproximou do dragão. — Consegue encontrar Asha pra mim?

O dragão inclinou a cabeça. Quando Safire deu o próximo passo, chegou perto demais. A criatura assustadiça entrou em pânico. Sumiu tão rápido quanto viera, deixando o lugar diante de Safire vazio mais uma vez.

Ela deu um suspiro profundo.

Só conseguia pensar em uma coisa a fazer: voltar para a cidadela e pedir a ajuda da rainha.

O Deus das Sombras

Ninguém sabia de onde ele viera, mas com o Deus das Sombras veio a morte, o desastre e a doença. Por onde quer que Deus das Sombras caminhasse, o caos o seguia. O vento ficava mais frio e cruel, dificultando criar e plantar. O oceano se ergueu e engoliu cidades e vilas, levando suas casas e seus entes queridos para as profundezas. Os peixes desapareceram. Com fome, os espíritos do mar que antes conviviam em paz com os moradores da ilha passaram a matá-los e comê-los.

Do seu tear, a Tecelã do Céu ouvia. Ouvia o desespero das ilhas da Estrela. Sentia sua angústia e seu medo. Incapaz de suportar, ela saiu da sala do tear, desceu a escadaria da torre e procurou pelo Deus das Sombras.

Caminhou por dias até chegar às escarpas imortais, o ponto mais alto das ilhas da Estrela. Lá, ela o encontrou, acomodado em um trono antigo e escuro, uma forma sombria retorcida, com olhos de fogo branco e a boca faminta aberta.

— Por que está fazendo isso? — ela gritou.
— É minha natureza.
— O que te faria parar?
— Não posso ir contra minha natureza do mesmo modo que você não pode ir contra a sua.

A Tecelã do Céu implorou. Quando não conseguia mais aguentar suas súplicas, ele finalmente se pronunciou.

— *Abandone a tecelagem e eu abandonarei o caos.*

A Tecelã do Céu franziu a testa. Se parasse de tecer, ninguém mais transformaria as almas dos mortos em estrelas. Não haveria nada para iluminar o caminho daqueles deixados para trás. Ninguém para dar esperança aos vivos.

Ela engoliu em seco e sacudiu a cabeça.

— *Não posso fazer isso.* — *Aquela era a sua missão sagrada.*

Uma centelha crepitou no Deus das Sombras.

— *Então saia da minha frente.*

A Tecelã do Céu fugiu. Quando voltou para sua torre, ela não conseguia tecer. Estava furiosa. Muito aflita. Sentia-se impotente na luta contra o poder terrível do Deus das Sombras.

Até o dia em que a salvadora chegara.

Ela veio do mar com uma frota de navios dourados. Seu nome era Leandra. Do outro lado do mundo, ouvira sobre o caos atormentando as ilhas Estrela e estava ali para acabar com ele.

Leandra construiu uma cidade murada onde as pessoas poderiam procurar abrigo do desastre e da doença. Enviou seus soldados para caçar os espíritos do mar aterrorizando as ilhas. Firmou tratados com os reinos vizinhos para conseguir as coisas de que os moradores das ilhas precisavam e que não conseguiam mais cultivar, fossem da terra ou do mar.

Por último, subiu os degraus da torre da Tecelã do Céu.

— *Junte-se a mim* — *disse Leandra, diante do tear.*

A Tecelã do Céu queria ajudar. Queria dar um fim àquele terror. Mas o que poderia fazer? Tudo o que possuía era seu fuso, seu tear e sua habilidade de tecelã. Tudo o que sabia era como pegar almas e transformá-las em outra coisa.

Leandra sacou uma faca e a colocou nas mãos da Tecelã do Céu.

— *Você pode matá-lo* — *ela disse.*

Mas ela podia mesmo?

A Tecelã do Céu andou de um lado para o outro da sua torre por três dias e três noites. Finalmente, concordou com o plano de Leandra.

Naquela noite, não costurou almas nas estrelas. Em vez disso, chamou o Deus das Sombras dizendo que tinha considerado sua proposta e decidido aceitá-la.

O Deus das Sombras a ouviu.

O Deus das Sombras apareceu.

No momento em que ele passou pela porta dela, a Tecelã do Céu fiou uma teia feita de luz das estrelas para capturá-lo. Ela o prendeu firmemente em sua trama.

Enquanto erguia a faca para matá-lo, porém, viu diante de si não um deus poderoso, mas um portador do caos e da destruição. Uma criatura cheia de sofrimento. Alguém digno de pena.

— Vá em frente — ele silvou.

Mas ela não podia.

Em vez disso, a Tecelã do Céu escondeu o Deus das Sombras longe, em um lugar entre os mundos, onde ninguém jamais o encontraria.

E lá tirou algo precioso dele. Algo que ia garantir que permanecesse enredado para sempre.

Algo que ele nem sabia que tinha.

Ela disse a Leandra que estava feito. O Deus das Sombras estava morto. Qual era o problema de mentir? Ele nunca se libertaria da sua teia.

Assim, a paz retornou às ilhas da Estrela... por um tempo.

Vinte e quatro

Eris, que estava com câimbra nos dedos por ter tecido a noite inteira, só pretendia descansar por um momento. Mas, quando fechou os olhos, o sono a consumiu. Sonhou que havia falhado em fazer o que Jemsin pedira, e agora o convocador a caçava pelo labirinto.

Ela acordou assustada, ensopada de suor. Com o coração acelerado.

Por um momento, deitou quieta e tranquila, ouvindo os cliques das garras.

Mas estava tudo silencioso.

Foi só um sonho.

Ela se lembrou da tecelagem que deixara pela metade e sentou. Quanto antes terminasse, mais rápido encontraria a namsara e poderia trocá-la pela sua liberdade. Então levantou da cama de cobertas fiadas.

Aquela não era sua cama, assim como as roupas no baú de madeira não eram suas roupas. Tinham sido deixadas por quem quer que tivesse estado ali antes. Eris nunca sentira que aquele lugar era dela, só que o estava pegando emprestado até seu verdadeiro dono decidir voltar.

Diferentemente do restante do labirinto, o quarto emanava um calor natural. O piso de madeira estava bem gasto. Havia velas acesas no alto de penteadeiras e ao lado das mesas. E as brasas de um fogo eterno brilhavam na lareira. Ela nunca tinha visto aquele fogo se extinguir, somente queimar. O mesmo valia para as velas. Eris não fazia ideia do que as mantinha acesas.

Talvez o fantasma.

Daquela vez, ao passar pelo vestido azul pendurado na cadeira em frente à penteadeira, Eris parou para estudá-lo. A costura era muito boa, feita com habilidade, sem nenhuma poeira. Nenhum pó recobria nada dentro do labirinto.

O tear, ela lembrou a si mesma. *A porta.*

Eris afastou a mão e voltou ao tear.

Quando ela sentou diante da sua tapeçaria e seus dedos pegaram os fios mais uma vez, pensou no que o convocador dissera: que Jemsin só queria a namsara para a imperatriz.

Seja lá o motivo dela, pensou Eris, afundando no tapete macio e observando seu progresso, *não pode ser bom.*

Precisava alertar Safire.

Mas não faria aquilo. Como poderia? Safire e o restante do grupo tinham pretendido entregá-la. A comandante ainda faria aquilo em um piscar de olhos.

Ela não podia ficar pensando no que a imperatriz queria com Asha. Não importava.

Concentrou-se no seu objetivo. No que Jemsin havia prometido a ela: *liberdade.* Liberdade para sair, fugir e nunca mais ser caçada.

Seu olhar seguiu os fios azul-escuros da trama. Ela pegou a fita de Safire e a amarrou, depois começou a tecê-la ali.

Tinha acabado de pegar o ritmo quando um frio familiar de gelar a alma percorreu o aposento.

— Também não conseguiu dormir, hein? — ela disse enquanto trabalhava.

O silêncio foi sua resposta.

Quando Eris olhou para cima, o fantasma tinha voltado. Não

era mais tão disforme. Se ela olhasse com atenção o bastante, quase conseguia distinguir seus contornos, como uma silhueta. Ele até parecia mais...

Humano.

Eris pensou na cama que não pertencia a ela e no baú de roupas que nunca usara.

— Eles eram seus? — ela murmurou, imaginando qual seria a história do fantasma. Quem ele era, como tinha ido parar ali, por quanto tempo perambulava por aquele labirinto solitário.

Ele não respondeu. Então Eris voltou a tecer.

—Você está preso aqui? — ela se perguntou enquanto trabalhava.

— Sim — o fantasma respondeu.

Seus dedos se atrapalharam com o fio. Recuperada, ela pensou em algo que Day costumava dizer: que às vezes espíritos com assuntos inacabados não passavam de um mundo para o outro, ficando presos entre eles.

—Você deixou alguma pendência antes de morrer?

— Não estou morto — disse o fantasma.

Claro, pensou Eris. *Provavelmente todos vocês pensam isso.*

— Estou preso.

— É? — Ela parou de novo. — E quem aprisionou você?

Quando não houve resposta, ela olhou para ele. Por um momento, podia jurar que agora o fantasma tinha dedos. E que seus dedos estavam se transformando em garras. Mas, no instante seguinte, eles voltaram ao normal. Talvez fosse só sua imaginação.

— Alguém que eu amava — disse o fantasma. — Ela vai pagar caro por isso.

Eris se virou para olhar com mais atenção. Queria perguntar *quem* pagaria por aquilo, *quem* ele amara, mas quando se virou, o fantasma já tinha desaparecido.

Dando um suspiro profundo, ela sacudiu a cabeça. Aquilo não importava. Só uma coisa importava.

Ela voltou para o tear.

Eris terminou de tecer logo antes do amanhecer. Após cortar o fio, ergueu o tecido para estudar os fios marrons e azuis e passar os dedos pelos pedaços da fita de Safire aparecendo através dele.

Era a primeira vez que fazia aquilo, uma porta conectada a uma pessoa. Geralmente, uma porta levava sempre ao mesmo lugar. Ela não sabia se funcionaria do mesmo jeito com alguém.

É hora de descobrir, Eris pensou, andando pelo labirinto, com a vela iluminando as imagens representadas em vidro colorido. Campinas cobertas de musgo e pântanos de um laranja brilhante. Penínsulas gramadas e costas rochosas. Cabanas de pesca de cores vibrantes. Anzóis, redes e barcos.

Eris estava tão acostumada às imagens aprisionadas no vidro que quase não as admirava mais.

Enfim, ela chegou à porta amarela. A que levava ao navio destruído de Kor. Apoiando sua nova tapeçaria, abriu a porta. Uma névoa cinza-prateada se ergueu. Mas ela não atravessou. Em vez disso, deslizou os pinos para fora das dobradiças, e tirou a peça inteira.

No momento em que se soltou, a porta se dissolveu em fios. Agora suas mãos seguravam uma tecelagem feita de fios amarelos e dourados, com pedaços das velas da *Amante do Mar*. Ela a fizera dois anos antes, quando Kor recebera seu navio e Eris passou a se reportar a ele.

Já vai tarde, Eris pensou, soltando-a no chão. Então ergueu a nova tapeçaria e hesitou por um momento antes de respirar fundo e encaixá-la na moldura vazia. No momento em que o fez, os fios azuis e marrons esmaeceram e endureceram, transformando-se em madeira. Eris devolveu os pinos às dobradiças.

Agora, havia uma porta da cor dos olhos de Safire diante dela. Esperando para ser aberta.

Eris a abriu, atravessou-a e adentrou uma névoa branca de reflexos prateados.

Vinte e cinco

Safire caminhava apressadamente por um corredor descoberto que levava para a sala de recepção da imperatriz. Podia ver as ruas de Eixo abaixo dela, retas como uma grade, algo muito diferente das ruas e dos becos tortuosos de Firgaard. Outra diferença entre Eixo e Firgaard era que o sol não a esturricava incansavelmente ali. Em vez disso, a tarde era fria e úmida, e mesmo no alto da cidadela ela podia sentir o cheiro e o sabor do mar.

Assim que Safire e Faísca voltaram, ela solicitou uma reunião urgente com Leandra. A imperatriz ia recebê-la no meio da tarde, informaram.

Já era o meio da tarde e Safire seguia uma escolta de luminas armados pela cidadela e por suas muitas ruas. Ao se aproximar de um grupo de portas imensas de teca, esculpidas com cenários marinhos — ondas, velas e criaturas escamosas —, a pele de Safire pinicou com uma sensação familiar.

Alguém a observava.

Tinha sentido o mesmo em Firgaard, enquanto tentava capturar a Dançarina da Morte. Desacelerou os passos. Quando se virou para olhar, havia somente sua escolta e um punhado de guardas a postos no fim do corredor. Eles a ignoravam.

Enquanto os luminas que a acompanhavam se anunciavam, Safire tentava ignorar a sensação.

As portas se abriram e uma subordinada apareceu. Era uma jovem de cabelos ruivos presos em um coque. Ela pegou a mensagem dobrada da escolta de Safire e, após verificar o conteúdo, pediu em silêncio que a comandante entrasse.

O aposento era perfeitamente redondo e belamente iluminado pelos raios de sol atravessando as janelas que subiam até o teto. No centro do salão, banhada em luz, a imperatriz estava sentava à mesa, sua mão se movendo furiosamente enquanto escrevia algo no pergaminho diante dela.

Apesar de ser um tanto estéril, o aposento cheirava estranhamente a maresia.

O olhar de Safire se demorou na grande espada pendurada na parede atrás da mesa da imperatriz. O aço era espesso, a ponta era fina e afiada. A placa atrás dela dizia: A DECEPADORA.

A decepadora de quê?, a comandante se perguntou.

— Bom dia, Safire — disse Leandra sem olhar para cima. — Sente-se, por favor. — Ela apontou para a cadeira do outro lado da mesa. Safire pensou que parecia ter sido projetada a partir da vértebra de um mamífero muito grande, como uma baleia, e acolchoada com veludo. Hesitando, ela sentou.

Enquanto esperava a imperatriz terminar, ficou olhando de uma janela para a outra. A oeste, o mar brilhava prateado. Ao norte, pairando sobre Eixo, uma névoa branca se acumulava nas escarpas no alto da cidade. Aquilo fez Safire pensar em algo que Eris dissera no navio de Dax: *Ela vai me levar até as escarpas imortais e se livrar de mim, assim como faz com aqueles que mais odeia.*

Estaria Eris falando daquelas escarpas?

— Desculpe por não poder recebê-la imediatamente. — A imperatriz polvilhou areia por cima do que tinha escrito, depois soprou gentilmente sobre a tinta. — Tenho certeza de que pode imaginar que tenho muitas perguntas para você.

Safire assentiu. Por isso ela estava ali, para contar à imperatriz o que sabia e, com sorte, conseguir algumas respostas. Respostas que talvez ajudassem a encontrar Eris.

Mas antes ela queria falar de outro assunto.

— Eu me pergunto, imperatriz, se é mesmo necessário manter nossos dragões amordaçados e acorrentados.

Deixando a carta de lado, a imperatriz se recostou na cadeira, cruzando os braços enquanto estudava Safire.

— Não está satisfeita com as acomodações deles?

O tom frio da imperatriz fez Safire se arrepiar em alerta.

— Fiquei... surpresa. Em Firgaard, deixamos nossos dragões passearem livremente. Eles voam para onde querem e vêm quando chamamos. Não os deixamos trancafiados.

A imperatriz ficou em silêncio por um momento antes de responder.

— Devo me desculpar, então. O povo das ilhas da Estrela não está tão familiarizado com dragões. As histórias que ouvimos me deixaram cautelosa. Diga: é verdade que um dragão queimou metade de Firgaard não faz muito tempo?

Safire se endireitou.

— Sim, é verdade. Mas...

— E o mesmo dragão quase matou sua prima, não foi?

Safire piscou.

— Hum. É, mas Asha...

— Sou responsável pelas ilhas da Estrela, Safire, onde o povo tem uma história complicada com dragões. Isso, somado à minha própria experiência, me leva a ser cautelosa. É claro que pode entender minha posição.

Safire não soube o que dizer. Ao notar aquilo, a imperatriz continuou.

— Enquanto você e seus dragões forem convidados na minha

casa, peço que aceite as precauções que tomei. Elas prezam pela segurança do meu povo. — A mulher pôs um dedo nos lábios, depois olhou para as janelas. — Mas posso pedir aos soldados que afrouxem as correntes. Isso faria você se sentir melhor?

Safire engoliu em seco.

— Eu... É um meio-termo justo.

— Agora podemos passar a assuntos mais urgentes?

Sentindo-se repreendida, Safire concordou.

— Ótimo. — Leandra apoiou as mãos na mesa. — Seu rei me disse que você está... bem familiarizada com minha fugitiva.

Safire corou. *Familiarizada?* Era uma escolha interessante de palavras. *O que, exatamente, Dax contou a ela?*

— Como sabe, meus soldados estão caçando essa criminosa há vários anos. Até ontem, sabíamos somente a idade dela. Nem conhecíamos sua aparência. — Quando ela olhou para cima, seus olhos cinza estavam calmos como o mar. — Como a encontrou?

Safire falou dos roubos em Firgaard.

— Quase a capturei. Estava tão perto. Mas... — A comandante parou. — Isso vai soar estranho, mas ela *desapareceu*. Bem na minha frente.

A imperatriz estreitou um pouco os olhos, mas assentiu para Safire continuar. A comandante contou a ela como fora sequestrada por Eris e levada para o navio de Jemsin.

— O pirata Jemsin? — a imperatriz a interrompeu de repente. —Tem certeza?

Safire assentiu.

— Ela trabalha para ele.

De repente, a névoa descendo das escarpas bloqueou a luz do sol que atravessava as janelas. O aposentou ficou frio.

— Entendo — foi tudo o que a imperatriz falou.

Safire contou sobre o acordo que havia entre Jemsin e Eris: ela teria sua liberdade se levasse a namsara para ele. Contou sobre ter sido interceptada por Kor, depois sobre escapar dele com Eris na cidade.

— E foi aí que você a perdeu.

Safire concordou. Deixou de fora as partes onde Eris salvava a vida dela e o relato da ladra sobre a noite em que o scrin queimara. E a parte em que Eris a beijara.

Só de lembrar, Safire sentiu calor.

— Tem alguma ideia de onde ela possa estar? Talvez tenha voltado para o barco de Jemsin. — A imperatriz parecia esperançosa quanto àquilo.

Safire sacudiu a cabeça.

— Acho que não. Ela sabe que a namsara está nas ilhas da Estrela e pretende caçá-la. Por isso...

— A namsara está nas ilhas da Estrela? — a imperatriz perguntou, inclinando-se para a frente.

Safire desviou os olhos, lembrando de repente que Asha havia recusado o convite da imperatriz. Ela podia considerar aquilo uma desfeita, Asha visitar suas ilhas, mas não visitá-la. Mais do que ofendê-la, poderia sabotar sua aliança com Dax — uma aliança que significava a salvação das savanas.

— Asha está... — Safire teve dificuldade de pensar em uma explicação que não a ofendesse — atrás de alguém. É de extrema importância que encontre a pessoa e apenas recentemente sua busca a trouxe para cá, para estas ilhas. — Sua frase seguinte foi uma mentira: — Dax só ficou sabendo a respeito em Darmoor.

Talvez Eris realmente esteja me influenciando...

Leandra não tirou os olhos dela.

— Talvez eu possa ajudar nessa busca. Quem ela está procurando?

Aquele era o problema. Eles não sabiam quem era o artesão, somente que existia uma pista no scrin.

Que não existia mais.

— Ela está atrás do dono de um artefato — Safire explicou. — Uma arma conhecida como a faca da Tecelã do Céu.

Leandra levantou da mesa de maneira abrupta, caminhando na direção das janelas. O silêncio era palpável ao redor de Safire.

— A arma que sua rainha usou para salvar a irmã — a imperatriz finalmente murmurou, como se estivesse em outro mundo.

— Sim. — Safire franziu a testa. — Como sabe disso?

— Ouvi... rumores. Roa os confirmou no jantar de ontem. — Ela olhou para Safire por cima do ombro. — Confesso que foi parte do motivo do meu convite. Eu queria saber se era verdade.

— Eu fui alertar Asha — Safire continuou. — Mas ela não estava onde deveria estar. — Safire levantou. — É por isso que preciso da sua ajuda. Eris escapou ontem e...

— Eris? — Ainda virada para Safire, a imperatriz torceu os lábios como quem provava uma comida amarga. — Esse é o nome da fugitiva?

Safire assentiu.

Leandra não disse nada por um momento, depois voltou a olhar pela janela. Ela parecia concentrada nas montanhas ao longe, depois assentiu para Safire prosseguir.

— Eris — murmurou, como se testasse o nome na língua.

— Ela não sabe a localização precisa de Asha. Não acho que possa ter encontrado a namsara, mas tenho certeza de que *encontrará*... e logo.

— Você não quer que ela a encontre antes de você. — Leandra fechou o punho, pressionando-o contra a boca. — Bem. Eu também não. — Ela baixou a mão e prosseguiu. — Enviarei soldados para cada vila das ilhas da Estrela. Hoje mesmo. Se a namsara estiver lá, vamos encontrá-la.

Safire sentiu um peso ser levantado dos seus ombros.

— Obrigada. Ela está com um dragão preto enorme com uma cicatriz em um dos olhos. É difícil que passe despercebida.

Leandra assentiu.

— Passarei a informação adiante. Agora, se puder me fazer um favor e recapturar minha fugitiva...

Safire fez uma mesura.

— É claro.

— E se pensar em qualquer outra coisa que eu deva saber, venha falar diretamente comigo. — Ela apontou para sua assistente. Safire já tinha se esquecido completamente da jovem. — Poderia acompanhar a comandante do rei Dax até a saída?

A garota assentiu, gesticulando para Safire a seguir.

— Se houver mais alguma coisa que eu possa fazer por você, por favor, avise minha equipe — disse Leandra, voltando para a janela e observando a névoa nas escarpas descendo lentamente sobre a cidade lá embaixo.

— Na verdade, tem uma coisa — disse Safire, virando-se no caminho da porta. — Eu esperava que você pudesse me dizer o que sabe a respeito da fugitiva, para me ajudar a rastreá-la. Talvez a vila onde ela cresceu, ou se tem algum...

— Já disse tudo o que sei sobre ela — falou Leandra, olhando para o sul, na direção do scrin arruinado.

Safire sabia que estava passando dos limites. Mas, se pretendia encontrar Eris naquelas ilhas, ia precisar de toda a ajuda possível.

— Então gostaria de saber se posso interrogar um dos piratas capturados por Dax — ela pressionou. — Kor parece conhecer Eris muito bem. Ele poderia nos dar mais informações. Tem alguém que possa me mostrar a prisão onde ele está sendo mantido?

— Kor e sua tripulação já foram executados — disse Leandra, com frieza na voz. — Conseguimos as informações que precisávamos deles.

Safire congelou. Tinha escutado direito?

— Executados? — Ela falou num suspiro. — Sem julgamento?

A imperatriz não se virou enquanto respondia.

— Eles são piratas, Safire. Não merecem julgamento.

Vinte e seis

Dois luminas acompanharam Safire até seus aposentos. Por todo o caminho até lá, as últimas palavras da imperatriz não saíam da cabeça da comandante.

Executar piratas não era algo que Safire teria feito. Mas, enquanto pensava na fúria faminta nos olhos de Kor quando olhava para Eris, tremeu. Podia culpar a imperatriz por não o levar a julgamento? Depois que ela mesma não concedeu a Jarek um, enfiando uma faca no seu coração?

Ainda assim, Safire precisava encontrar Dax e falar com ele sobre aquilo, sobre os dragões e sobre Asha não estar onde deveria.

Ele vai saber o que fazer.

Porém, um recado esperava por ela em sua penteadeira quando chegou. Com a letra tremida de Dax, dizia que ele e Roa iam visitar os celeiros, onde as sementes que levariam para casa estavam sendo estocadas, e que a veriam no banquete mais tarde — organizado para homenagear a aliança recém-firmada.

Safire baixou o bilhete, olhando para a janela. A névoa que descia das montanhas ainda não tinha coberto a cidade. Ela continuava a ver o sol no céu.

Era fim de tarde. Não precisaria esperar muito.

Ao olhar para o espelho, Safire tomou um susto com seu reflexo. Seus cabelos eram chumaços emaranhados pelo vento. As sombras profundas sob seus olhos diziam que não dormia havia... nem conseguia lembrar quanto tempo. E suas roupas estavam cobertas de sal e fuligem.

Safire ficou olhando para si mesma. *O que a imperatriz deve pensar de mim?*

Afastou o pensamento. Se ia comparecer ao banquete, precisava desesperadamente de um banho. E precisava ir, porque seria sua única oportunidade de encontrar Dax e Roa.

Depois de preparar o banho, ela tirou as roupas e afundou na água quente e ensaboada. Começou a se limpar imediatamente, tirando vigorosamente o sal e a fuligem do cabelo.

Nojento. Safire torceu o nariz enquanto ensaboava o cabelo e se perguntava como Eris tinha aguentado beijar alguém *naquele* estado.

O pensamento a deixou envergonhada.

Talvez tenha sido o motivo pelo qual foi embora em seguida.

Ao pensar em Eris, Safire se lembrou de algo que ela lhe dissera pouco antes de ancorarem no porto de Eixo.

Não terei direito a julgamento algum.

A comandante parou de esfregar.

Ela não havia acreditado na época. Agora, enquanto pensava em Kor e nos outros piratas mortos, se perguntava se Eris não teria razão.

Se Safire conseguisse capturá-la para a imperatriz como havia prometido, Leandra executaria Eris com a mesma determinação com a qual executara Kor?

Nesse caso, ela pensou enquanto afundava na água para lavar a espuma do cabelo, *será que devo entregá-la para a morte?*

Apesar de estar mergulhada em água quente, Safire estremeceu.

Ficou lá parada, repassando várias vezes seu dilema e tentando encontrar uma solução. O banho estava tão quente e Safire tão cansada que após um breve momento pegou no sono.

★

Acordou com um som no quarto. Sentou-se depressa na água agora fria, jogando um pouco de água para fora da banheira. Ficou completamente quieta, atenta, enquanto segurava as laterais frias da cerâmica. Mas nenhum som além do seu veio do quarto.

Devagar, ela saiu da banheira e se enrolou em uma toalha, espiando pela porta.

De início, não viu nada de estranho ou fora do lugar. Foi só quando começou a secar o cabelo, observando o quarto uma segunda vez, que notou o vestido pendurado sobre a cadeira em frente à penteadeira. Um vestido que não estava lá quando ela entrara no banho.

Safire se aproximou, com todos os seus sentidos em alerta máximo. Era um vestido azul-claro. Ela passou os dedos por seus fios firmemente tecidos. Procurou a identificação da tecelã, mas tudo o que encontrou foi uma pequena estrela prateada bordada no punho esquerdo.

Ao erguer o tecido, ela o pressionou contra o rosto e inspirou.

Tinha cheiro de mar.

Como Eris.

Sua pele se arrepiou só de pensar.

Safire baixou o vestido, olhando em volta com cuidado. Mas não havia nenhum outro sinal da Dançarina da Morte ter passado pelos seus aposentos enquanto ela se banhava.

Talvez estivesse errada. Talvez o vestido fosse um presente da imperatriz, um agradecimento pelas informações compartilhadas. Afinal, Eris nunca se aventuraria a entrar na cidadela da inimiga da qual vinha fugindo fazia sete anos.

Fosse lá quem tivesse lhe dado o vestido, ele era a única coisa que a comandante tinha para vestir, já que suas outras roupas eram uma pilha encardida e incrustada de sal sobre o chão.

Tinha acabado de passar a peça por cima da cabeça quando alguém bateu na porta.

— Comandante?

Safire reconheceu a voz. Era uma das mulheres da guarda pessoal de Roa. Uma jovem chamada Saba.

— Sim? — ela disse, enquanto o vestido descia em ondas.

— A rainha-dragão quer saber onde você está.

Safire franziu o cenho enquanto se esticava para fechar o botão na altura da nuca.

— Claramente estou aqui — disse ela, abrindo a porta.

Saba estava de pé diante dela, vestida com seu uniforme de soldat exibindo o emblema da rainha-dragão orgulhosamente no peito: um falcão branco envolto por um círculo de flores de jacarandá.

— O banquete começou já faz um tempo — disse Saba, seus cachos castanho-escuros envolvendo sua cabeça como uma nuvem.

Já faz um tempo?, pensou Safire. *Quanto eu dormi?*

— Posso dizer a ela que está a caminho? — Saba perguntou.

Safire tocou o cabelo úmido, depois assentiu.

— Pode.

Assim que Saba saiu, Safire torceu o cabelo em um coque e o prendeu rapidamente no lugar. Antes de sair para o banquete, deu mais uma olhada no quarto, verificando embaixo da cama e dentro do baú cheio de cobertas.

Mas ela estava sozinha.

Na base de uma escada em espiral no coração da cidadela, o som de instrumentos de sopro tocando uma dança folclórica flutuou até ela. Um lustre de vidro, pendurado no teto quatro andares acima, chamou sua atenção. Seu vidro azul e branco fazia a luz cintilar por toda a ampla escadaria.

Safire parou no primeiro degrau. Desde que Dax a promovera a comandante, ela comparecia aos eventos oficiais de uniforme. Enquanto ajeitava o vestido, sentiu-se exposta e vulnerável.

Respirando fundo, ela começou a subir. Precisava encontrar Dax e dizer a ele tudo o que descobrira. Seguiu os degraus até alcançar o piso superior. Havia dois luminas de guarda na entrada do grande salão.

Safire entrou no maior aposento que já vira. Era maior do que qualquer pátio de Firgaard. Fileiras de colunas corriam de uma ponta a outra, sustentando o telhado de vidro. O arco exibia criaturas monstruosas projetadas em ouro, e as paredes brancas eram recortadas por janelas que iam do chão ao teto, onde os convidados ficavam conversando e bebendo enquanto a lua surgia sobre a cidade.

Era em momentos como aquele que Safire mais se sentia uma impostora. Ao seu redor, havia pessoas vestidas em seda, peles e enfeites brilhantes, em tons ricos de roxo, amarelo e azul. Sim, ela era uma princesa, tinha um laço de sangue com o rei-dragão. E tinha nascido em um palácio. Mas aquilo não contava sua história inteira, a história de uma garota mantida fora da corte, longe dos seus próprios primos. Envergonhada e menosprezada por causa das escolhas do seu pai. Por causa da origem da sua mãe.

Ela podia ser uma princesa, mas não tinha sido criada como uma. E nunca se sentiria à vontade em lugares como aquele.

Safire encontrou Roa e Dax do outro lado do salão, à vista dos seus guardas, falando com a imperatriz. Entre eles e Safire, contudo, estava Raif. O jovem soldado que a tinha escoltado por Eixo na noite anterior. Ele falava com seu capitão, Caspian, e Safire pensou tê-lo ouvido mencionar seu nome, depois o viu analisar o salão esperançoso.

Ela não tinha vontade de lidar com Raif. Antes que ele a visse, deu meia-volta e foi direto para um ornamento estrelado.

— Seja discreta ou não vai saber sobre o que vim te avisar — disse uma voz familiar.

Safire ergueu os olhos.

Eris estava diante dela, vestindo um uniforme lumina roubado que abraçava suas curvas: camisa preta, calça preta e botas cinza na altura das panturrilhas. Seu cabelo loiro estava amarrado frouxamente na nuca, e o quepe escondia a parte superior do seu rosto.

Vê-la provocou uma tempestade de sentimentos em Safire.

Ela sabia o que deveria fazer: segurar Eris e chamar reforços. Mas, se o fizesse, o que aconteceria? Se um pirata insignificante como Kor não recebera um julgamento, que chance tinha Eris? A imperatriz certamente ia executá-la.

Safire olhou em volta do salão que continha os piores inimigos de Eris e sussurrou:

—Você enlouqueceu?

Vinte e sete

Eris não pretendia se enfiar no meio da multidão. Queria ficar pelas sombras, esperando o momento perfeito em que Safire estivesse sozinha. Mas quando a comandante entrou no salão, Eris viu uma pessoa diferente.

Em um instante, Safire não era mais a prima do rei. Não era mais a comandante do seu exército. De alguma forma, o salão a transformou em alguém menor, perdida e solitária.

Eris não se conteve.

Então, tola como era, foi direto falar com ela.

Seu corpo todo estava inquieto. Suas mãos estavam escorregadias de suor. Mas ao ouvir aquelas palavras — *Você enlouqueceu?* — o medo foi todo embora.

Safire não ia alertá-los de que estava ali.

Por quê? O que havia mudado?

Ela deixou a dúvida para depois. Pressionando firmemente sua mão livre na cintura de Safire, Eris a conduziu para o ponto mais distante do salão inutilmente grande, depois a empurrou para o meio das cortinas douradas exuberantes nas varandas.

A ladra fechou a cortina, bloqueando o campo de visão. A névoa ao redor delas era espessa.

Safire virou para encará-la. Só de vê-la, o coração de Eris bateu duas vezes mais rápido.

A comandante estava com o vestido azul que ela havia deixado em seu quarto. Seu cabelo preto tinha sido enrolado com o nó habitual, preso no lugar por uma faca. O tom do vestido combinava perfeitamente com seus olhos.

— Ela matou todos — Safire disse de uma vez.

Eris foi pega de surpresa. Não era o que imaginava ouvir.

— Quem?

— Kor. Rain. Lila. — Safire fechou as mãos ao lado do corpo, como se somente agora considerasse o significado do que dizia. — Ela executou todos eles.

Eris ainda não havia processado o fato. A ideia de Kor e os demais estarem mortos quando estavam vivos um dia antes... não fazia sentido. E então, quando *fez*, ela não soube o que pensar. Odiava Kor, sem dúvida. Ela o havia esfaqueado e tacado fogo no seu barco. Mas tinha feito aquilo porque estava com raiva e cansada dos abusos, não porque quisesse matá-lo. Se pretendesse fazê-lo, teria trancafiado o homem dentro da sala em chamas.

Eris não o queria morto. Nem ele nem os outros.

— Tem certeza?

Safire se virou, olhando por cima da sacada para a cidade coberta pela névoa.

— Não vi com meus próprios olhos — a comandante disse, abraçando o próprio corpo. — Mas foi o que ela me falou: piratas não têm direito a julgamentos.

Eris a observou, incerta do que dizer. Não estava surpresa com aquilo. Mas Safire estava.

— Por que está aqui? — a comandante sussurrou, sua voz soando fraca.

Eris se aproximou da balaustrada.

— Sei para que Jemsin quer a sua prima.

Safire se virou, com seus olhos azuis duros como joias.

— E?

Pelas marés, seria tão mais fácil se ela não fosse assim bonita. Eris afastou o pensamento, precisava se concentrar. Estava dentro do território inimigo agora. Precisava se manter alerta.

— A imperatriz fez um acordo com ele: vai lhe dar passe livre para as águas do seu território se entregar Asha.

As sobrancelhas escuras de Safire se uniram numa expressão descrente.

— Tem alguma prova disso?

— Não exatamente. — Eris olhou para as botas roubadas. — Não.

— Então devo confiar na sua palavra?

— Sim.

— Mas isso não faz nenhum sentido — Safire murmurou, olhando para a névoa. — O que ela quer com minha prima?

— Não faço a menor ideia. Mas se a imperatriz está fazendo acordos com piratas para conseguir a namsara, não pode ser boa coisa.

Safire estudou Eris por alguns segundos.

— Isso significa que você não vai caçar Asha?

Eris ergueu os olhos.

— O quê?

— Se a imperatriz quer minha prima — disse Safire, cruzando os braços com firmeza diante do peito — e você acha que a mulher é um monstro, o certo seria você decidir não cumprir seu trato com Jemsin.

Eris se aproximou, mantendo a voz baixa para falar:

— Se eu não entregar sua preciosa prima para Jemsin, eu é que serei entregue ao monstro. — Ela balançou a cabeça. — Você não entende? Leandra será tão impiedosa comigo quanto foi com Kor. Se não me matar... — Eris tocou o fuso enfiado em seu cinto roubado, pensando de repente em Day. Na lâmina transpassada em seu peito. — Ela vai me fazer desejar estar morta.

— Entendo — disse Safire, firme. — Então veio aqui para dizer que uma vilã quer minha prima, por um motivo que desconhece, mas que acha que deve ser sinistro o bastante para valer um alerta. — Os olhos de Safire eram como chamas brilhantes enquanto perfuravam Eris. — Só que não vai parar de caçar Asha como se ela fosse uma presa para entregá-la a essa mesma vilã. — Seu tom de voz estava subindo. O ar pareceu esquentar com sua raiva. — Entendi direito?

Eris olhou para ela.

— Não ouviu o que eu falei? Se eu não fizer o que Jemsin quer, sou eu quem vou morrer.

Safire curvou a boca em desprezo.

— Talvez seja o fim que você mereça.

Eris recuou, ofendida.

— Você é uma criminosa, Eris. Uma ladra. Uma pirata. Uma *assassina*. — Sua voz ficava mais áspera. Onde antes havia hesitação, agora existia determinação. — O mundo precisa ser protegido de gente como você.

Eris olhou para ela.

— Eu nunca matei ninguém.

— É o que você diz. — Safire empinou o nariz, com os olhos brilhando. — Cadê a prova?

O que mais doía não era Safire não acreditar em Eris. Era o fato de não se importar com o que ia acontecer com ela.

É claro que ela não se importa, pensou Eris, deixando a faca roubada de Safire na balaustrada antes de partir.

Ninguém nunca se importou com o que acontecia com Eris. Porque ela não importava.

Vinte e oito

Safire pegou sua faca de cima do mármore frio e duro. Normalmente, conseguia ver um caminho claro e tomar uma atitude decisiva. Mas, desde que conhecera a ladra Dançarina da Morte, o caminho desaparecera e ela passara a tropeçar na escuridão.

Basta.

A comandante sabia que soar o alarme e avisar todos os soldados do salão da presença de Eris seria decretar uma sentença de morte para ela.

Também sabia que não soar o alarme seria deixar uma criminosa perigosa escapar, uma que se importava mais consigo mesma do que com a vida dos outros.

Quando Dax a promovera a comandante, Safire jurara levar ordem aonde houvesse caos. Proteger os inocentes dos que desejavam fazer mal a eles. Ela era uma soldado acima de tudo, e seus instintos lhe diziam para deter Eris. Para chamar os luminas no salão e impedi-la de partir.

Então foi exatamente o que fez.

Safire se virou e encontrou Eris afastando a cortina, pronta para entrar novamente.

— A inimiga da Tecelã do Céu está aqui! — a comandante gritou, apontando sua faca para a garota no uniforme lumina roubado. — Prendam-na!

O silêncio tomou o grande salão. Eris congelou no lugar enquanto vários soldados se viravam na sua direção, suas lâminas tinindo ao se libertar das bainhas.

— Se tentar encostar no fuso no seu cinto — sussurrou Safire, aproximando-se a ponto de sentir o cheiro de mar na pele de Eris —, não vou hesitar em enfiar uma faca nas suas costas.

—Você já enfiou uma faca nas minhas costas — disse Eris, atenta aos luminas que a cercavam, vindos da varanda onde estavam. — Que diferença mais uma faria?

Ela soltou a cortina e recuou, aproximando-se de Safire e da balaustrada, como se quisesse colocar mais espaço entre ela e os inimigos vindo pegá-la. Mas não havia escapatória. Não havia lugar aonde ir.

Raif chegou bem antes dos demais, com a espada sacada, sorrindo numa expressão cruel enquanto afastava a cortina. Ele apontou a espada para Eris, seus olhos frios e impenetráveis enquanto ela avançava devagar.

— Mãos para cima, *demônia* — ele vociferou. — Afaste-se da comandante.

Vários outros luminas chegaram, parando atrás de Raif sem saber como agir.

—Tranquem as portas — Raif gritou enquanto eles sacavam as espadas. — A fugitiva está na varanda!

Mas coisas como portas e fechaduras não eram capazes de confinar Eris.

Ela era a Dançarina da Morte.

Quando o salão diante delas explodiu em murmúrios e gritos de pânico, Safire fixou o olhar no fuso escondido no quadril da outra, mantendo a faca apontada para ela. No momento em que Eris tentasse usá-lo, a comandante não teria escolha a não ser...

—Talvez seja hora de você dar uma boa olhada nos seus aliados

— disse Eris. Ela levantou a cabeça e seus olhos encontraram os de Safire. — Eles são os heróis ou os vilões? E isso faz de você o quê?

Safire estreitou os olhos. *Manipuladora até o final*. Se Eris pensava que seria capaz de semear a discórdia entre Safire e os que tinham vindo em seu auxílio, estava redondamente enganada.

— Pelo menos eu tenho aliados. E você, Eris? Não tem ninguém.

Ela esperou que a ladra desse um sorriso cínico. Falasse algo sarcástico e mordaz.

Em vez disso, Eris disse baixinho de um jeito que apenas Safire pudesse ouvir:

— E pensar que imaginei estar apaixonada por você.

As palavras foram como um soco, derrubando-a para trás.

— O quê? — Safire sussurrou, baixando a faca.

Com Raif gritando seus comandos a alguns passos de distância, com os soldados às suas costas pressionando para entrar na varanda, Eris olhou uma última vez para Safire. Aquela era a Dançarina da Morte despida de sua confiança e atitude. Era somente uma colcha de retalhos de desejo, dor e arrependimento.

E então, antes que Safire pudesse impedi-la, antes que ela sequer soubesse o que acontecia, Eris saltou sobre a balaustrada e caiu na névoa.

Vinte e nove

Safire olhou para a neblina cinza, com o coração na boca.

— Ninguém sobreviveria a uma queda dessas — disse Raif atrás dela, com a testa cada vez mais franzida. — São cinco andares.

Eris, sim, ela pensou. Ou talvez fosse mais um desejo.

De repente, na ausência de Eris, as coisas pareciam mais turvas do que nunca.

Enquanto Raif dizia a um soldado para ir verificar os jardins lá embaixo, a imperatriz chegou. Seu uniforme naval fora substituído por um vestido do mesmo tom que era justo no torso e depois caía em ondas cintilantes da cintura até o chão, revelando uma camada prateada no fim que espumava como ondas.

— O que aconteceu aqui? — Seu tom era autoritário e frio.

Raif olhou para Safire, claramente se perguntando a mesma coisa.

— Sua fugitiva esteve aqui — disse ela. — Disfarçada como um dos seus soldados.

Todas as atenções se voltaram para ela. Safire enrubesceu com os olhares.

— Ela acabou de pular da varanda — explicou Raif.

Leandra estreitou os olhos na direção de Safire.

— Ela estava aqui, nessa varanda, com você? — Sua voz beirava a acusação. — Quanto tempo ficaram sozinhas?

Safire engoliu em seco, tentando afastar o calor que a percorreu ao ouvir aquelas palavras.

— Talvez ela estivesse sendo ameaçada — disse Dax, atraindo as atenções para si. Safire não sabia quanto tempo fazia que ele estava lá, mas o rei não tirava os olhos dela.

Ele estava oferecendo uma saída.

— Ela pôs uma faca nas minhas costas — Safire disse. — Se eu pedisse ajuda, teria me esfaqueado.

Ela não acreditava realmente naquilo. Só falou para tentar minimizar a desconfiança da imperatriz.

— Então ela forçou você a vir para cá — disse Leandra. Seu rosto ficou tenso, seus lábios pareceram mais finos. — Ela veio e afastou você, *isolou* você. Mas para quê?

Safire se forçou a olhar nos olhos da imperatriz.

— Para tentar me jogar contra você. — Aquela parte era verdade. — Ela disse que foi você que fez o acordo com o capitão Jemsin. Que é você que está atrás da namsara.

Leandra inclinou a cabeça, com o olhar fixo em Safire.

— E para que *exatamente* eu ia querer a namsara?

Safire sacudiu a cabeça.

— Ela não disse. Mas não faz sentido mesmo. Jemsin é um pirata perverso. E, visto que executou Kor e sua tripulação, você não parece muito afeita a piratas.

De canto de olho, Safire viu Dax virar a cabeça, intrigado com as novidades.

— E por que você faria um acordo com um pirata — Safire prosseguiu — quando poderia simplesmente convidar Asha para vir à cidadela?

Mas você a convidou, pensou Safire. *E Asha recusou o convite.*

Na conversa mais cedo, Leandra parecera ansiosa para enviar seus soldados atrás da namsara, com a justificativa de que estava em perigo, dado o interesse de Eris nela.

Mas nenhum dos fatos provava nada. Tudo o que Safire tinha era a palavra da ladra. Que, até onde sabia, não valia nada.

Houve um movimento atrás da imperatriz. Caspian parou ao seu lado.

— Não encontramos o corpo — ele informou. — Ela deve ter sobrevivido.

Safire sentiu as tensões dentro dela, que nem sabia que existiam até então, relaxarem com a informação.

— Isso é impossível — disse Raif, balançando a cabeça e olhando para a névoa lá embaixo mais uma vez.

Antes que Safire pudesse se unir a Dax, a imperatriz a impediu.

— Se ela vier atrás de você outra vez, não a prenda. Não peça ajuda. — Leandra a olhava como se estivessem sozinhas na varanda. Como se os outros não existissem. — Da próxima vez que ela procurar você, quero que a mate. Está entendido?

Safire sustentou seu olhar tempestuoso.

— Sim.

A palavra teve gosto de cinzas em sua boca.

Trinta

CANCELAR O BANQUETE que homenageava seus estimados visitantes seria visto como fraqueza, então Leandra insistiu que ele prosseguisse como se nenhuma interrupção tivesse acontecido. Como resultado, Safire estava agora em uma mesa comprida, encarando a cavalinha de olhos vítreos em seu prato. Enquanto os demais ao seu redor tinham comido tudo menos os ossos, Safire nem havia tocado na refeição. Continuava pensando no modo como seu coração parara ao ver Eris pular da varanda. Nas últimas palavras que ela dissera, no seu olhar.

E pensar que imaginei estar apaixonada por você.

—Você está bem?

A voz de Dax tirou Safire dos pensamentos. Ela encarou os olhos castanhos do primo.

— Eu... — Pensar na ordem para matar dada pela imperatriz revirou seu estômago.

Ele olhou em volta. À sua direita estava Roa, e ao lado da rainha a imperatriz. Raif estava sentado à direita de Safire. Inclinando-se para perto, Dax baixou a voz.

—Você fez a coisa certa.

Será mesmo? Então por que se sentia tão mal?

Safire manteve a voz baixa também.

— E matar a ladra também é a coisa certa a fazer?

Geralmente, garantir o cumprimento da lei fazia Safire se sentir bem, correta e *valiosa*. Daquela vez, só fizera com que se sentisse como um deles: os luminas que espancavam mulheres nas ruas, a imperatriz que executava pessoas sem julgamento.

A comandante analisou as pessoas ao seu redor. Raif estava envolvido em uma conversa com Caspian. Roa entretinha a imperatriz falando sobre pragas de plantas.

— E se ela tiver razão? — Safire pensou na pergunta de Eris na varanda. — E se eu não for uma boa soldada? — Ela engoliu em seco, vendo-se repentinamente de outra maneira. *E se eu for cruel?*

— Safire...

— Leandra executou aqueles piratas que você trouxe para ela sem julgamento, Dax.

Ele assentiu.

— Eu sei.

Ela franziu a testa.

— Sabe?

— Minha decisão teria sido diferente. — Ele olhou para o prato, com o rosto ficando levemente tenso. — Mas não podemos sair por aí impondo nosso modo de fazer as coisas a todo mundo. As leis das ilhas da Estrela são as leis das ilhas da Estrela. Enquanto formos convidados aqui, precisamos obedecê-las. Não cabe a nós interferir.

Safire encarou o rei.

— E se essas leis forem injustas?

Ele retribuiu seu olhar.

— E se forem justas? Você e eu nunca tivemos que lidar com piratas, Saf. Leandra já. Deve ter um bom motivo para não ter levado aquelas pessoas a julgamento.

Safire sentiu como se seu corpo virasse pedra.

—Você ouve o que está dizendo? — ela sussurrou.

Dax nunca se importava que Safire o desafiasse. Na verdade, ele gostava daquilo. Sempre queria saber sua opinião, principalmente quando contradizia a dele, porque a respeitava e admirava. Porque, ao debater com ela, ao conversar sobre um problema, Dax se sentia mais preparado para tomar sua decisão.

Mas, agora, em vez de contra-argumentar como costumava fazer, seu semblante ficou pesado e ele desviou o rosto.

— E o que quer que eu faça? — O rei manteve a voz baixa, quase como um sussurro. — Que eu a desafie? Condene suas leis? Diga a ela que não vai capturar a criminosa que prometeu capturar?

Safire abriu a boca para responder, mas entendeu que não tinha uma resposta.

— Precisamos dela, Safire. A *savana* precisa dela. Sem as sementes que nos prometeu, centenas de milhares de pessoas morrerão. Me diga que essas vidas importam para você.

A garganta de Safire queimou. Claro que importavam. Como ele podia perguntar uma coisa dessas?

Se elas realmente importassem, Safire percebeu, *viriam em primeiro lugar para mim. Acima de Eris.*

Pessoas morriam de fome. A *família* de Roa morria de fome. E ali estava Safire, comprometendo uma aliança que poderia salvar vidas.

Ela teve vontade de levantar da mesa e ir embora. Não só do grande salão. Não só da cidadela. Mas de Eixo. Aquela cidade, aquelas ilhas, a estavam transformando em alguém que ela não era.

Sentindo sua inquietude, Dax prosseguiu.

— O que realmente está incomodando você?

Safire não conseguia olhar para ele. Para nenhum deles. Então ficou olhando para o peixe morto em seu prato.

— Matei um homem que eu odiava uma vez. Essa decisão me assombra até hoje. Não vou matar uma garota… — Ela se interrompeu, com medo de dizer as palavras em voz alta.

Dax se inclinou um pouco mais para ela, apoiando casualmente o ombro no encosto da cadeira enquanto pegava seu cálice, do qual não bebeu. Ele estava se esforçando um bocado para não atrair atenção para a conversa. Mas seu olhar era afiado como uma espada.

— Saf — ele disse gentilmente. — É a mesma pessoa que deixou você comendo poeira em Firgaard. Tudo o que você queria era prender aquela ladra.

Safire estudou as escamas escurecidas e as barbatanas flácidas do seu peixe. *As coisas mudaram*, ela pensou.

— Ela torturou você no navio de Jemsin.

— Na verdade ela mandou outras pessoas me torturarem — Safire disse, ciente de que forçava a barra.

Ela pensou em Eris observando os homens de Jemsin afundarem sua cabeça várias vezes na água. Tentando quebrar sua resistência. Forçá-la a dar informações.

Dax a encarou desconfiado.

— Safire.

Ela estava perdendo a discussão. Podia sentir aquilo na voz dele. E pior era que Dax tinha razão. Eris não era nenhuma inocente, era uma criminosa.

Mas também era a pessoa que tinha ajudado Safire quando ficara enjoada no mar. E que impedira um monstro marinho de comê-la viva. Eris a salvara de Caspian e dos outros luminas naquela ruela.

Eles teriam espancado aquela mulher até a morte, ela pensou. Mas aquilo não provava nada. Toda cesta tinha suas maçãs podres. Não fazia muito tempo, alguns soldados da própria Safire tinham armado contra Roa, sua rainha. Sempre havia alguns corruptos em um mar de soldados leais.

—Você mesma acredita que ela está planejando entregar Asha para um pirata — Dax a lembrou.

Safire perdeu a firmeza sob o peso daquelas palavras.

Tudo aquilo era verdade.

Mas ainda assim.

— Ela salvou minha vida — sussurrou Safire. — Mais de uma vez.

Dax esfregou com força a barba rente.

— E se ela estiver manipulando você?

Safire olhou para a varanda do outro lado do salão. As cortinas estavam abertas e a névoa de mais cedo tinha recuado, deixando um céu claro e estrelado.

— Já ouvi coisas assim antes — disse Dax.

Safire voltou a encará-lo.

— Que coisas?

— Um tipo de... doença — disse ele, quase gentil. — Uma doença da mente.

Safire ficou intrigada. Do que ele estava falando?

— Às vezes, quando uma pessoa é sequestrada e abusada, sua mente distorce os fatos para se proteger. A pessoa se convence de que ela e seu sequestrador se... amam. De que seu sequestrador não é um vilão, e sim algum tipo de herói.

Safire gelou ao ouvir aquilo. Ela avaliou a expressão de Dax.

— Está me acusando de algo assim?

Ele não disse nada. Apenas a observou.

—Você está — ela sussurrou, sentindo a mesa repleta de convidados se turvar em volta deles.

Mas Safire não tinha beijado Eris? A mesma garota que a sequestrara e depois mandara os homens de Jemsin a torturarem?

E o mais importante: ela não tinha *gostado* de beijá-la?

Se fosse ser honesta consigo mesma, a verdade era que, enquanto estava na varanda com Eris em seu uniforme roubado de soldado, Safire queria beijá-la de novo.

Talvez Dax tivesse razão. Talvez houvesse algo de errado com ela.

Safire defendia a lei, enquanto Eris a desprezava. Safire odiava piratas, enquanto Eris trabalhava com eles. Safire amava sua prima, enquanto Eris a estava caçando.

Ela pensou naquele momento no barco a remo, quando Eris descobrira que Safire não sabia nadar.

Não vou deixar nada acontecer com você.

E naquele momento na ruela, cercada por homens que queriam machucá-la. Eris tinha ido ajudá-la.

Não solte.

Mas o que importava? E quem era Eris, realmente?

Safire não sabia. Ninguém sabia.

Mas Dax era seu primo. E ainda mais: era seu amigo e seu rei. No passado, ele tinha aguentado o abuso de Jarek quando possível. Fazia pouco tempo que havia lutado uma guerra ao lado dela, e depois a feito sua comandante.

Safire não podia — nem ia — ficar contra ele. Precisavam ficar do mesmo lado. Sempre tinham estado do mesmo lado.

— Aonde você vai? — Dax perguntou enquanto ela levantava da mesa.

— Respirar ar fresco.

Trinta e um

Eris caminhou pelas ruas iluminadas de Eixo como se tivesse um peixe-leão entalado na garganta.

Após pular da balaustrada, ela tinha parado na varanda um andar abaixo. Ferida pela traição de Safire, só queria fazer a travessia. Mas, quando passava o fuso sobre os ladrilhos da varanda e já via a linha prateada brilhando diante dela, as vozes no andar de cima a fizeram parar.

Escondida pela neblina, Eris escutara.

Da próxima vez que ela procurar você, quero que a mate. Está entendido?

A lembrança da voz gelada de Leandra a fez tremer. Mas aquilo não era nada comparado à ferida aberta pela resposta de Safire.

Sim.

A mão de Eris tremia quando terminara de desenhar a linha prateada. Sua visão ficara turva por causa das lágrimas. Ela devia ter se concentrado no labirinto quando entrara na neblina. Mas a dor, a solidão e a sensação esmagadora da perda a dominavam, e ela só conseguira pensar na resposta de Safire para a pergunta de Leandra. Só conseguira ver aqueles olhos azuis apavorados enquanto Eris contava seus sentimentos verdadeiros, como uma idiota.

E fora assim que acabara perambulando pelas ruas retas de Eixo em vez de pelo labirinto. Agora que estava ali, livre da imperatriz e de seus soldados, e, principalmente, livre de Safire, ela mudou de ideia. Não queria voltar para o labirinto assombrado solitário com nada além de um fantasma como companhia.

Safire tinha razão. Eris não tinha ninguém.

Seus passos ecoavam nas ruas de paralelepípedos, já vazias e quietas agora que a meia-noite se aproximava. Depois de anos correndo pelas ruas daquelas ilhas, após jurar que nunca mais colocaria os pés nelas, Eris estava no coração delas. Cercada dos seus piores inimigos.

Um deles, o pior de todos.

Além das fontes, das lanternas acesas e das fachadas das lojas, através dos galhos das árvores espalhadas, os olhos de Eris eram atraídos pela estrutura mais alta de Eixo — mais alta até que sua equivalente, a cidadela da imperatriz.

Ela ia se afinando como uma agulha conforme perfurava o céu, preta como ônix. Tão escura que se destacava contra a noite brilhante e estrelada.

O trono da Tecelã do Céu.

Como um ímã, atraía e repelia Eris. Lembrando-a da noite da qual vinha fugindo por metade da sua vida. De como a deusa das almas não fizera nada enquanto seus criados queimavam em suas camas. Enquanto Day enviava uma oração aos céus. Enquanto Eris assistia a todos os que já tinha amado serem levados para longe dela.

Ela nunca odiara tanto alguém quanto odiava a deusa das almas.

A raiva cor de brasa se acendeu dentro de Eris, como na noite em que vira a *Amante do Mar* queimar. Ela cerrou os dentes com força. Queria subir os milhares de degraus da torre e quebrar cada janela no caminho. Queria bater na porta no alto dela e derrubá-la. Queria cuspir nos pés da Tecelã do Céu e perguntar como ela podia simplesmente esperar, não fazer nada enquanto o scrin queimava. Enquanto Day morria com seu nome em seus lábios.

Day.

Lembranças dele voltaram com força. Eris caiu de joelhos. Lágrimas faziam seus olhos arderem enquanto pensava nele a carregando para a cama quando adormecia no tear. Segurando sua mão perto da beira do desfiladeiro para garantir que ela não fugiria enquanto a ensinava que plantas eram melhores para tingir. Contando histórias da deusa que mais amava.

A torre se turvou diante dela, misturando-se ao céu escuro.

Quando a noite cai — a oração de Day tomou sua mente — *lembro aqueles que partiram antes de mim, iluminando meu caminho pela escuridão.*

Eris olhou para além da torre, para as milhares de estrelas brilhando acima dela. As milhares de almas colocadas lá pelas mãos da Tecelã do Céu.

Odiava aquela oração, porque era para *ela*.

Mas também a amava por ser a favorita de Day.

Lembro, ela pensou, recitando as palavras perto do fim, *que você está comigo.*

Enquanto as estrelas brilhavam acima dela, com a lembrança de Day no coração, a fúria a abandonou.

E, apesar de continuar sozinha, Eris não se sentia mais só.

Trinta e dois

SAFIRE CAMINHOU PELOS CORREDORES azuis da cidadela, com saudade de casa e dos confortos da rotina. Em Firgaard, não havia nada que uma boa sessão de luta ou uma corrida puxada não pudesse resolver.

Ela sentia falta dos seus soldats. Sentia falta do calor do sol no seu rosto. Sentia falta do jeito que as coisas eram antes de certa ladra entrar no tesouro do rei e transformar sua vida em um caos.

Enquanto saía de uma das passagens a céu aberto, uma camada de neblina fria a envolveu. Aquela névoa a deixava inquieta. Ela não gostava de não conseguir ver o que estava a alguns passos de distância. Qualquer coisa poderia se esconder na névoa cinza.

Como se conjurada pelo seu pensamento, Safire sentiu uma presença. À espreita. Observando.

Seus passos desaceleraram enquanto ela escutava.

Podia ver o brilho sutil da tocha ao longe. Ela estava quase no fim da passagem, mas, conforme se aproximava do arco que levava ao próximo corredor da cidadela, a presença ficava mais forte.

Por fim, Safire parou. Pronta para pegar a faca enfiada no nó no cabelo, ela gritou:

— Quem está aí?

A princípio, ninguém respondeu. Mas então, através da neblina, ela ouviu um som familiar: um estalo rápido. Safire olhou para o telhado em espiral de onde vinha o som.

Dois olhos em fendas a observavam pela névoa.

— Martírio? — ela sussurrou.

Os olhos desapareceram. Safire ouviu o som de escamas se esfregando suavemente nas pedras enquanto o dragão deslizava do telhado. Um instante depois, uma cabeça branca brilhante com dois chifres, um deles quebrado, surgiu da neblina.

A comandante viu os olhos escuros de Martírio e se virou para verificar se havia guardas por perto. Mas a neblina era tão densa que impedia a visão.

— O que está fazendo aqui? — ela sussurrou.

O dragão estalou a língua em resposta, de maneira mais urgente. E então fez algo que nunca fizera antes: pressionou seu focinho na palma de Safire, cutucando-a com firmeza. Quase como se quisesse algo dela.

A comandante se lembrou das últimas palavras ditas para o dragão branco, na última noite na vila abandonada, procurando por Asha.

—Você a encontrou?

Em resposta, Martírio se agachou na passagem de pedra enquanto mantinha os olhos em Safire. Como quem diz: *suba*.

Com cuidado, ela subiu nas suas costas, sabendo que a qualquer momento poderia fazer o movimento errado, atiçar a pobre criatura e ser derrubada. Ou pisoteada. Ou pior.

Martírio não fez nada daquilo. Ficou tenso, olhando para trás algumas vezes enquanto Safire ajustava seu vestido azul — que ela precisou puxar até os joelhos para poder montar direito —, mas não entrou em pânico. Pelo menos, não até as vozes surgirem na névoa atrás deles.

—Viu aquilo?

Safire olhou para trás bem em tempo de ver duas silhuetas aparecerem de dentro da neblina.

— Viu o quê?

— Tem alguma coisa ali...

Martírio começou a chicotear a cauda, seus músculos ficando tensos de medo. Safire pressionou a palma nas escamas da criatura para acalmá-lo.

— É um...

A criatura girou para encará-los. Para evitar cair, Safire passou os braços pelo pescoço dela e entrelaçou as mãos.

— Dragão!

Os luminas sacaram as espadas juntos, deixando de prestar atenção no animal ao perceber quem o montava. Safire estalava a língua dando o comando de voar.

Martírio abriu as asas, sibilando.

Os dois homens recuaram de medo. Ela podia ver o branco de seus olhos, as mãos se apertando nos cabos de suas armas.

— Agora, Martírio! — Safire sussurrou, estalando o comando novamente, com medo de que o dragão não o conhecesse. Temendo que os homens atacassem e o matassem.

Mas, antes que eles agissem, Martírio se virou e saltou da passagem. A neblina os protegeu no mesmo instante enquanto suas asas aproveitavam uma corrente de ar. Safire se agarrou, ouvindo os gritos de alerta aumentarem atrás deles. Mas a neblina os manteve protegidos enquanto o dragão deslizava por ela, subindo cada vez mais.

As vozes atrás deles desapareceram na noite.

Bom garoto, pensou Safire, pressionando sua bochecha no pescoço do dragão e relaxando.

Enquanto a cidade de Eixo ia ficando para trás, ela procurou a conexão que sabia que deveria sentir no primeiro voo. Asha a descrevera como algo se encaixando. Mas não importava o quanto Safire se concentrasse enquanto planavam pelo ar: ela não sentiu nada se encaixando. Nenhum elo se formando.

Talvez fosse verdade que Martírio nunca se ligaria a um cavaleiro.

Talvez isso não seja um problema, ela pensou.

Por fim, a neblina clareou. Sob a luz prateada da lua lustrosa, o mar brilhava, suas ondas quebrando suavemente a uma pequena enseada abaixo de uma grande península. Lá de cima, ela podia ver um punhado de casas miúdas despontando, as janelas brilhando devido às lamparinas acesas.

No cume da península, Safire identificou uma silhueta. Não, *várias silhuetas*. Três pessoas e um dragão. Uma delas segurava uma lanterna acesa.

Martírio estava indo direto para elas.

Eles circularam uma vez. Kozu foi o primeiro a olhar para cima. Safire podia ver seu olho amarelo queimando na noite. Martírio começou a descer rapidamente, depois se lembrou de que carregava seu peso também. Eles desciam direto para a floresta de árvores retorcidas.

Safire o sentiu entrar em pânico. Também em pânico, ela o forçou a se acalmar e passou as mãos suavemente sobre suas escamas, murmurando palavras de encorajamento enquanto a noite gritava em seus ouvidos e as árvores se aproximavam rápido demais.

No último momento, Martírio se inclinou, pegou uma corrente de ar e desacelerou a descida. As árvores retorcidas tinham desaparecido. Havia rochas cobertas de musgo sob eles. Finalmente, Martírio aterrissou, um pouco sem jeito.

— Bom garoto — Safire murmurou no seu pescoço, então deu tapinhas gentis nele enquanto apeava.

O dragão pareceu se alegrar ao vê-la.

— Safire! — disse Asha atrás dela. A comandante se virou para sua prima, de pé na grama que batia na altura dos joelhos. — Como...?

O brilho laranja da chama da lanterna iluminou os olhos escuros e o rosto tomado por cicatrizes da namsara. Ao lado dela estavam Torwin e um homem barbudo e de pernas tortas. Seu cabelo grisalho sacudia ao vento. Atrás deles, Kozu inclinou a cabeça na direção de Martírio, curioso.

Ao avistá-los, Safire sentiu um peso sair de seus ombros. Ela correu, sentindo a grama roçar suas pernas, e abraçou Asha, apertando-a com vontade e inalando seu cheiro de fumaça.

— Você está bem? — a namsara murmurou, retribuindo o abraço.

Safire engoliu em seco.

— Senti saudade.

— Vocês formaram o elo? — Torwin interrompeu. Seu cabelo estava bagunçado e suas bochechas estavam rosadas do frio. Quando Safire se afastou, viu que ele estudava Martírio.

Enquanto observavam o dragão branco, que já estava se afastando, movendo-se para um terreno mais estéril, Safire respondeu.

— Eu teria sentido, não é? Se tivéssemos formado o elo.

Asha assentiu.

— Tudo bem — disse Torwin, seu sorriso desaparecendo.

— Safire, este é Dagan. — Asha apontou para o homem com eles, que inclinou a cabeça num cumprimento. — Ele estava nos mostrando algo. Venha, quero que você veja também... — Asha tentou puxá-la pelo braço, já se virando.

Safire não se moveu.

— Asha, não. Temos que ir. Você corre um grande perigo.

Todos se viraram para ela.

— O quê? — disse Torwin.

Asha franziu a testa.

— Que perigo?

Safire contou tudo a eles. Começando por ter sido sequestrada pela Dançarina da Morte, a mesma ladra que havia tentado capturar em Firgaard, até perdê-la em Eixo. Ela deixou claro que Asha era a próxima na lista de coisas a roubar da Dançarina da Morte.

A namsara ergueu uma sobrancelha.

— Mesmo se fosse conseguir me pegar, não sabe onde estou. E Kozu viria num piscar de olhos se eu o chamasse. Fora que tenho *isto*. — Ela tocou o cabo da faca da Tecelã do Céu, pendurada em seu cinto. Parecia mais uma adaga do que uma faca. A lâmina estava escondida por uma bainha de prata gravada com símbolos estranhos.

Mas nenhuma daquelas coisas impediria Eris. Eris, com seus cardos de escarpa venenosos que poderiam colocar uma pessoa para dormir com uma única espetada. Eris, que poderia desaparecer e reaparecer em outro lugar, levando alguém com ela.

Asha podia ser drogada e arrastada a meio mundo de distância antes mesmo de perceber que a Dançarina da Morte estava no quarto com ela.

Safire contou aquilo também.

— Você precisa vir comigo.

Asha semicerrou os olhos escuros, torcendo a boca para baixo.

— E para onde eu iria?

Safire ia dizer "para a cidadela", porque Eris não colocaria os pés lá. Só que a ladra havia feito justamente aquilo na mesma noite, colocando-se no meio do salão de dança da imperatriz.

— Se ela é tão formidável assim, por que eu estaria segura em algum lugar?

Safire abriu a boca para responder, entendendo enfim que era um bom argumento. Existia algum lugar seguro de uma garota que se movia como o vento e atravessava paredes?

— Você me alertou e vou ficar atenta. Agora venha. Quero mostrar uma coisa a você.

Safire ia protestar, mas Asha agarrou seu braço e a puxou.

— Dagan nos contou de uma garota que costumava viver nessa enseada séculos atrás. — Enquanto falava, seu ritmo ansioso acelerou, e Torwin e Dagan foram atrás dela. — Ela se tornou uma espécie de mito nessas ilhas, e parecem existir diferentes versões da história. Todas começam com ela se apaixonando por um deus. Mas algumas terminam com o deus a matando, outras com ele lhe concedendo imortalidade. Em todas as histórias, ela desaparece e seu corpo nunca é encontrado.

Safire desacelerou. Aquilo soava familiar.

— Skye — ela murmurou.

Asha olhou para a prima.

— Exato. Como você sabe?

Raif tinha contado algo parecido para ela no dia anterior, quando chegavam a Eixo.

Aquele também era o nome gravado no fuso de Eris.

Ao pensar nela, Safire sentiu uma onda de ansiedade. Precisava fazer Asha entender quão perigosos eram a Dançarina da Morte e o capitão pirata que mandava nela. Se a prima não fosse com ela, o único jeito de garantir sua proteção seria caçar Eris e...

Safire se lembrou do olhar de Leandra ao dar sua ordem.

Quero que a mate.

Um arrepio a percorreu.

— Asha. — Safire se deteve outra vez. — E se voltarmos para casa, em Firgaard? Eu poderia deixar você sob escolta armada em tempo integral. Se a Dançarina da Morte...

— Tem uma história aqui — disse Asha, mal a ouvindo. — E eu pretendo descobrir qual é. — Cansada de ser atrasada, ela soltou o braço de Safire e sacou da bainha a faca da Tecelã do Céu, revelando sua lâmina prateada. Ela brilhou sutilmente, como uma estrela, e Safire sentiu uma leve vibração emanando da arma.

— Ela tem feito isso desde que colocamos os pés nessas ilhas. — Asha levantou a faca, e a luz misteriosa iluminou seu rosto. Safire podia ver sua determinação inabalável. Ela tinha o mesmo olhar de quando ainda era a iskari do rei e avistavam um dragão próximo à cidade. — Não tenho certeza, mas estou com a sensação de que a história de Skye e da faca estão ligadas.

Ela voltou a andar.

Sem escolha, Safire a seguiu pela trilha de terra que atravessava a floresta de árvores retorcidas. Torwin e Dagan seguiam silenciosamente atrás delas. Enquanto caminhavam, Safire pensou em contar para Asha sobre a ordem para matar dada pela imperatriz, a conversa com Dax e talvez até seus sentimentos por Eris. Mas antes que o fizesse, eles saíram da floresta retorcida e encontraram um gramado.

Nove pedras cinza do tamanho de homens adultos se erguiam em um círculo amplo em volta dela.

— Não são incríveis? — disse Asha, seus olhos brilhando enquanto caminhava por toda a circunferência.

Safire observou aquelas formas. *Parecem... pedras.*

— São de eras mais antigas — disse Dagan, que se posicionou ao seu lado. Safire analisou o rosto dele. Tinha a pele escurecida pelo sol, com marcas de anos de vento e mar. — De quando as pessoas ainda cultuavam o Deus das Sombras.

Safire franziu a testa ao ouvir aquilo.

— Eu não sabia que o cultuavam.

— Nem nós — disse Torwin, observando Asha largar a lanterna e avançar pelo círculo. Acima da prima, a lua se destacava sobre o mar, e seu reflexo ondulava na água negra.

Como um dragão atraído por uma história, Torwin foi ao seu encontro.

Safire respirou o cheiro do lugar: sal, zimbro e musgo. Só por um momento, apesar de seus medos tagarelantes e sentimentos conflituosos, sentiu uma presença. Não como Martírio esperando na névoa ou Eris a seguindo pelos corredores. Algo diferente. Algo muito mais antigo e profundo. Era como se o espírito das ilhas tivesse ido espreitá-la.

Safire ergueu a palma para uma das pedras gigantes.

— Acho que reconheço esse vestido — Dagan disse ao lado dela, com a voz baixa.

Não foram suas palavras, e sim o modo como ele falou que fez Safire se virar. O pescador olhava para seu punho esquerdo erguido, mais precisamente a estrela prateada bordada ali. Ao vê-la, seus olhos castanho-escuros se encheram de pesar.

— Essa é a marca do scrin.

Safire levantou a manga bordada, forçando a vista à luz da lanterna.

— Eu costumava negociar peixes com eles — sussurrou o homem, com o olhar perdido. — Eles me davam roupas em troca. — Dagan piscou, depois espiou a marca no pulso de Safire mais uma vez. — Elas eram vendidas por uma pequena fortuna no mercado de Eixo. As pessoas vinham de toda parte para comprar, só por causa da estrela. — De repente, ele ergueu a cabeça. — Onde conseguiu o vestido?

— Foi... um presente — ela respondeu.

Dagan assentiu uma vez, e Safire percebeu que, para ele, aquele era um assunto doloroso que devia ser prontamente encerrado.

Safire não podia deixá-lo fazer aquilo. Diante dela estava alguém que podia ter respostas. Sobre o scrin, sobre a noite em que queimara. Ela não podia deixar aquela chance de descobrir a verdade escapar.

— Na verdade, foi presente de uma fugitiva procurada pela imperatriz — disse Safire, sabendo o risco que corria e seguindo em frente mesmo assim. — Uma garota chamada Eris.

Ele voltou sua atenção para ela.

— O que disse?

— Eris. — Safire tocou a estrela prateada. — Ela o deixou no meu quarto ontem à noite.

Ele engoliu em seco. Quando ela o encarou novamente, Dagan a olhava como um homem faminto olha para uma tigela de arroz.

— Isso é verdade? — ele sussurrou, verificando a escuridão ao redor deles, como se temesse que alguém os escutasse. — Ela está viva?

Safire sentiu a pulsação acelerar. Só assentiu, querendo que ele continuasse a falar, desejando saber o que ele sabia.

—Você a conheceu?

Ele tentou se apoiar na pedra mais próxima, mas se atrapalhou e acabou perdendo o equilíbrio. Safire o segurou antes que desabasse.

— Preciso sentar.

Ela encontrou uma pedra baixa para Dagan e o ajudou, depois se acomodou na grama perto dele. A lanterna queimava entre os dois, iluminando seus rostos.

— Ninguém fora do scrin sabia da existência dela, nem mesmo eu — ele murmurou, olhando para o mar. — Mas aconteceu um acidente um dia. Fiz uma entrega e estava preparando meu barco para partir quando uma garotinha de cabelos brancos emaranhados veio pelo cais do scrin chorando, pedindo ajuda. Ela e outra tecelã estavam coletando cardos de escarpa para fazer tinta quando um amigo delas caíra dos penhascos. Ele estava preso entre as rochas, com a perna quebrada. Depois de pegar um rolo de corda, segui com ela, e o puxamos juntos para cima. Eu a ajudei a levá-lo em segurança para o scrin, e no momento em que passamos pela porta o mestre tecelão me chamou de canto. Ele me implorou para não contar o que eu tinha visto. Para nunca contar a ninguém sobre Eris.

Safire apoiou o queixo nos joelhos, curiosa.

— Por quê?

Dagan sacudiu a cabeça.

— Eles a estavam escondendo. Alguém queria machucá-la — disse Dagan —, e se soubessem de sua existência fora do scrin a menina ficaria em grave perigo.

— Mas quem ia querer machucar uma criança?

— Não sei. — Ele sacudiu a cabeça. — Eris e eu acabamos virando amigos rapidamente. Ela me ajudava a descarregar os peixes, falava o tempo inteiro. Nunca ficava quieta, aquela menina. Foi como eu descobri que sempre que apareciam visitantes ela era confinada ao quarto, um porão antigo atrás da cozinha, ou enviada para os penhascos para coletar plantas com pigmentos.

— Mantive o segredo dela, feliz. Jurei nunca falar a seu respeito fora do scrin. Um juramento que mantive por todos esses anos. — Ele olhou para a estrela no punho do vestido de Safire. — Até agora.

Ela queria saber mais. Queria aprender tudo o que pudesse a respeito de Eris com alguém que realmente se importava com ela. Mas Dagan ficou em silêncio outra vez, olhando para suas mãos envelhecidas.

— Você acha que ela causou o incêndio?

O rosto dele nublou como uma tempestade.

— O quê? — ele sibilou.

Safire recuou.

— O scrin. Me falaram que foi ela que queimou tudo.

— Uma criança que amava tecer, correr e ajudar na sala de tingimento mais do que tudo? Está perguntando se eu acho que ela incendiou um templo com a única família que tinha dentro?

— Ele fez uma careta enquanto dizia aquilo, fechando as mãos em punhos. — Os luminas apareceram para interrogar todo mundo. Todos os que já haviam fornecido algum suprimento para o scrin. Eles estavam procurando a pessoa que começara o incêndio, uma criminosa perigosa que escapara durante a noite. Uma inimiga da Tecelã do Céu, disseram. — Ele olhou para Safire. — Foi a maior traição que já houve nas ilhas da Estrela.

Safire inclinou-se sobre a lanterna, precisando de mais.

— Mas, se não foi Eris, então quem foi?

Ele sacudiu a cabeça e manteve a voz baixa.

— Tudo o que eu sei é que se aquela menina é uma inimiga da Tecelã do Céu então eu também sou. A Tecelã do Céu devia ser uma deusa da esperança, iluminando nosso caminho pela escuridão. Mas de que adianta uma deusa que não faz nada enquanto seus súditos são massacrados?

Dagan olhou para o céu escuro, de cara fechada, com as estrelas agora ocultas pelas nuvens que se aglomeravam.

— Dizem que o Deus das Sombras está vindo — ele sussurrou. — Pois eu digo: que venha de uma vez.

Safire sentiu uma gota de chuva no rosto. Ergueu a mão e sentiu mais um bocado delas. Logo o som de centenas de milhares de gotas ecoou ao redor, pingando nas rochas.

— Quem diz que o Deus das Sombras está vindo? — perguntou Asha.

Os dois se assustaram com a voz dela. A namsara entrou na área iluminada pela lanterna, seu cabelo escuro molhado da chuva, os dedos entrelaçados nos de Torwin. Safire se perguntou quanto tempo fazia que estavam ali.

— As ilhas — respondeu Dagan. — O vento, o mar, as rochas, todos sussurram seu nome. É só prestar atenção que você vai escutar.

Enquanto os demais ouviam em silêncio, os pensamentos de Safire falavam alto dentro da sua cabeça.

Quem *era* Eris, afinal? E o mais importante: se ela estava dizendo a verdade, existia uma forma de provar sua inocência?

Safire levantou e se aproximou de Asha.

— Se eu te deixar aqui — disse ela, ainda que não gostasse daquilo, só porque sabia que não conseguiria convencer sua prima do contrário aquela noite —, promete que vai ficar atenta?

Asha sorriu.

— Estou sempre atenta. Oito anos caçando dragões fazem isso com uma garota. Dagan mora na casa amarela. Você pode nos encontrar lá depois.

— Não faça nada idiota — disse Safire, puxando a namsara para um abraço.

— E quando foi que eu fiz? — Asha sussurrou, abraçando-a com firmeza.

— Em todos os dias da sua vida — Safire respondeu.

Montando Martírio, ela se despediu, depois voou pela chuva para o scrin, levando a lanterna de Asha consigo.

Chegou logo antes de amanhecer. A chuva tinha parado e o crepúsculo cobria tudo de azul. O dragão esperou na entrada carbonizada enquanto Safire entrava, e ficou observando a passagem cavernosa engoli-la.

Os passos de Safire ecoaram pelas paredes da ruína vazia enquanto ela pensava no que Dagan dissera.

Sempre que apareciam visitantes ela era confinada ao quarto, um porão antigo atrás da cozinha...

Safire procurou o piso principal do scrin, mas o que as chamas não tinham consumido anos de podridão e decadência destruíram, dificultando a missão de decifrar qual cômodo era o quê. Ela encontrou uma escada descendo para a escuridão e resolveu arriscar.

O piso inferior estava úmido, e ficou claro que o fogo não tinha queimado tão ferozmente ali embaixo. Sob a camada de fuligem enegrecida, ela ainda podia ver os padrões de estrelas nos azulejos sob seus pés.

Abriu a primeira porta que viu e encontrou o aposento quase perfeitamente preservado. Havia um fogão a lenha enferrujado à sua direita e uma mesa de madeira apodrecendo diante dele. Caçarolas e panelas de cobre pendiam do teto. No canto oposto, ela viu uma porta com a tinta verde descascada.

Safire atravessou o aposento e a abriu.

Lá dentro era frio e pequeno, e cheirava a vegetais envelhecidos. Erguendo a lanterna dada por Asha, Safire viu uma cama bolorenta no canto. Era muito pequena para um adulto, mas grande o bastante para uma criança. A moldura pequena de um tear de madeira estava apoiada na parede. No chão ao lado dela havia várias cestas, cada uma delas com novelos de fios empoeirados empilhados.

Safire entrou no quarto. Notou um pote cheio de cardos de escarpa secos e, no colchão, uma boneca de pano esfarrapada, com olhos de contas e fios grossos como cabelo.

Safire se abaixou e pegou a boneca.

— Então esse era seu quarto — ela sussurrou, aproximando-a do peito.

Atrás dela, uma voz tranquila respondeu.

— Isso mesmo, princesa.

Trinta e três

Eris permaneceu quieta ao ver Safire de pé em sua cama de infância, segurando sua boneca junto ao peito.

— Sinto muito — Safire falou.

Eris ouviu as palavras, mas já não via a garota à sua frente, somente o quarto que deixara para trás. Estava exatamente igual, intocado pelo fogo. Sua cama. Seu tear. A lã que ela mesma havia pintado e fiado.

O cheiro a fez pensar em uma época mais feliz. Quando tinha um lugar para chamar de lar e pessoas que considerava sua família.

— Eu devia ter acreditado em você. — As palavras de Safire tremiam, como se ela estivesse prestes a chorar.

A comandante voltou a entrar em foco para Eris. Estava encharcada da tempestade. Seus longos cílios pretos grudavam, e o vestido azul colava em sua silhueta.

— Eu não devia ter chamado os guardas. — Sua testa enrugou de maneira severa. — E as coisas que eu disse...

— Tipo garantir à imperatriz que me mataria da próxima vez que me visse?

Safire desviou os olhos, e seus ombros afundaram de vergonha. Ela parecia infeliz e pequena, e não a garota toda orgulhosa e corajosa que a outra tanto admirava.

Eris não se conteve e foi até ela.

— Ei — ela disse calmamente, observando uma lágrima quente escorrer pela bochecha de Safire e querendo secá-la, mas sem ousar fazê-lo. Por que ela estava chorando? Por causa de *Eris*? — Eu também não teria acreditado em mim.

Ela pegou a boneca das mãos de Safire, que Day trouxera do mercado em um verão e que ela chamava simplesmente de Boneca, porque achara que aquilo era inteligente. Pressionou o rosto no vestido da boneca e respirou fundo. Mas ela cheirava somente a poeira e umidade, sem nenhum traço da sua antiga vida. Então Eris a recolocou onde Safire a encontrara.

— Quero te mostrar uma coisa — ela disse, encarando os olhos azuis brilhantes da outra. — Você vem?

Safire assentiu, enxugando suas lágrimas.

Pegando sua mão, Eris a levou embora do aposento.

Ela a conduziu de volta pelo scrin, depois desceu um caminho de cedros que atravessava o bosque, indo para longe dos penhascos. Enquanto o fazia, passava o dedão na pele de Safire de um modo gentil e vagaroso, imaginando se aquilo acelerava seu coração como fazia com o dela mesma.

Eris não ficou olhando para descobrir. Porque o céu estava clareando, e logo chegaria a alvorada. Ela queria chegar antes que o sol nascesse.

Finalmente, as árvores dispersaram e o caminho terminou. Tudo o que havia diante delas era uma faixa de areia envolvendo uma baía pequena e rasa. Ao soltar a mão de Safire, Eris sorriu.

— Está vendo só? Raif não é o único que tem uma praia secreta.

Inclinando-se, ela tirou as botas. Após enrolar as calças até os joelhos, entrou no mar. A água envolveu seus tornozelos, exalando seu cheiro salgado, numa mensagem de boas-vindas. Eris fechou os olhos e respirou fundo.

Um segundo depois, ela ouviu os respingos atrás de si e viu a bainha do vestido azul de Safire amarrada na altura do seu quadril.

Lado a lado, elas observaram o sol nascer vermelho.

— E aí? — Eris queria saber se havia acertado. O jeito como Safire a olhava a deixou sem ar. — Afinal, você é ou não o tipo de garota que gosta de ver o sol nascer?

As bochechas da outra ficaram coradas, e ela desviou o olhar.

— Eris? — ela falou, esquivando-se da pergunta. — Aquilo que você me disse na varanda da imperatriz foi pra valer?

A ladra se lembrou da surpresa nos olhos de Safire ao fazer sua confissão descuidada. *E pensar que imaginei estar apaixonada por você.* Ela devia negar. Ou melhor ainda: tirar sarro daquilo. Poupar-se da humilhação.

— Eu... — Foi a vez de Eris desviar o rosto. — A primeira vez que a vi, queria desprezar você. — Ela continuou olhando o mar que espumava ao redor. — Uma comandante que tinha assumido a posição só por ser prima do rei? Uma princesa com uma vida confortável e privilegiada sem nunca ter dado duro? Você representava tudo o que eu odiava... ou foi o que pensei. — Eris mordeu o lábio. Estava mesmo admitindo aquilo em voz alta? — Eu via o que queria ver. Principalmente porque da primeira vez que nos encontramos você feriu meu orgulho.

Safire ergueu a cabeça.

— Quê? — Ela parecia confusa. — Como?

— Eu tinha acabado de roubar uma tapeçaria do seu escritório. Você deu de cara comigo, me olhou de cima a baixo e já me descartou.

Safire ficou boquiaberta de surpresa.

— Tinha havido uma violação de segurança — disse ela, na defensiva. — E você usava um uniforme de soldat. Faço questão de *não* notar meus guardas, não assim. Não é profissional.

— Ah. — Eris sorriu um pouco. — Entendi. Bem, aquilo me aborreceu. Mais do que isso até. Depois, decidi que não só queria fazer com que me notasse, mas com que não conseguisse parar de pensar em mim. — Ela prosseguiu, mais calma. — Queria te enlouquecer do jeito que você tinha me enlouquecido.

Safire ficou pensativa, e a cor voltou para suas bochechas.

— Bem, você conseguiu.

— Mesmo? — perguntou Eris, estudando-a. As duas se entreolharam. — Eu falei sério na varanda — Eris sussurrou, aproximando-se. — Você é corajosa, nobre e boa. — Ela ergueu os dedos hesitantes para acariciar gentilmente o rosto de Safire, depois seu pescoço. — Como eu não me apaixonaria por você?

Safire respirou fundo. Seus olhos azuis brilhavam enquanto deixava Eris tocá-la.

— Pensei que não se interessasse por princesas mimadas.

Eris pegou a faca que prendia o cabelo de Safire.

— Só disse isso para aliviar sua barra. — Ela puxou a faca, espalhando o cabelo de Safire sobre seu pescoço, depois enfiou a mão no cabelo dela. — Você é exatamente meu tipo. — Eris encostou os lábios no pescoço de Safire, sentindo sua pulsação como uma chuva tempestuosa. — Suave e forte, e muito, mas muito bonita — ela murmurou. — Quando estamos juntas, quero ser alguém melhor. Quero merecer você.

Suas palavras pareceram alcançar Safire, que deslizou as mãos sob a camisa de Eris e por sua pele, percorrendo suas costas. As mãos da ladra tremeram ao alcançar o pescoço da comandante. Desejando aquele momento, desejando Safire, mais do que já desejara qualquer outra coisa.

Quando Eris cobriu a boca de Safire com a sua, a comandante retribuiu seu beijo, faminta.

A onda veio, passando por suas pernas. As duas a ignoraram. As ondas vieram mais fortes e mais rápidas, até que uma quase as derrubou, mergulhando-as em água fria.

Safire perdeu o ar com o susto. Eris riu.

—Venha — ela falou, puxando o braço de Safire.

Então aquilo era felicidade?

Elas voltaram tropeçando para a praia. Eris caiu na areia, derrubando Safire junto com ela, as duas desejando terminar o que tinham começado enquanto o sol se erguia sobre o mar.

Trinta e quatro

SAFIRE ACORDOU ANINHADA sob as cobertas de uma cama quente, com a lembrança de Eris em sua pele. Velas queimavam em arandelas à sua volta, iluminando o aposento. Se era que dava para chamá-lo assim. As paredes eram feitas de vidros em cores vibrantes, e dentro dele havia somente uma cama e um baú.

Quem sou eu?

Não parecia ser noite nem dia ali, mas algo intermediário.

Será que estou sonhando?

Em algum lugar ao longe, um barulho a fez virar a cabeça. *Claque, claque, claque*, ela escutou.

Curiosa, Safire saiu da cama.

Seguiu o som suave e constante através daquele estranho labirinto de paredes de vitrais, com a luz da vela iluminando seu caminho, que ia de um lado para o outro enquanto ela seguia o som estalado. Duas vezes ela deu de frente com becos sem saída. Da terceira vez, acabou parando exatamente onde tinha começado.

Finalmente, ao entrar num aposento iluminado por dezenas de velas, ela encontrou a fonte da barulho.

Eris estava sentada de pernas cruzadas em um tapete branco. Diante dela estava seu tear.

Safire sabia que deveria avisar que estava ali em vez de ficar espionando, mas se viu imobilizada pela elegância assombrosa de

Eris no tear. Suas mangas estavam enroladas até os cotovelos. Com mãos firmes e decididas, ela movia a lançadeira para a frente e para trás, para a frente e para trás, em um ritmo gentil, que hipnotizava Safire. A luz das velas se acumulava toda ao redor de Eris, cobrindo seu cabelo claro e fazendo-o brilhar.

Safire pensou na praia. Nos seus dedos enfiados naquele cabelo. Naquelas mãos, e em como sabiam exatamente o que fazer.

Quem é você? Safire vinha convivendo com aquela pergunta desde que a misteriosa Dançarina da Morte cruzara seu caminho em Firgaard.

A voz de Eris interrompeu seus pensamentos.

—Vai ficar o dia inteiro em pé aí?

Pega no flagra, Safire não soube o que fazer.

Eris não se virou, continuando a tecer. Então a outra foi para o tapete e sentou ao seu lado.

— Onde estamos? — perguntou, olhando em volta.

— No Através — foi tudo o que Eris respondeu.

Dali, Safire podia ver a cor dos fios: vermelho nascer do sol, bege cor de espuma, azul do mar. A peça estava quase terminada, o que fez Safire imaginar quanto tempo fazia que Eris trabalhava nela.

— O que está fazendo? — Safire perguntou.

—Você vai ver.

Ao olhar mais de perto, Safire notou coisas tecidas entre os fios: grama de praia, algas marinhas e uma pequena pedra branca com um buraco no meio.

— Quem ensinou você a fazer isso? — Safire perguntou, estudando a tapeçaria.

— Os tecelões do scrin — Eris falou, calma. — O trabalho deles era preservar as coisas. Principalmente histórias. Eles mantinham as histórias sobre a Tecelã do Céu vivas em suas tapeçarias.

— Tapeçarias que queimaram junto com o scrin — murmurou Safire.

Eris assentiu.

— Dizem que a Tecelã do Céu caminha entre nós aqui nas ilhas.

Safire escutou, hipnotizada pelo movimento de suas mãos.

— A torre negra que desponta sobre Eixo é dela. Dizem que passa as noites lá, transformando almas em estrelas e as tecendo no céu.

Safire notou a amargura no tom de Eris. Aquilo a lembrou das palavras de Dagan: *Mas de que adianta uma deusa que não faz nada enquanto seus súditos são massacrados?*

As duas ficaram em silêncio. Eris tecendo e Safire observando.

— Por que incendiar o scrin? — Safire perguntou, de repente. — Que ameaça um templo cheio de artesãos poderia oferecer a uma imperatriz?

Eris cessou o movimento, e o tear ficou silencioso.

— É uma pergunta que me faço todos os dias.

Safire pensou nas palavras de Dagan, em como ele não podia falar sobre a criança que recebera abrigo no scrin. Nenhum dos tecelões podia. Como se ela fosse um segredo perigoso.

Os olhos de Safire foram da mão de Eris para seu rosto. A mandíbula estava tensa, os dentes se mantinham cerrados, e seus olhos pareciam estranhamente vazios.

E se você for a ameaça?, pensou Safire.

Mas que perigo Eris poderia oferecer à imperatriz?

Não fazia sentido.

Uma coisa era certa na mente de Safire: ela precisava voltar para a cidadela e contar tudo a Dax. Ele tinha que saber exatamente com quem estava se aliando. Mas e depois? O rei e a rainha precisavam das sementes oferecidas pela imperatriz.

Talvez a única coisa a fazer fosse esperar. Logo sua visita chegaria ao fim e as sementes estariam a bordo do navio. Assim que aquilo acontecesse, Dax, Roa e Safire iam poder se reunir com Asha e Torwin para voltar para casa, deixando a imperatriz e suas ilhas para trás.

— Acho que você devia vir com a gente — disse Safire, antes que Eris levantasse.

A voz de Safire dissipou os pensamentos sombrios em que a outra parecia ter se perdido. Ela olhou para cima.

— Hein?

— Para Firgaard. Posso proteger você lá. — Dizer aquilo em voz alta fortaleceu a convicção de Safire, que agora era firme e forte como aço. — Ninguém vai encostar em você. Nem a imperatriz. Nem Jemsin. Ninguém.

Eris largou a lançadeira, evitando olhar para Safire.

— O convocador de Jemsin viria atrás de mim — ela sussurrou, olhando para os fios soltos à sua frente. — Ele sempre vem.

Safire não sabia quem era o convocador de Jemsin, mas não importava.

— Então estarei pronta para ele.

— Mesmo se você pudesse... — Eris sacudiu a cabeça e olhou além de Safire. — Vai proteger a criminosa que roubou uma joia do tesouro do seu rei? Uma criminosa que já fez coisas muito piores do que isso? — As sobrancelhas claras de Eris se uniram enquanto ela inclinava a cabeça. — Você é a comandante do exército do rei, Safire. Como acha que isso vai acabar?

Safire, que tinha se esquecido das joias roubadas por Eris, se deu conta de repente de como as coisas acabariam. Se ela levasse a Dançarina da Morte para Firgaard, precisaria prendê-la por seus crimes.

— Vou contar tudo a Dax — Safire continuou, determinada.

— Que a imperatriz incendiou o scrin. Que Jemsin força você a roubar para ele.

— Nem sempre ele me força. — Eris olhou para o tear. — Mas nada disso importa. Seu rei me odeia. — Em seguida, ela falou com tanta tranquilidade que parecia que não queria se ouvir dizendo aquilo. — Sou a garota que planeja caçar sua namsara em troca de liberdade, lembra?

Safire ficou subitamente fria. Depois de tudo o que acontecera entre elas, depois da manhã na praia...

As coisas tinham mudado.

Não tinham?

— É óbvio que você não pretende manter o acordo com Jemsin. — Safire sacudiu a cabeça. — Não acredito que colocaria uma pessoa inocente nas mãos de um monstro.

— Acredite no que quiser.

Eris se moveu para levantar.

Safire agarrou seu punho, mantendo-a sentada. Seu coração batia forte e acelerado enquanto ela a encarava, sentindo-se como se estivesse prestes a perder algo que acabara de conseguir.

—Você não vai colocar a vida de alguém que eu amo em risco. Não é assim.

Eris fez uma careta. Soltando o braço, cambaleou e ficou de pé.

— E quanto à minha vida? Você faria qualquer coisa para proteger sua prima. Claro que sim. Entendo isso, admiro você por isso. Mesmo sabendo que, quando chegar o momento, e esse momento vai chegar, Safire, você vai escolher Asha e não eu. A vida dela em vez da minha.

— Do que está falando? — Safire levantou. — Acabei de dizer que vou proteger você. Da imperatriz. De Jemsin. De qualquer um que tente te machucar um dia. Eu juro.

Eris sacudiu a cabeça, de maneira quase pesarosa.

— Isso foi um erro — disse ela, afastando-se, com os olhos parecendo vazios à luz das velas. — Você não faz ideia de como é. E como poderia fazer?

Ao se virar, ela entrou no labirinto de vitrais, como se desejasse escapar desesperadamente.

—Você e eu vivemos em mundos diferentes.

Trinta e cinco

Os pensamentos de Eris estavam raivosos e descontrolados conforme ela se movia rapidamente pelo labirinto. Podia sentir a sombra fria do fantasma além das paredes tortuosas de vidro pintado, escondendo-se fora do seu campo de visão. De repente, o lugar pareceu muito pequeno e apertado. Como uma prisão.

Eris precisava de ar, mar e céu aberto.

Tola. *Tola.*

Levar Safire para lá tinha sido um erro. Para aquela praia. Nunca deveria ter beijado a comandante. Nunca deveria ter deitado o corpo dela na areia. Seu cheiro estava por toda parte agora, de nascer do sol e zimbro. Seu gosto também.

Safire tinha gosto de mar. De alguém que Eris gostaria de beijar todos os dias. Seria a primeira coisa que faria pela manhã. E a última antes de ir para a cama.

E era por isso que ela precisava ir embora. Terminar seu trabalho e ficar o mais longe possível da garota que ficara diante dela no tear. Uma garota vinda de um mundo diferente. Um mundo ao qual Eris jamais pertenceria.

Estava tão concentrada em chegar a uma porta, qualquer porta, e atravessá-la, que não viu quem estava à sua frente até quase dar de cara com seu peito emplumado.

Eris cambaleou para trás.

Os olhos vermelhos do convocador estavam focados nos dela.

— Jemsin quer ver você.

Um medo sombrio rastejou sobre ela.

— Estou quase conseguindo pegar a namsara — disse Eris, prestes a driblar a criatura. — Diga a Jemsin que só preciso de mais um dia.

— Não é sobre sua missão — disse o convocador, bloqueando a passagem.

Eris sentiu o estômago se retorcer ao ouvir aquelas palavras. Estava quase dando meia-volta para ir para uma porta diferente.

— É sobre a garota.

As palavras a fizeram parar.

— Mas que...? — ela sussurrou. — Que garota?

— A que estou farejando em você inteira.

De repente, Eris se sentiu pequena e exposta.

— Não — disse o convocador, olhando por cima do ombro dela. — A que estou farejando *aqui*.

Como o espírito do mar na doca que se transformara em um monstro sanguinário ao ver Safire, o convocador mudou de forma, perdendo as penas pretas para revelar uma criatura de aspecto doentio com uma boca cheia de dentes afiados.

Naquele momento, Eris sabia o que ele faria. Já o tinha visto em ação centenas de vezes, rasgando pessoas. Sob ordens de Jemsin.

Diferente do que ocorrera com o espírito do mar, não havia nada que Eris pudesse fazer. O convocador era algo muito mais antigo e letal. Ela já o vira quebrar homens como se fossem gravetos. Já o vira arrancar fígados e devorar corações.

— Está enganado — disse Eris, bloqueando a passagem. — Ela não está aqui.

Mas então Safire apareceu, atraída pelo som da voz em pânico de Eris. Ela podia vê-la refletida naqueles olhos vermelhos como sangue.

O convocador arreganhou os dentes.

— Não! — Eris gritou.

Ele a arremessou contra o vidro. Eris ouviu um estalo antes de sentir a dor explodindo na nuca. Tentou levantar. Se não conseguisse, Safire ia morrer.

Mas, antes que ele pudesse devorar Safire, antes que tivesse a chance de alcançá-la, algo se colocou entre eles.

A visão de Eris estava embaçada, mas ela reconheceu o calafrio gelado percorrendo o ar. Sabia da presença que o acompanhava. Quando sua visão clareou, não era uma sombra que se posicionava entre Safire e o convocador, mas um homem. De cabelos pretos e olhos cinza. Bonito e de rosto retangular.

Crow. O fantasma do labirinto.

O convocador recuou surpreso, mordendo o ar com seus dentes afiados e sacudindo a cabeça.

— Kadenze — disse a voz melódica de Crow. — Virou bichinho de estimação de pirata agora?

O convocador fechou e abriu a mandíbula. Olhava de Crow para o labirinto em volta dele, escarnecendo.

— Então foi aqui que ela te prendeu.

Os olhos de Crow brilharam prateados quando ele ouviu aquilo.

— Vá embora — o fantasma disse ao convocador, com uma expressão inumana. — Ou, quando eu estiver livre, vou caçar você e te cortar em tantos pedaços quanto existem gotas no oceano.

— Você nunca vai se libertar — Kadenze chiou, mas recuou mesmo assim, como se não tivesse tanta certeza do que dizia. — Tem dois dias para dar a Jemsin o que ele quer — o convocador disse para Eris, olhando para trás. — Se falhar, sabe o que vai acontecer.

— Nunca falhei com ele — ela retrucou.

Refazendo seu manto de penas à sua volta, a forma monstruosa do convocador se transformou em uma gralha preto-azulada. Eris se abaixou enquanto ela planava sobre ela, com suas asas sacudindo o ar, e desaparecia na escuridão adiante.

Crow também estava perdendo sua forma. Não era mais um homem: voltava a ser uma sombra arqueada.

Então foi aqui que ela prendeu você.

O que aquilo significava?

— Espere! — Eris levantou, com a cabeça latejando.

Mas o fantasma do labirinto já tinha partido, deixando-as sozinhas.

Safire pegou sua faca de arremesso.

— O que era aquilo? — Sua voz tremia enquanto ela encarava o espaço vazio ocupado instantes atrás por duas criaturas anciãs.

— *Aquilo* era o convocador de Jemsin. — Eris levantou e passou por ela, rapidamente. A outra criatura, porém, o fantasma chamado Crow, ela não sabia o que era. No scrin, Day costumava contar uma história a cada noite antes de irem se deitar. Sua favorita falava de como a Tecelã do Céu derrotara o Deus das Sombras. Eris pensava nela agora, enquanto voltava para o tear. Suas mãos se moveram rapidamente para tirar a nova tapeçaria da moldura de madeira, com certo receio de que o convocador voltasse.

A Tecelã do Céu fiou uma teia feita de estrelas para capturá-lo. Ela o prendeu firmemente em sua trama...

Eris conhecia a história de cabeça. Todo mundo nas ilhas da Estrela conhecia. A Tecelã do Céu matara o Deus das Sombras e salvara as ilhas do reino de terror dele. Mas, enquanto enrolava a tapeçaria, Eris se lembrou de sua conversa com o espírito do mar.

O Deus das Sombras está ficando mais forte, ele disse. *Quando ele estiver livre, irá atrás dela.*

Eris parou, pensando na noite em que o scrin queimara. Na deusa das almas que nunca descera da sua torre.

Achamos que você gostaria de saber disso.

— Mas por que justo eu ia gostar de saber? — ela sussurrou, sem entender o sentido.

— Saber o quê?

Eris se virou para Safire, que a observava da porta, com os braços cruzados.

Precisava tirá-la dali. Quanto antes fizesse aquilo, antes poderia encontrar a namsara.

São apenas histórias, disse para si mesma. *E você tem um acordo a cumprir.*

Enfiando o tapete embaixo do braço, ela puxou Safire pelo labirinto intrincado, na direção de uma porta roxa. A que levava para Firgaard.

Parando diante dela, suas mãos trabalharam rapidamente, tirando os pinos das dobradiças e abrindo a porta que levava à casa da comandante. Safire prendeu a respiração ao ver a porta se transformando novamente em uma tapeçaria. Tinha sido costurada com itens roubados do palácio, para que Eris pudesse retornar a ele várias vezes: um pedaço das cortinas da rainha, a chave de um dos aposentos do rei, uma lasca de madeira pintada arrancada da cadeira do escritório de Safire.

Eris a colocou de lado e ergueu uma nova tapeçaria diante do batente. Ela se transformou em uma porta da cor do pôr do sol da noite anterior. Segurando firme a mão de Safire, ela segurou a maçaneta de cristal, girou-a e atravessou, arrastando a comandante consigo.

Elas saíram naquela mesma praia de areias claras. O sol estava se pondo sobre a floresta boreal às suas costas, e pelas sombras compridas que ele projetava Eris soube que era fim de tarde. O dragão branco assustadiço estava esperando. Com a súbita aparição das duas, ele levantou da areia, observando-as com seus olhos pretos, a cauda espinhosa se arrastando cautelosamente. Eris soltou a mão de Safire e sacou seu fuso.

Desorientada, Safire se virou.

— Não, espere... — Ela tentou impedir Eris. Mas a ladra já tinha desenhado a linha prateada na areia e começava a atravessar a névoa para fazer a travessia.

Ela não queria saber o que Safire tinha para dizer. Não podia deixar o sentimento entre as duas, fosse qual fosse, atrapalhar sua missão. Porque, tivesse sucesso ou falhasse, aquele seria seu último trabalho, e ela só tinha mais dois dias.

Eris deixou Safire na areia sem olhar para trás.

Trinta e seis

Nunca falhei com ele.

As palavras de Eris retumbavam na mente de Safire enquanto ela e Martírio voavam pelo céu limpo.

Ela tinha sido inocente em pensar que a Dançarina da Morte desistiria de caçar Asha. Jemsin tinha feito um acordo com Eris, e Safire agora sabia o que aconteceria se não fosse cumprido. Pensara que poderia proteger Eris, mas ao encarar aquela criatura, com seus olhos sangrentos e sua boca voraz, entendera o que a ladra enfrentava.

Devia ter voltado para a cidadela e falado com Dax. No entanto, ela e Martírio voaram direto para o esconderijo de Asha na enseada.

Dagan mora na casa amarela, sua prima dissera. *Você pode nos encontrar lá depois.*

Mas, quando Safire passou pela porta da casa, não foi Asha que ela encontrou. Foi o rei.

Ele estava na janela de frente para o mar, com as mãos cruzadas atrás das costas.

— Dax... — Safire fechou a porta atrás de si. — Estou tão feliz que esteja aqui. Cadê a...

—Viram você — ele disse sem nem olhá-la.

Safire interrompeu seus passos quando seu coração deu um pulo.

— O quê?

— Hoje de manhã — disse ele. — Na praia.

Safire franziu a testa, confusa. *Na praia?*

Finalmente, Dax se virou. Foi aí que ela notou que havia algo de errado. Seu primo a olhava como se fosse uma estranha.

— A imperatriz tinha soldados vigiando o scrin. Caso a Dançarina da Morte voltasse. — Seus olhos castanhos normalmente calorosos estavam angustiados. — Eles disseram que viram vocês na praia.

Safire engoliu em seco, entendendo o que ele dizia.

— A imperatriz adiou seu mandado de prisão.

Ele desviou o olhar, como se fosse difícil dizer aquelas palavras. Como se não fosse Dax, seu primo e seu amigo, que falava com ela, mas alguém completamente diferente. Alguém que precisava se distanciar dela.

— Implorei a ela por clemência — disse ele. — Se eu conseguir convencer você a entregar a fugitiva...

Por que ele está falando assim de Eris? Ele sabe o nome dela...

— Leandra perdoará sua transgressão — Dax concluiu.

Safire olhou para ele. Aquele era o rei que ela havia ajudado a assumir o trono. O amigo que buscava quando precisava de conselhos. Se tinha uma pessoa que Safire queria que pensasse bem dela, era Dax. E ele nem tinha perguntado a ela seu motivo. Não confiava nela o bastante para supor que tivesse uma boa razão para estar naquela praia. Porque ele pensava que Safire estava sendo manipulada. Que era fraca demais para entender a verdadeira natureza de Eris.

— E se eu me recusar? — Safire se forçou a dizer.

Dax voltou a olhar para ela.

— Está considerando algo do tipo?

Safire não disse nada, só esperou a resposta.

— Você será presa, Safire. A imperatriz vai considerar seu ato como uma violação da nossa aliança. — Ele se virou completamente para ela, implorando. — Se não entregar a fugitiva, Leandra não vai nos dar as sementes que prometeu. Os nativos vão morrer. A família de Roa vai morrer. Não entende a situação?

Safire sentiu um aperto no coração. *As sementes.* Ela entendia perfeitamente.

— Ou eu entrego Eris para uma morte que ela não merece — disse ela — ou privo os nativos das sementes de que precisam para não morrer de fome. É essa a escolha que está me dando.

— Essa é uma escolha que você impôs a si mesma — disse ele, com uma expressão sombria.

Safire deu um passo na direção do primo, desafiando-o.

— Eris pode ser uma ladra, mas não é uma assassina. Não passava de uma criança quando o scrin queimou. As pessoas atrás daqueles muros a estavam *protegendo*. Foi a imperatriz que matou todo mundo.

— Foi isso que a fugitiva falou? — perguntou Dax, mantendo-se distante. Ao ver a resposta nos olhos da prima, ele fechou os punhos. — Isso não faz sentido nenhum, Saf. Por que a imperatriz ia querer queimar um templo cheio de tecelões?

— Não sei — disse Safire. Mas ela pretendia descobrir.

— Não percebe o que está acontecendo? Você virou cúmplice de uma criminosa. Ela está *usando* você.

Safire estudou seu rei, parado à janela, iluminado pela luz do entardecer. *Ele tem que acreditar nela*, compreendeu. A salvação da savana dependia daquelas sementes. Se Dax não acreditasse em Leandra, estaria falhando com os nativos. Deixaria a praga levar o povo de Roa para uma condição de ainda mais fome, pobreza e morte.

Acima de tudo, ele falharia com Roa. E aquilo era inaceitável para ele.

Safire entendia, mas aquilo partia seu coração. Ela não queria que Dax falhasse com os nativos. Queria que ele os salvasse. E, para conseguir aquilo, o rei não podia ficar do lado dela. Precisava se manter do lado de Leandra.

— Dax — ela disse calmamente. — Quando me nomeou sua comandante, passou a ser meu dever garantir o cumprimento da lei. Você tornou minha missão escolher sempre o que é certo, bom e justo. — Ela sustentou seu olhar. — Sinto muito por não poder provar o que digo no momento. Queria ser capaz disso. Mas sei no fundo do meu coração que entregar Eris para a imperatriz seria entregar uma inocente nas mãos de uma facínora. E, mesmo que isso signifique ficar contra você, Roa e até nosso reino, é o que tenho que fazer.

Dax olhou para ela, abrindo e fechando as mãos, como se estivesse diante de uma terrível escolha.

— Não posso me opor a ela sem provas — ele disse, meio que para si mesmo. — Se eu voltar para a cidadela e disser o que acabou de me falar, a imperatriz vai enviar seus soldados para prender você. Você será detida por ajudar uma inimiga da Tecelã do Céu. Não há nada que eu possa fazer para impedir. — Ela podia ver que Dax estava de coração partido. — Só existe um jeito de salvar tanto você como os nativos.

Safire franziu o cenho.

— Como assim?

— Sinto muito, Safire — ele sussurrou. — Como não posso mais confiar em você, eu a removo do seu posto.

Safire caiu para trás, perdendo o ar.

— O quê?

—Você não é mais minha comandante.

Aquelas palavras provocaram uma sensação de vazio nela.

— Mas... meu lugar é ao seu lado.

Dax não era apenas seu amigo mais querido. Era sua *família*. Os dois sempre defendiam um ao outro.

Ele sacudiu a cabeça.

— Não vou sabotar a aliança. O povo de Roa precisa desesperadamente dela. Tampouco assistirei a soldados prendendo você em uma cela.

— Dax, por favor. — Safire deu um passo na direção dele, imaginando se seria tarde demais para voltar atrás. Para mudar de ideia e fazer o que ele pedira. Mas aquilo ia contra a sua própria consciência. — Para onde eu vou?

O mais importante era: e se ele precisasse dela? Entraria sozinho na cidadela para dar uma notícia que a imperatriz não ia gostar de ouvir. E se Leandra punisse seu primo em vez dela?

— Dax, é perigoso demais...

Ignorando-a, ele pegou sua jaqueta no encosto da cadeira e a vestiu.

— Vá para o mais longe que puder — disse ele, indo para a porta. — Saia dessas ilhas, Safire. São ordens do seu rei.

Trinta e sete

Quando Eris voltou para o Através, o silêncio a recebeu. O fantasma tinha ido embora. O convocador, ela presumiu, tinha ido falar com Jemsin.

Na luz tênue do labirinto, Eris se apoiou em uma das paredes de vitral e deslizou até o chão. Pressionou os olhos, desejando um momento de paz. Não queria pensar na escolha que tinha pela frente.

Porque não era uma escolha. Era o que precisava fazer se pretendia sobreviver: esperar Safire voltar para a cidadela e então segui-la até lá. Tinha certeza de que, agora que sabia que Eris não desistiria de caçar sua prima, Safire ia avisar Asha. E, quando o fizesse, ia levá-la direto para ela.

Mas enquanto Eris esperava, as emoções conflitantes dentro de si se transformaram em um turbilhão. Ela pensou no olhar de Safire ao notar que nada tinha mudado. Que Eris ainda era a mesma ladra mesquinha de sempre, capaz de colocar em perigo a vida de alguém que Safire amava ao entregá-la para o inimigo.

Eris tentou se blindar contra o pensamento. *Quem se importa com o que ela pensa de mim?*

Mas, desde o dia em que pisara em Firgaard e dera de frente com a comandante do rei, Eris se importava.

Afastou o pensamento da cabeça. Se continuasse ali, havia uma chance de que acabasse desistindo. Não podia se dar ao luxo. Precisava agir *de imediato*. Precisava colocar um ponto final naquilo.

Eris se forçou a levantar e foi buscar seus dardos de cardo de escarpa e sua zarabatana. Em seguida, foi até a porta do mesmo tom de azul dos olhos de Safire. A que a fazia se recordar da areia em sua pele e das pernas de Safire entrelaçadas nas suas, daquele instante em que se lembrara pela primeira vez em sete anos do que era felicidade.

Não pense nisso. Só faça seu trabalho.

Ela girou a maçaneta, abriu a porta e atravessou.

Quando a névoa clareou e o mundo entrou em seu campo de visão, ela não viu os grandes muros da cidadela em volta, mas paredes de tábuas desgastadas com um cheiro forte de peixe. O ar ali também era diferente. Seco e quente, levemente esfumaçado.

Eris viu uma janela aberta deixando o ar marinho entrar. Ao longe, depois de um jardim cheio de crisântemos vermelhos e amarelos, ela podia ver o mar.

O som de pessoas falando alto no aposento no final do corredor a fez ficar imóvel e silenciosa.

Ela ouviu passos pesados, depois a porta se fechando, então silêncio. Tomando o cuidado de não produzir nenhum som, engatinhou até a ponta do corredor e olhou a tempo de ver Safire, ainda usando o vestido azul, desabar em uma cadeira de madeira. Eris assistiu enquanto ela levava as mãos ao rosto e tremia com soluços silenciosos.

O efeito foi instantâneo. Eris se esqueceu imediatamente de Jemsin. E de Kadenze. E da imperatriz. O som de Safire soluçando fez com que quisesse se revelar e fazer o que fosse preciso para curar sua dor.

Antes que ela pudesse agir, uma porta se abriu. Quem entrou foi a chave da liberdade de Eris.

A namsara.

A primeira coisa que Eris notou foi a cicatriz de queimadura que cobria quase metade do rosto e do pescoço de Asha. Seu cabelo escuro estava preso em uma trança descendo pelas costas, e a lâmina de uma faca brilhava na sua cintura. Assim que entrou e viu sua prima, Asha atravessou o espaço em três passos e se ajoelhou diante dela.

— O que aconteceu?

Eris se escondeu novamente no corredor, aguardando sua chance enquanto Safire contava tudo a Asha. Como os soldados tinham visto Eris e ela na praia. Como Dax tinha oferecido clemência *caso* entregasse Eris. Como ela se recusara a fazer aquilo, forçando Dax a destituí-la do seu posto. Ele tinha lhe dito para deixar as ilhas, porque os luminas iriam atrás dela, para prendê-la.

Eris ouviu tudo com atenção, enquanto mantinha a bochecha pressionada contra a ripa, de frente para a janela aberta. Seu coração batia forte contra o peito.

Safire a tinha escolhido, tinha escolhido protegê-la, em vez de escolher tudo o que era importante para ela: sua família, sua lealdade, seu reino.

— E se eu arruinei tudo? — Safire perguntou para a prima.

De repente, uma gralha preto-azulada voou para o peitoril, alongando suas asas enquanto pousava, fixando seus olhos vermelhos como sangue em Eris.

Ela reconheceria aqueles olhos em qualquer lugar.

Kadenze. Vindo para garantir que ela faria seu trabalho.

Eris gelou ao pensar no modo como a gralha avançara sobre Safire no labirinto. Ali, não havia fantasma para intervir e protegê-la. Eris sabia o preço que pagaria se não cumprisse o acordo.

— Fique aqui — disse Asha no cômodo adiante. — Vou buscar Torwin. Vamos achar uma solução.

Eris ouviu as tábuas estalarem.

—Vai ficar tudo bem.

Assim que ouviu a porta se fechando, soube que era sua chance. Pegando seu dardo, prestou atenção nos passos de Asha se afastando.

Mas seus pensamentos não estavam na namsara, e sim na garota no cômodo no final do corredor. Safire tinha protegido Eris e agora sofria por causa daquilo.

Por quê?

Você não vai colocar a vida de alguém que eu amo em risco, Safire dissera a ela no labirinto. *Não é assim.*

Kadenze a encarava do peitoril. Se Eris não agisse, mais do que não conseguir sua liberdade, acabaria morta. E, pelo jeito como o convocador a olhava, Safire morreria junto com ela.

Eris se forçou a andar na direção da janela. A gralha preto-azulada voou da soleira para o telhado. Eris desceu pela parede. Deixando-se cair na cama de crisântemos, virou na direção da namsara, que já desaparecia no final da trilha que passava entre as árvores retorcidas.

Com o convocador circulando acima dela, Eris se obrigou a esquecer Safire. Com seu dardo, seguiu a garota para dentro do bosque.

Porque Safire estava errada. *Aquela* era Eris: alguém que faria qualquer coisa para sobreviver, para escapar dos que a caçavam. Ela não era nobre, compassiva e respeitável como Safire.

Quanto mais cedo resolver isso, pensou, com o coração pesado como uma pedra no peito, *mais cedo estarei livre.*

Eris alcançou a namsara, com passos silenciosos como o vento. Ela podia ver que estava sozinha e desarmada, com exceção da faca na cintura.

Mas, apesar dos seus esforços para passar despercebida, Asha sentiu sua presença.

Quando a trilha se alargou, a garota parou.

— Quem está aí? — Asha perguntou, virando o rosto ligeiramente.

Era agora ou nunca.

Eris levou a zarabatana até os lábios. Inspirou. Estava prestes a soprar um dardo na parte macia do ombro de Asha quando as árvores adiante farfalharam e um homem apareceu.

— Dagan — Asha disse. — Você me assustou.

Ao ver o recém-chegado, Eris ficou sem saber como agir.

O homem na frente de Asha estava mais velho do que ela se lembrava. Seu rosto estava enrugado devido aos anos no mar, e seu cabelo estava quase todo branco da idade. Mas ela o conhecia. Uma lembrança súbita lhe veio à mente, dela correndo pelo cais do scrin ao ver as velas do barco dele. Do sorriso que a recebia depois da ancoragem. Das mãos encharcadas lhe passando cestas de peixe.

Dagan.

Ela sentiu um nó na garganta ao ver seu velho amigo. Naquele momento, esqueceu-se de se manter oculta.

O velho pescador olhou por cima do ombro de Asha e a viu.

Ele franziu a testa. E então seus olhos brilharam ao reconhecê-la. Dagan sussurrou seu nome.

— Eris?

Foi o jeito como ele disse seu nome que a desarmou. Como se estivesse falando com a garota que ela costumava ser, e não a garota que era. Ele via a criança que Eris fora antes de tudo e todos que amava serem arrancados dela.

Eris recuou, sem querer que ele se aproximasse. Sem querer que percebesse o que ela estava prestes a fazer. Acima deles, Kadenze voava em círculos lentos. Observando-a.

— É mesmo você? — Dagan falou, aproximando-se.

Asha já tinha se virado. Ela notou a zarabatana na mão da garota.

Então se ouviu um grasnado, um lembrete de quanto custaria não cumprir o acordo.

Se não agisse agora, Eris perderia tudo outra vez.

Ela encarou a namsara, a prima que Safire amava e que retribuía aquele amor. Eris havia conhecido aquele tipo de amor. Levando mais uma vez a zarabatana aos lábios, ela puxou o ar. Mas, antes de soprar com toda a força, ela ergueu a cabeça para o céu.

O dardo voou.

Entrando direto em Kadenze.

A gralha se contorceu ao ser atingida, mas recuperou rapidamente o equilíbrio. Eris quase podia sentir seu choque, que rapidamente se transformou em raiva. Kadenze mergulhou novamente, com os olhos vermelhos fixos nela.

Eris recuou. Não tinha funcionado, e agora Kadenze iria atrás dela.

Esse criatura deve ser imune ao veneno.

Kadenze se atrapalhou, mergulhando, depois se recuperou.

Eris interrompeu sua retirada.

Ele mergulhou novamente, perdeu o controle e acabou caindo na floresta.

Eris olhou para Asha e Dagan, depois trocou sua zarabatana pelo fuso.

— Espere — disse a namsara, aproximando-se.

— A imperatriz fez um acordo com Jemsin — disse Eris, já se agachando. — Não sei por que Leandra quer você, mas sugiro que fique bem longe dela.

Suas mãos tremiam ao desenhar a linha prateada na terra. Ela brilhava tenuamente enquanto a névoa se acumulava.

O que foi que eu fiz? A pergunta ecoava na sua cabeça. Ela precisava correr. Precisava encontrar o porto mais distante dali e dar o fora entrando em um navio clandestinamente...

Assim que o efeito do veneno passar, Kadenze virá atrás de mim. Ele sempre vem.

Não podia pensar naquilo ainda.

Eu preciso tentar.

— Eris — disse Asha, dando outro passo.

— Aquela gralha — ela a interrompeu. — Ela não é o que parece. Não sei quanto tempo você tem antes que acorde, mas quando isso acontecer, se Safire estiver por perto... Ela sacudiu a cabeça. Seu coração doía só de pensar. — Por favor, leve Safire para longe daqui. O quanto antes.

A névoa estava subindo. Eris olhou para Dagan.

— Não sou mais a garota que você conheceu — disse ela. — Sinto muito.

Um instante antes de fazer a travessia, a faca na cintura de Asha refletiu os raios do sol poente, chamando sua atenção. Aqueles desenhos gravados no cabo... Eram familiares.

Eris não tinha tempo para pensar de onde os reconhecia. Assim que o efeito do veneno do cardo passasse, Kadenze acordaria. Precisava ir naquele instante.

Então entrou na névoa, deixando-os para trás. Rezando para que Asha fizesse o que ela pedira e levasse Safire para um lugar seguro. Rezando para que Dagan se lembrasse da garota que ela fora um dia, em vez da garota que ela se tornara.

Foi só depois que atravessou a trilha pela névoa e pelas estrelas, depois que as paredes do labirinto se solidificaram em torno dela, que Eris lembrou.

A faca que Asha carregava em sua cintura era de Day. Era a faca que ela vendera na noite em que o scrin queimara para comprar passagens de navio para ela e Jemsin. A faca que Day dera a ela para cortar cardos de escarpa.

O que a namsara fazia com ela?

Uma ligação perigosa

Após a derrota do Deus das Sombras, o povo das ilhas da Estrela fez de Leandra sua soberana. Em seu reinado, a região prosperou. Com o retorno da paz, a Tecelã do Céu voltou ao seu trabalho.

Séculos se passaram. As ilhas da Estrela esqueceram o Deus das Sombras e a miséria que ele causara.

Mas a Tecelã do Céu não.

Às vezes, nas noites mais escuras, ela o ouvia chamando. No início, ignorou-o. Mas ele persistia, chamando-a até sua voz se tornar uma assombração.

Sem conseguir suportar, certa noite a Tecelã do Céu levantou do seu tear, dispensou seus criados e foi até ele.

— O que você quer? — ela perguntou, tomando o cuidado de se manter distante da teia na qual o havia enredado.

— Alguém com quem conversar — disse ele, sem nunca tirar aqueles olhos incandescentes dela.

— Você é pavoroso — A Tecelã do Céu respondeu. — Não tenho nada para lhe dizer.

— Nem sempre fui pavoroso.

A Tecelã do Céu tinha lá suas dúvidas. Mas parou para escutar.

Ele falou de uma pequena enseada sob os penhascos, onde costumava caminhar, muito tempo antes. Contou sobre os caminhos de terra entre os zimbros, o uivo do vento do norte, o gosto do sal marinho.

A Tecelã do Céu podia ser misericordiosa, mas não era tola. O Deus das Sombras podia lhe contar todos as histórias afetuosas que quisesse. Ela sabia o que ele era. Tinha visto as coisas terríveis de que era capaz. Se pretendia ganhar sua simpatia e ser libertado, estava se iludindo.

Quando o Deus das Sombras terminou as histórias, ela pediu licença e partiu.

Ele só voltou a chamar vários dias depois. A Tecelã do Céu o ignorou de novo. Mas ele era sua responsabilidade. Ela havia mentido para Leandra. Tinha deixado que vivesse em vez de matá-lo.

Então a Tecelã do Céu se ergueu do tear, dispensou seus serviçais mais uma vez e foi até ele.

Daquela vez, o Deus das Sombras não contou a ela sobre sua amada enseada, e sim sobre a garota que vivia lá. A filha de um pescador. Uma garota que nascera prematura e portanto era muito pequena. Muito pequena e muito mortal, mas ainda assim capaz de amansá-lo. Ela o ensinara a ser humano.

— Eu não sabia o quanto era solitário até conhecer a menina — *ele disse.*

A Tecelã do Céu sentou no seu tear, noite após noite, século após século. Esperando o restante da história. Mas o Deus das Sombras nunca mais a chamou.

Solitária, *ela pensou enquanto trançava.* É isso que eu sou também?

Ele não a chamou, mas a Tecelã do Céu foi ao seu encontro mesmo assim.

— Me diga qual é a sensação — *disse ela.*

Então o Deus das Sombras contou tudo: a dor da fome, o brilho da alegria, a amargura da tristeza, a intensificação da raiva. Daquela vez, ao olhar para ela, seus olhos não pareciam chamas vorazes. Eram suaves como o orvalho da manhã.

— Você me lembra dela.

As palavras acabaram com o que lhe restava de determinação. A Tecelã do Céu ouviu a súplica em sua voz. Ela a sentiu ecoar no seu próprio coração. Podia saber quem ele era e o que fizera, mas sua curiosidade sobrepujava sua cautela. Ela queria mais.

Então, quando o monstro tentou tocá-la, ela deixou. Mais do que deixou.

Noite após noite, ela foi até ele. De novo e de novo, ele mostrou a ela. Era amável, gentil e afetuoso — tudo o que monstros não eram.

E então, um dia, a Tecelã do Céu sentiu que havia mudado. Surpresa, percebeu que sua barriga estava inchada e que algo crescia dentro dela.

Estava grávida dele.

Trinta e oito

A primeira coisa que ela fez ao atravessar foi destruir a porta de Safire.

Só para o caso de se sentir tentada.

A segunda coisa foi pegar suas coisas: seu fuso, sua zarabatana e alguns espinhos secos guardados em uma jarra perto da cama. Ela mantinha uma reserva secreta de moedas no baú de roupas. Quando erguia a tampa para pegá-las, o fantasma chegou.

— Posso ajudar você.

Eris enfiou a mão por baixo das camadas de tecido e encontrou a bolsinha de couro.

— Acredite — ela disse, colocando-a com suas coisas. De canto de olho, podia ver a forma sombria dele. — Ninguém pode me ajudar.

O fantasma se aproximou.

— Não importa quão rápida você seja ou para quão longe vá, nunca estará segura. Sei disso.

Eris sentiu os olhos pinicarem.

— Preciso tentar — ela sussurrou. Estava sem opções. Colocou a mochila no ombro e ao virar deparou com a sombra diante dela, observando-a de modo arrepiante. — Por favor. Saia da minha frente.

O fantasma estava mudando novamente, de sombra para homem.

— Eles tiraram algo de nós dois.

Eris franziu a testa.

— O que tiraram de você?

— Algo precioso.

Não era mais o fantasma que pairava diante dela, mas Crow. Humano outra vez: com maxilar definido, cabelos escuros, olhos cinza encarando os dela.

— Seus inimigos são meus inimigos — disse ele. — Me ajude e destruirei aquela que você chama de imperatriz, depois caçarei os que fazem o serviço sujo dela. Eles nunca mais vão machucar você, Eris.

Ela olhou para cima. Era a primeira vez que ele falava seu nome. Nunca lhe passara pela sua cabeça que o fantasma o soubesse.

— Me ajude — disse ele, com seus olhos mudando de cinza para prata e vice-versa — e nunca mais vai precisar fugir.

Enquanto analisava o homem diante dela, Eris pensou no modo como Kadenze recuara de medo dele. Ela nunca tinha visto a gralha com medo de nada.

— O que você é? — Eris perguntou.

— Nada bom — ele respondeu, simplesmente.

Se Eris fugisse, Kadenze ia encontrá-la. Mas, se Crow estava dizendo a verdade, se ele realmente podia ajudá-la, ela não garantiria somente sua própria segurança. Garantiria que a pessoa responsável por queimar o scrin e levar a vida de todo mundo que ela amava fosse impedida de continuar a matar.

— O que precisa que eu faça? — Eris perguntou.

— Suba na torre da Tecelã do Céu. Recupere minha alma. Depois a traga para mim.

— Sua alma? — Eris estremeceu. *Foi isso que tiraram de você?*

— Não posso escapar dessa prisão sem ela. — Ele olhou para as paredes do labirinto ao redor. — É a maldição que ela jogou em mim.

— Mas como vou encontrar isso?

Ele parecia tremeluzir à sua frente, como se lutasse para manter a forma sólida.

— Skye era uma tecelã experiente — Crow disse com muita calma.

Eris franziu a testa. *Skye?* Era o nome do fuso que Day lhe dera. Ela perguntara a respeito uma vez, mas tudo que Day dissera era que pertencera a alguém que ele amava.

— Ela era boa em pegar coisas e transformar em algo diferente. — Seus olhos prateados brilhavam ao encontrar os dela. — Assim como você.

Como eu?

Ele estava falando das tapeçarias, Eris se dera conta. As que ela transformava em portas.

Mas eu só as costuro. É o labirinto que as transforma, não é?

— Ela deve ter disfarçado minha alma — disse Crow agora. — E a mantido por perto. Virando-se, ele se embrenhou no labirinto. —Venha. Precisamos ser rápidos.

Eris o seguiu, agarrando as alças de sua bolsa. Crow parecia flutuar em vez de caminhar, levando-a por um corredor em que Eris havia se treinado para nunca entrar, porque sempre a desorientava e quando via estava de volta no mesmo lugar. Agora, ela seguia Crow por uma parte do labirinto onde nunca tinha pisado, enquanto se dirigiam a uma porta que nunca tinha visto. Tinha a cor preto-azulada da meia-noite e maçaneta feita de marfim. Havia palavras familiares inscritas na madeira.

Quando a noite cai
Lembro aqueles que partiram antes de mim
iluminando meu caminho pela escuridão.

Era parte da oração de Day. Ela quase podia ouvi-lo recitando. Eram as mesmas palavras que dizia junto à sua cama noite após noite.

O que Eris encontraria do outro lado?

Ela se forçou a segurar a maçaneta. Sua pele faiscou com o contato. Apesar do ar frio do labirinto, a curva macia da peça estava quente sob sua palma. Era quase reconfortante.

— Para onde leva?

— Para *ela* — disse Crow. — Você precisa correr.

Assentindo, ela girou a maçaneta. No momento em que abriu a porta, uma névoa prateada entrou.

Eris não olhou para trás. Simplesmente atravessou a fronteira e a névoa além dela.

Lembrada

Sonhos são para mortais, não deuses. E, ainda assim, enquanto a criança crescia dentro dela, a Tecelã do Céu sonhava.

Eram sonhos quiméricos e fugazes, de início. Como centelhas de peixes submersos. Quanto mais o bebê crescia, mais nítidos se tornavam. Sonhos de uma enseada tempestuosa. De mãos calejadas de um pai e redes de peixes cintilantes. De um garoto que ficava na beira das coisas. Um garoto feito de sombras.

Por que ele parecia tão familiar?

Conforme sua barriga crescia, a Tecelã do Céu tinha dificuldades de tecer. Almas escapavam dos seus dedos. O céu noturno se recusava a se dobrar diante da sua vontade.

O que está acontecendo comigo?

Com medo de que alguém descobrisse, ela dispensou todos os serviçais, exceto o mais leal: um homem devoto chamado Day, que jurou guardar seus segredos.

Os sonhos começaram a vir durante o dia. Vívidos, insistentes. Chegou um momento em que a Tecelã do Céu podia sentir o cheiro amadeirado do zimbro, provar a carne tenra do bacalhau e sentir o vento nordeste pinicando suas bochechas.

Quanto mais a Tecelã do Céu sonhava, mais o bebê crescia e mais ela mudava. Até que um dia viu que suas mãos não eram mais as mãos de uma deusa, e sim de uma humana. Calejadas e ásperas.

A Tecelã do Céu se trancou em sua torre até a Noite de Skye. Ela precisava descer a escada e se juntar à imperatriz nas ilhas da Estrela para a celebração anual do dia em que Leandra derrotara o Deus das Sombras.

Ela costurou para si um vestido cinza esvoaçante, para usar na ocasião. Um que esconderia a protuberância da barriga.

O Deus das Sombras devia estar morto. Ela não podia estar grávida dele.

A Tecelã do Céu desceu da torre e entrou na cidadela. Sentou-se à mesa da rainha e sorriu enquanto brindavam a ela. Aplaudiu quando encenaram a derrota do Deus das Sombras. Mas, por dentro, ela se perguntava: Será que veem minha mentira?

Começou quando trouxeram o vinho: uma dor aguda na sua barriga que vinha como a maré. Fluindo e baixando. Contraindo e relaxando.

Ela sabia o que significava.

O bebê estava a caminho.

A dor a perfurava como uma faca. Ela se apoiou na mesa para se firmar, segurando com força, esperando a dor diminuir.

Mas não diminuiu. Em vez disso, trouxe um último sonho para ela.

A cidadela de Leandra desapareceu. A Tecelã do Céu podia sentir o gosto do sal marinho em seus lábios. Sentir os remos de madeira molhados criando bolhas em suas mãos. Podia ouvir o estouro do trovão.

A voz do Deus das Sombras ecoou em sua mente: Você me lembra dela.

Não eram sonhos, ela percebeu, segurando os pulos dentro da barriga. Eram lembranças.

Eu sou a filha do pescador.

E aquela era uma memória do dia em que ela morrera.

A Tecelã do Céu viu a onda atingir o barco, seu barco, virando-o, jogando-a para fora. Sentiu o choque do mar gelado, a força com a qual ele a engolia. Seu peito queimava. Seus pulmões enchiam.

Eram as mãos daquela que fora atrás dela que a puxavam para baixo.
Pouco antes de se afogar, Skye abriu os olhos. Lá nas profundezas oceânicas, bem na sua frente, estava o rosto da sua assassina.
Leandra, Deusa das Marés.

Trinta e nove

Quando a névoa clareou, Eris se viu diante de uma torre negra alta o suficiente para atravessar o céu.

A torre da Tecelã do Céu.

Sua base formava uma plataforma elevada, com a porta trancada para impedir a entrada dos cidadãos de Eixo. Não que já tivessem ousado tentar. A plataforma era protegida pelos luminas, que faziam suas rondas naquele momento.

Tudo o que Eris tinha que fazer era evitar os guardas, escalar a torre e roubar a alma de Crow debaixo do nariz da Tecelã do Céu.

Moleza, ela pensou, com uma confiança que não sentia, estudando os degraus do chão até uma plataforma ampla. Rastros de grama e musgo subiam pelas rachaduras, reivindicando gentilmente as escadas. *Roubar é o que faço de melhor.*

Ela observou os guardas darem a volta duas vezes, contando o tempo dos intervalos entre cada vez que desapareciam e ressurgiam do outro lado. Quando eles desapareceram pela terceira vez, Eris correu para a escada, subiu rapidamente até o topo, depois puxou o grampo no cabelo e o usou para abrir a fechadura, enquanto mantinha a contagem na cabeça.

Suas mãos estavam tão escorregadias de suor que ela quase deixou o grampo cair.

Enfim, a fechadura cedeu e ela abriu a porta.

No momento em que o fez, os guardas reapareceram.

— Ei — disse o primeiro ao vê-la. — Você aí!

— Parada! — gritou o segundo. — O que está fazendo?

Com o coração batendo forte no peito, Eris entrou na torre, fechou a porta atrás de si e travou a fechadura com o grampo. A questão não era se ele ia aguentar ou não, porque ela sabia que não ia. A questão era se aguentaria por tempo suficiente para ela subir a escada, roubar a alma de Crow e fazer a travessia.

Só havia um jeito de descobrir.

A única luz ali entrava pelas janelas e vinha da escada. Diante dela havia uma escada preta em espiral que desaparecia do seu campo de visão. Atrás da porta às suas costas, Eris ouviu os passos apressados e gritos dos guardas.

Ela correu para a escada.

Subiu depressa. A cada dez degraus, uma janela estreita mostrava uma vista de Eixo lá embaixo. Logo, ela veria a cidadela. Então o porto. Depois os penhascos ao leste, e finalmente a cidade.

Quanto mais alto ela subia e mais distante a cidade parecia estar, mais pesadas ficavam suas pernas. Não demorou muito para sua respiração vir em resfolegadas rápidas e ardidas. Quando chegou perto do topo, seu coração batia forte e o ar pesava em seus pulmões. Na vista da janela seguinte, as luzes da cidade pareciam tão distantes quanto estrelas.

As escadas pararam bruscamente, e ela encontrou uma porta. Era de aço. Por um momento, Eris se perguntou se também estaria trancada, mas nem fechada estava. Encontrava-se entreaberta, deixando uma luz pálida alcançar um degrau.

Eris ouviu os gritos vindos lá de baixo.

Pela janela, viu várias formas escuras se aglomerando na base da torre. Luminas.

Eris sentia sua pulsação nos ouvidos.

Eles ainda não haviam entrado. Ela ainda tinha tempo.

Quando pressionou a palma na porta, sentiu uma pontada como uma ferroada de água-viva. Recuou, assoviando entredentes.

Aço de pó estelar, percebeu, reconhecendo o brilho prateado bem claro.

Então, usando a sola da bota, ela abriu a porta com um chute. Foi só quando entrou que percebeu que tinha algo errado.

O aposento estava deserto.

Havia um tear diretamente à sua frente. Quebrado em três lugares, tinha desabado sobre si mesmo como uma aranha ferida. À luz das estrelas, ela podia ver as teias que haviam se formado sobre ele.

O banco do tear estava tombado. As janelas estavam rachadas. Eris viu marcas de sangue onde o vidro se partira.

Não tem ninguém aqui.

Tudo estava coberto por uma camada fina de poeira, como se ninguém colocasse os pés lá havia anos. Talvez décadas.

O lugar cheirava a madeira, poeira e mais alguma coisa. *Zimbro*, ela pensou. O cheiro fazia com que sentisse uma tontura estranha e repentina.

Mais gritos surgiram bem lá embaixo. Eris os ignorou. Ela tinha seu fuso. Mesmo se invadissem a torre naquele instante, estaria longe muito antes que subissem a escada.

Caminhou rapidamente até o tear quebrado, seus passos levantando nuvens de poeira. Diante da imensa moldura de madeira, ela tocou os pedaços quebrados, então uma imagem do passado brotou em sua mente.

Durante toda a sua vida no scrin, havia uma tapeçaria pendurada ao pé da sua cama naquele pequeno quarto escuro atrás da cozinha. Tecida por Day, mostrava uma mulher pequena e calejada, com olhos verdes como o campo afastados um pouco demais. Ela estava curvada no seu tear, fazendo uma pausa no trabalho para olhar as ferramentas nas suas mãos, como se tivesse esquecido por que as segurava. Eris adormecia todas as noites se perguntando por que ela parecia tão triste.

Sabia que a mulher devia ser a Tecelã do Céu. Mas todas as outras tapeçarias no scrin a mostravam como uma deusa sem rosto coroada por estrelas. Aquela mulher parecia mortal.

Eris se afastou rapidamente do tear. Afastando a lembrança, olhou para os destroços à sua volta.

O que aconteceu aqui?

Algum tipo de luta, certamente. Muito tempo atrás. Mas, se a Tecelã do Céu não estava lá, e se não estivera fazia anos, onde se encontrava?

Gritos repentinos ecoaram pela escada, quebrando sua concentração.

Eris correu para a janela estreita e olhou para baixo. As silhuetas pretas dos luminas invadiam a torre naquele instante.

Eles haviam entrado e estavam indo atrás dela.

Eris queria pegar seu fuso e atravessar, mas tinha ido para até lá por um motivo. Havia feito uma promessa a Crow, e se não a cumprisse ele não poderia ajudá-la.

Ela era boa em pegar coisas e transformar em algo diferente, ele dissera.

Depressa, Eris se moveu pelo lugar, verificando o chão sob a luz das estrelas e ajeitando a mobília revirada. Forçando-se a se acalmar.

Ela deve ter disfarçado minha alma. E a mantido por perto.

Mas, se aquilo era verdade, se a Tecelã do Céu a mantinha com ela, então a alma de Crow não estava ali. Porque ela própria não estava.

As vozes ficavam mais altas. Mais próximas. Em breve Eris ouviria os soldados correndo. Ela fechou a porta pela qual entrara, mas não havia tranca nessa porta. Então arrastou o único móvel que não estava quebrado no local, uma mesa de pintura pesada, e o encostou na porta, para ver se ganhava tempo.

Procurou em uma prateleira cheia de potes vazios. Verificou o chão sob o tear. Olhou por toda parte. Mas não havia sinal de nada abrigando uma alma.

Tum, tum, tum!

Punhos socaram a porta, fazendo Eris pular.

— Quem está aí?

Ela olhou para a porta, vendo-a tremer com cada esmurrada recebida. A mesa não a manteria fechada por muito tempo.

Não tinha tempo.

Eris pegou seu fuso e se agachou. Desenhando uma linha pelo chão, esperou que ela chamejasse prateada. Esperou a névoa subir.

Mas nada aconteceu.

A porta abriu alguns centímetros.

Eris desenhou uma segunda linha, depois uma terceira. A névoa não apareceu. A passagem para o Através não se abriu para ela.

Olhou para as paredes ao seu redor, que brilhavam prateadas à luz das estrelas. Como aço.

Aço de pó estelar, ela percebeu, seus pensamentos em pânico zunindo como abelhas.

Eris se lembrou das algemas com as quais Kor prendera seus punhos.

Aço de pó estelar impedia a travessia.

Estou presa. Presa a milhares de degraus de altura, com nada além de uma porta entre ela e um monte de soldados. Soldados que jogavam todo o seu peso na porta para liberar a passagem.

A porta tremeu, mal suportando. Um estalo alto foi seguido por uma contagem regressiva em uníssono. Da próxima vez que se lançassem contra a porta, ela não aguentaria.

Eris olhou para a única outra saída possível: a janela estreita.

Abriu caminho entre os móveis quebrados e tombados até ficar diante do vidro rachado, olhando para fora. As paredes da torre eram perfeitamente lisas. Não havia apoios para se segurar, e a queda ia matá-la.

Mas, mesmo se sobrevivesse de alguma forma, a moldura da janela era muito estreita. Eris não conseguiria passar.

Atrás dela, a porta se abriu com o peso dos soldados se jogando contra ela, forçando a mesa a se mover o suficiente para que passassem.

Luminas lotaram o aposento.

Antes que Eris pudesse se virar e encarar seus inimigos, eles a seguraram pelos ombros.

Isso não pode estar acontecendo, ela pensou, encarando o tear quebrado, pensando nas palavras de Day no leito de morte.

Quando o inimigo me cerca...

Eles forçaram Eris a ficar de joelhos e conferiram se estava armada.

Ela sentiu o beijo frio do aço de pó estelar enquanto a algemavam.

... Sei que suas mãos seguram os fios da minha alma...

Eles grunhiram uma ordem, mas Eris os ignorou.

... e não há nada a temer.

Só que a deusa das almas não estava lá. Não estava onde deveria: no seu tear, costurando almas nas estrelas.

A oração de Day era uma mentira.

A Tecelã do Céu tinha abandonado todos eles.

Quarenta

Eles arrastaram Eris pelos corredores da cidadela e por vários degraus, parando bruscamente na frente de um aposento cilíndrico onde duas portas de teca esculpidas com ondas espumando foram abertas num empurrão.

— Espere — disse o soldado que segurava o braço dela com a mão pesada, contendo-a antes das portas.

As paredes do aposento mais além eram de um azul muito escuro, como as profundezas do oceano, pintado com todo tipo de criatura: de caranguejos e ouriços espinhosos a cardumes de peixes cintilantes e baleias jubarte majestosas. No centro do cômodo, os degraus brancos delicados de um trono subiam como uma concha, levando a uma almofada da cor da espuma do mar, onde a imperatriz estava sentada.

Aos pés do trono, um jovem vestindo uma túnica dourada falava de costas para Eris.

— Eu disse que se ela insistisse em continuar em conluio com fugitivas, não comandaria mais meus soldados.

— E? — a voz da imperatriz soou fria como o oceano. — Onde ela está?

— Ela escapou — disse ele. — Estou aqui no lugar dela. Aceito toda a responsabilidade pelas ações de Safire.

O coração de Eris palpitou ao ouvir o nome. Ela sabia quem

era o homem, reconhecendo enfim sua estatura alta, seus ombros largos e cachos escuros. Era o rei Dax quem estava diante do trono da imperatriz.

—Você veio no lugar dela? — A voz da imperatriz tremia, mal contendo a raiva. — Teve tempo de falar com ela e tirar seu posto, mas não de prender sua prima?

— Safire não costuma cometer erros de julgamento, imperatriz. Tem instintos impecáveis. Foi por isso que a nomeei comandante. Então talvez possa me ajudar a entender por que ela acredita de maneira tão resoluta na inocência de Eris. — Dax parecia perfeitamente calmo, em contraste com a tensão crescente na sala do trono. — É verdade que Eris era apenas uma criança quando o scrin queimou?

— Aquela *criança* era um perigo para todos nós. — A voz de Leandra retumbou pelo aposento. — Se soubesse o que ela era, também teria medo. Teria pavor do que pode libertar no mundo.

— Isso não responde minha pergunta — ele disse, calmamente.

A imperatriz levantou, depois desceu vagarosamente os degraus do seu trono branco. Houve um momento de silêncio na sala quando o som de suas botas ecoou assustadoramente.

—Você me decepcionou, rei Dax — ela disse, parando na frente dele. — Eu o convido para minha casa. Prometo ajudar seu povo. Finjo não ver quanto sua prima desrespeita minhas leis e se opõe aos meus soldados...

— Seus soldados estavam espancando uma civil até a morte em um beco — disse Dax, ficando tenso. — Se eu estivesse lá, teria feito o mesmo.

— Entendo — ela sussurrou, estudando-o. O ar faiscava. — Caspian, prenda este homem — ela falou para seu capitão.

Todos os guardas de Dax sacaram suas armas em sincronia.

— Prendam todos. — A imperatriz deu a ordem sem tirar os olhos do rei, que não disse nada. Ele não fez qualquer menção de enfrentá-la. Eris viu os luminas cercarem os soldados de Dax, que estavam em menor número e menos armados.

— Não faz ideia de quem sou — a imperatriz disse a Dax. — Nem do que posso fazer.

— Estou começando a enxergar isso. — Dax continuou a encará-la. — E fiquei subitamente feliz de ter deixado Safire fugir.

Como se oferecesse uma resposta, o vento uivou além da cidadela, batendo contras as paredes. O aposento cheirava a mar em dia de tempestade, e a pele de Eris se arrepiou como sempre acontecia antes de um raio cair.

— Caspian. — A imperatriz se virou para seu capitão. — Leve o rei. Ele vai ocupar o lugar da prima até ela ser caçada e obrigada a pagar por seus crimes.

— E a rainha-dragão? — Caspian perguntou, já algemando os punhos de Dax.

A menção à esposa fez Dax congelar.

— Deixe a rainha comigo — ela respondeu.

Eles viraram o rei-dragão na direção das portas e marcharam com ele e com seus guardas capturados, seguindo para o corredor onde Eris estava. Ao vê-la, Dax olhou uma vez, depois outra. Como se não acreditasse no que via.

— Eris... — Sua voz saiu do controle. — O que está fazendo aqui?

Ela ergueu os próprios punhos em resposta.

Ele abriu a boca para dizer algo, mas os luminas o forçaram a seguir em frente. Eris olhou para trás e foi empurrada para dentro do salão. Em seguida, foi jogada aos pés do trono. Quando tentou levantar, o soldado atrás dela pressionou uma lâmina de aço de pó estelar na sua nuca.

— Fique abaixada, animal.

Eris só levantou a cabeça. A vários passos de distância estava a imperatriz. Leandra vestia uma jaqueta cinza justa, que abotoava do lado esquerdo. Seus botões de prata refletiam na escuridão as chamas queimando nas arandelas. Seu cabelo loiro-acinzentado estava preso firmemente para trás.

Eris tinha passado sete anos fugindo daquela mulher. Nunca a vira de perto antes. Nunca vira seu rosto.

No momento em que se entreolharam, ela ficou tonta. O chão pareceu se desfazer sob seus pés.

— *Você.*

Os olhos tempestuosos encarando os dela eram os mesmos que Eris tinha visto na noite em que o scrin queimara. Aqueles olhos pertenciam ao assassino de Day.

Ela pensava que se tratava de uma comandante lumina. Não sabia que a culpada era a própria imperatriz.

Eris avançou sem se importar com as mãos presas atrás das costas. Destruiria aquela mulher.

O soldado atrás dela agarrou seu cabelo, puxando sua cabeça para trás com tamanha força que ela chegou a lacrimejar.

— Quietinha!

Se um dia escapasse das algemas de pó estelar, Eris destruiria cada um deles.

Como a Tecelã do Céu podia ter deixado aquela mulher comandar as ilhas da Estrela por tanto tempo?

Mas, conforme o ódio crescia dentro de si, Eris se lembrou do cômodo deserto no alto da torre. No tear quebrado. Nos móveis revirados.

Algo estava terrivelmente errado.

As botas da imperatriz ecoaram enquanto ela andava na direção de Eris.

Isso mesmo, chegue mais perto, a garota pensou, *para que eu possa rasgar sua garganta com os dentes.*

Leandra parou diretamente na frente de Eris e curvou a boca em um sorriso discreto.

— É você que chamam de Dançarina da Morte?

Eris desejou ter a força necessária para se livrar dos guardas enquanto a encarava.

— Não foi por isso que me prendeu?

— Eu a prendi por invadir a torre da Tecelã do Céu. — A imperatriz começou andar em volta de Eris, estudando-a de cima a baixo, parando em breves intervalos para estudar o cabelo, os olhos e sua boca. Aquilo fez a pele da garota coçar. — Encontrou o que procurava lá em cima?

A imperatriz parou de circundá-la, esperando por uma resposta.

Eris estava muito ocupada pensando em formas de sufocá-la até a morte, com as mãos presas atrás das costas. Quando ela não disse nada, a imperatriz se agachou e ficou frente a frente com Eris, estudando sua prisioneira como se procurasse a resposta de uma pergunta urgente.

— Por que os matou? — Eris quis saber.

— Quem? O bando de traidores do scrin?

— Eles não eram uma ameaça para você.

Os olhos da imperatriz brilharam com uma alegria assustadora.

— Não — ela murmurou. — Nem um pouco. Só fiz aquilo para me divertir.

A raiva queimava como brasa dentro de Eris.

Ela cuspiu no rosto da imperatriz.

Seguiu-se um silêncio longo e perturbador. Então a imperatriz acertou o rosto de Eris com um tapa em cheio. A pontada aguda foi imediatamente seguida pelo sabor de ferro. Ela tinha mordido a bochecha.

Eris cuspiu sangue.

A imperatriz ficou de pé e recuou. Sua voz soou mais áspera.

— Passei os últimos sete anos atrás de duas coisas, Dançarina da Morte: você e aquela faca.

Eris ficou intrigada. *Que faca?*

— Sei que ela entregou a faca para aquele criado chorão. Estava certa de que tinha dado a você. Mas, pelo visto, me enganei. — Ela olhou para os luminas escoltando Eris. — Não importa. Tenho uma das duas coisas agora e estou quase conseguindo a outra.

E então, como uma fechadura arrombada se abrindo, Eris entendeu: ela queria a faca de Day. A que Eris vendera sete anos atrás para comprar sua fuga e a de Jemsin daquelas ilhas.

É por isso que ela quer a namsara, percebeu, lembrando-se de ter visto a faca na cintura dela.

— Capitão Caspian? — a imperatriz disse baixinho, como se falasse consigo mesma. — Tranque-a junto com a outra prisioneira.

A outra?, pensou Eris, com a bochecha doendo enquanto o soldado atrás dela a segurava por baixo dos braços e a suspendia dolorosamente. *Que outra?*

Eles a viraram na direção da porta. Eris olhou para trás e viu a imperatriz segurando o cabo de um sabre em sua cintura com seus dedos longos e compridos. Após subir de volta até seu trono, ela se acomodou na pedra branca, inclinando-se para a frente, ocupando-se com seus pensamentos.

O soldado ao lado de Eris a obrigou a seguir em frente. Enquanto andava, ela pensou na faca que Day lhe dera. A que usava para cortar os cardos de escarpa. Parecia ridículo agora que ele tivesse dado a ela uma faca tão grande, bonita e etérea para executar uma tarefa tão mundana.

Ele também me deu o fuso, ela percebeu. Que os soldados haviam tirado dela na torre. *Um fuso que não era feito exatamente para lã.*

E se a faca não fosse feita exatamente para cortar cardos de escarpa?

A Deusa das Marés

A Deusa das Marés era uma criatura feita de tempestade e terror. Reverenciada por piratas e pescadores, ela se chamava Leandra e só era leal a um homem: seu irmão, o Deus das Sombras.

Juntos, eles eram selvagens, cruéis e livres.

Juntos, levavam medo ao coração de homens e monstros.

Até o dia em que Leandra convocou uma tempestade e seu irmão não apareceu para ajudá-la. Só ficou observando com um olhar frio e morto. Ela lançou navio depois de navio contra as rochas e o chamou para se juntar a ela, então se virou e descobriu que seu irmão não estava ao seu lado.

A Deusa das Marés chamou, mas ele não respondeu. Procurou nas águas rasas e profundas. De todos os oceanos. Mas seu irmão não estava nem no raso nem nas profundezas.

Leandra começou a se preocupar. As ondas se agitaram. O vento rodopiou. Quando ela finalmente o encontrou, todos os poderes do mar ferveram em seu rastro.

— Irmão! — chamou, indo abraçá-lo. — Pensei que o tinha perdido. Vim para levá-lo para casa.

O Deus das Sombras não retribuiu seu abraço. Nem queria voltar para casa.

Leandra atacou, irada e confusa.

Seu irmão retribuiu, derrubando-a.

Ela. Sua própria irmã.

Como ousava?

Sentindo que o perdera de verdade, a Deusa das Marés entrou em guerra contra o irmão. Mas, a cada golpe dado por ela, ele retribuía mais rápido e mais forte, até o dia em que se viu derrotada diante do Deus das Sombras.

Leandra esperou pelo golpe fatal. Quando ele não veio, ela olhou fundo nos olhos do irmão.

O que ela viu a deixou revoltada.

Misericórdia? Era algum tipo de piada?

Ele não ia matá-la. Ia deixá-la partir.

Quem tinha feito aquilo com ele? Quem havia domado a alma indomável do seu irmão?

Zombando dele, Leandra jurou que encontraria a responsável. Estava determinada a fazê-lo.

Ela não voltou para o mar. Só o esperou e observou. Rastreou o Deus das Sombras pela escuridão, seguindo-o por todo o trajeto até uma casinha na beira da água. Foi lá que ela encontrou a fonte da fraqueza dele: uma garota mortal.

Uma humana o tinha virado contra sua irmã e o desviado de seu propósito?

Enquanto olhava para a criatura frágil e débil remando, a Deusa das Marés convocou o vento e as ondas ao seu redor. Ela lidaria com a mortal. Lembraria seu irmão da verdadeira natureza dele. E, quando terminasse, tudo estaria bem novamente. Ele lembraria quem era e voltaria para ela.

Juntos, mais uma vez, os dois seriam terror e caos.

Quarenta e um

Quando a porta da cabana de Dagan se abriu e o vento uivou, Safire esperou que Asha aparecesse.

Mas foi Roa quem parou no batente. Seu vestido lavanda estava encharcado da chuva e seus olhos escuros estavam arregalados de algo que parecia medo.

— Eles o levaram.

A rainha-dragão cambaleou para dentro do quarto. Safire levantou para segurá-la, pegando os braços gelados de Roa enquanto absorvia suas palavras.

— Eu disse a ela que traria a guerra a seus portões, mas ele foi levado mesmo assim. — Roa não precisou dizer o nome. Estava claro em seu rosto que falava de Dax. — Ela o prendeu.

Safire sentiu o estômago se retorcer.

— Sob que alegações?

A porta rangeu nas dobradiças, abrindo e deixando a chuva entrar. Safire estava prestes a deixar Roa em frente à fogueira e fechá-la quando mais duas pessoas surgiram.

— Roa?

Torwin e Asha entraram na cabana, tão ensopados quanto a rainha. Pingos de chuva escorriam de seus rostos. Enquanto Torwin fechava a porta, Asha se juntou às duas no tapete, preocupada.

— O que aconteceu?

Roa explicou que, assim que Dax comunicara a recusa de Safire à imperatriz, ela o acusara de se aliar a fugitivas perigosas e o levara em custódia, juntamente com seus guardas.

Roa, porém, não fora tocada.

— Eu disse que aquilo levaria a uma guerra entre nossas nações. Lembrei a ela que, além de um formidável exército, tínhamos dragões à nossa disposição. — Roa olhou de Asha para Safire. — Ela foi inflexível.

— Mas não te prendeu — disse Asha, seus pensamentos se agitando enquanto ela olhava para a faca da Tecelã do Céu, agora em suas mãos.

Roa sacudiu a cabeça.

— Acho que ela queria que eu te encontrasse.

— Ou seja, ela quer que a gente vá ajudar Dax — disse Safire. Ela tinha se recusado a entregar Eris, e agora seu primo seria punido por aquilo. — É tudo culpa minha.

— Não. — Roa segurou seu punho, apertando com firmeza. — A culpa é minha. — Ela o soltou e baixou o olhar. — Precisamos tanto daquelas sementes que deixei Dax se convencer... na verdade, convencer nós dois, de que Eris tinha manipulado você. Sinto muito, Safire. — Roa sacudiu a cabeça, olhando nos olhos de Safire mais uma vez. — Quero que saiba que ele defendeu você. É por isso que está sendo punido pela imperatriz.

Safire engoliu em seco, pensando em Kor e nos outros. Piratas não tinham direito a julgamento. A imperatriz julgaria Dax? Ousaria executar um rei?

— Preciso ir — disse ela, levantando-se do piso de madeira. — Antes que o pior aconteça.

— Espere — disse Asha, ficando entre Safire e a porta. — Tem mais uma coisa. Algo que vocês duas precisam saber.

Torwin parecia prever o que Asha estava prestes a dizer, porque emergiu do quarto ao lado com um rolo de pergaminho e o entregou a ela. A namsara o desenrolou sobre a mesa perto da janela, revelando três pergaminhos. Ela os abriu lado a lado.

Roa levantou do tapete e se juntou a eles.

— Sabe as pedras que mostrei a você? — Asha disse para Safire. — Existem histórias esculpidas nelas, desgastadas pelo tempo e pelo clima severo da região. Dagan diz que estão lá desde antes do bisavô dele nascer.

Ela tocou nas palavras rabiscadas no pergaminho, muitas riscadas e reescritas.

— Pelo que consegui decifrar, contam a história de três deuses: a Tecelã do Céu, o Deus das Sombras e a Deusa das Marés. — Asha passou o pergaminho para Safire. — A Deusa das Marés se disfarçou de humana e convenceu a Tecelã do Céu a matar o Deus das Sombras. Só que a Tecelã do Céu não foi capaz de fazer isso. Então ela o aprisionou em um mundo entre os mundos. Em um lugar onde ninguém jamais o encontraria.

Safire devolveu o pergaminho, com cada centímetro do seu corpo querendo partir. Montar Martírio e voar para a cidadela.

— Não entendo o que isso tem a ver com Dax.

— Tem a ver com a imperatriz. — Asha olhou pela janela, na direção do mar. — De acordo com as histórias, Leandra *é* a Deusa das Marés.

O silêncio tomou a cabana.

Safire pensou nas pinturas na cidadela. As que contavam a história de Leandra salvando as ilhas da Estrela e implorando pela ajuda da Tecelã do Céu. Ela afastou a sensação de estranheza. Mortal ou imortal, não importava o que Leandra era. Dax estava preso. Precisava tirá-lo de lá.

— Vou com você — disse Roa, que devia ter percebido sua intenção.

— Eu também — disse Torwin.

Safire pensou em Kor e nos outros piratas, executados sem julgamento. Pensou no scrin queimado até não restar nada, com todos os tecelões lá dentro.

A probabilidade de algum deles, de todos eles, se machucarem...

Ela não queria ser pessimista, mas odiava pensar naquilo.

— Tem que ser eu. Sozinha. — Ela olhou de um amigo para outro. — É minha função proteger vocês.

Asha segurou sua mão, entrelaçando seus dedos nos dela. Seus olhos escuros encontraram os da prima.

— Não, Saf. Nós protegemos uns aos outros. — Ela apertou forte e não soltou. — Não corro perigo tendo Kozu comigo. Vamos seguir você de perto e nos manter no céu. Caso precise de uma ajudinha.

— Vou voltar para Firgaard — disse Torwin, olhando de Safire para Roa. — Se a imperatriz se recusar a soltar Dax, teremos o exército a caminho.

Roa assentiu.

— E eu vou propor uma trégua. Se ela estiver disposta a entregar Dax, iremos embora imediatamente dessas ilhas, sem brigas e em paz. Caso se recuse — sua expressão ficou sombria — entraremos em guerra.

Mas havia quatro deles, e somente três dragões.

Foi preciso alguma persuasão, mas Martírio pareceu entender que seus amigos estavam em perigo e ele era necessário. Apesar do medo, o dragão nervoso parecia disposto a fazer a sua parte. Então Torwin atravessou o oceano com ele enquanto o restante do grupo voou para Eixo. Assim que as ruas organizadas da cidade apareceram, Asha e Kozu permaneceram voando, mantendo distância da cidadela. Roa e Safire prosseguiram, pousando Faísca no pátio da imperatriz enquanto a chuva castigava a terra em volta deles.

Eles foram imediatamente cercados por luminas. Faísca assoviou e abriu suas asas enquanto Roa tentava acalmá-la.

— Vá — ela sussurrou junto à cabeça escamosa de Faísca, pressionando gentilmente. — Encontre Asha e Kozu.

Faísca se mostrou indecisa enquanto os soldados arrastavam Roa para longe dela. No entanto, pareceu entender. Antes que soldados também a alcançassem, ela se impulsionou para o céu.

Safire viu a dragoa dourada desaparecer na névoa enquanto a empurravam para dentro.

Eles marcharam com Safire para uma sala circular familiar com janelas marcadas pela chuva em cada uma das paredes. Logo que fecharam as portas atrás dela, ela se virou e viu que estava sozinha com quatro soldados protegendo a entrada.

Roa não estava atrás dela.

— Para onde levaram a rainha-dragão? — ela perguntou.

— Meu assunto é com você, Safire. Não com sua rainha.

Safire viu Leandra junto à janela mais ampla, olhando para a tempestade.

— Se sou eu que você quer, então solte Dax — disse Safire. — Você já está trilhando um caminho perigoso prendendo o rei sem justa causa. Se não o deixar ir, vai ter que lidar com um exército no seu portão e uma horda de dragões queimando sua cidade até não sobrar nada.

Leandra suspirou, olhando na direção da água.

— O que são exércitos e dragões comparados ao poder do *mar*? — Não pela primeira vez, Safire notou como ela não parecia nem jovem nem velha, mas os dois de uma vez. *Atemporal*.

A história de Asha ecoou na mente de Safire.

— Acho que vou manter seu precioso rei e a esposa dele — disse Leandra. — Pelo menos o suficiente até tirar sua prima do céu.

Safire apertou os olhos.

— Asha é a namsara. Kozu vai comer você viva antes de permitir que chegue perto dela.

—Veremos — disse Leandra, cruzando as mãos atrás das costas. — Ela tem algo que não lhe pertence. Algo que estou procurando faz muito, muito tempo. Nas mãos erradas, poderia libertar um monstro. Um em quem pensei ter dado um fim há muitos anos.

A faca da Tecelã do Céu?, Safire se perguntou, pensando na lâmina embainhada na cintura de Asha.

— Agora... — Leandra se virou para Safire. —Você tem sido uma pedra no meu sapato desde que entrou pelos meus portões sem ser convidada. Preciso me livrar de você. — A luz tremeluziu no céu lá fora, e o estouro de um trovão se seguiu. — Porém, antes de nos deixar, acho que gostaria de saber de uma coisa. Consegui o que você falhou em fazer. Eu capturei sua preciosa Dançarina da Morte.

O estômago de Safire se revirou.

— Mentirosa — disse ela, fechando as mãos com força.

A imperatriz prosseguiu, como se não tivesse escutado.

—Amanhã ela terá a mesma punição que dei a todos os inimigos da Tecelã do Céu. Sabe qual é?

Safire ouviu a respiração do soldado atrás dela. Sentiu a proximidade dele às suas costas. Endireitou a coluna e procurou sua faca de arremesso, mas a tinham levado.

— Não — disse Leandra. — É claro que não sabe.Vou te contar.

Um saco de pano foi enfiado na cabeça de Safire. Ela engasgou tentando respirar enquanto algo se apertava em volta do seu pescoço e um cheiro amargo familiar preenchia suas narinas.

Frutos de escarpa.

Safire prendeu a respiração, tentando resistir ao veneno.

— Primeiro vou levar Eris às escarpas imortais — a imperatriz disse enquanto Safire lutava para se livrar dos soldados.

Ela não poderia prender a respiração para sempre. Não demorou e sentiu os braços ficando pesados e dormentes. As pernas falhando.

— Lá, vou cortar as mãos dela.

Ao ouvir aquilo, Safire lutou com ainda mais afinco, mesmo com a névoa entorpecente se infiltrando em sua mente, embalando-a, insistindo para que fechasse os olhos e dormisse.

— E, então, verei a filha do meu inimigo morrer de uma maneira lenta e agonizante — a imperatriz concluiu enquanto o mundo de Safire começava a apagar.

Quarenta e dois

Eris viu um dos soldados pegar um molho de chaves, enfiar uma na fechadura e girar. A porta se abriu. O cômodo era muito menor e mais escuro do que a sala do trono, mas tão alto quanto. Também estava vazio, ou foi o que ela pensou.

Quando a jogaram para dentro, Eris se viu na beira de uma plataforma de mármore, cuja superfície era úmida e escorregadia. Embaixo havia água, e Eris percebeu as sombras se movendo sob a superfície escura. Coisas com espinhos e dentes afiados.

Ela olhou para cima.

Lá no alto havia dezenas de jaulas penduradas no teto como enfeites bizarros, as correntes presas a ganchos enormes de ferro. Eris observou um soldado descer uma jaula. Um rápido tilintar preencheu o lugar enquanto ela descia, parando pouco antes de tocar na água. Presa pela corrente, a jaula balançou em círculos frenéticos.

Usando o que parecia ser um gancho comprido de pastoreio para segurá-la, um segundo soldado a empurrou para a plataforma onde estavam e abriu a porta.

Foi então que Eris percebeu que deveria entrar.

Não havia sentido em lutar contra eles. Suas mãos estavam presas com aço de pó estelar, e ela não era uma lutadora. Mas lutou mesmo assim, fincando os calcanhares e, quando a estratégia não funcionou, caindo de joelhos. Eles a arremessaram para dentro sem dificuldades e trancaram a jaula.

Safire teria durado mais, pensou Eris, triste, olhando para eles do outro lado das grades. *Teria derrubado alguns deles antes que a dominassem.*

Mas Safire não estava lá. Ela tinha ido embora fazia tempo, ou assim Eris esperava.

Acima de tudo, precisava parar de pensar em Safire.

A jaula era suspensa conforme os soldados puxavam a corrente, levando-a na direção do teto. Balançou para a frente e para trás, girando e girando, deixando-a tonta. Entre os giros e a distância crescente da água agitada lá embaixo, Eris tinha fechado os olhos de enjoo.

Só voltou a abri-los quando a jaula parou de subir. Em volta dela estavam penduradas outras jaulas, todas vazias. Além delas, finos raios de luz entravam pelas janelas estreitas no alto das paredes.

Olhando entre as grades, Eris viu a plataforma impossivelmente distante lá embaixo e os soldados saindo enfileirados, com exceção de dois, que ficaram de guarda. Como se esperassem que ela fosse tentar escapar.

A porta bateu.

Eris sentou e tombou para a frente, deixando a testa repousar nas grades da jaula, esperando que ela parasse de girar. Pareceu levar uma eternidade até que desacelerasse. Quando finalmente parou, Eris abriu os olhos.

E deu de cara com o rosto de uma mulher.

Eris ficou de pé na mesma hora.

A outra prisioneira estava bem à sua frente, trancada em sua própria jaula, banhada em um feixe de luz prateada.

— Querida criança — disse a mulher, no silêncio. — Por que a trouxeram para cá?

— Eu... — Eris olhou em volta, mas todas as outras jaulas estavam vazias. — Quem é você?

Ela olhou para a prisioneira e notou suas mãos. Ou, melhor dizendo, o lugar onde suas mãos deveriam estar. O fato de seus braços magros pararem logo acima dos punhos disse a Eris tudo o que precisava saber.

Aquela mulher era uma traidora. Uma inimiga da Tecelã do Céu. Eris virou a cabeça dos tocos dos braços para o rosto da mulher. Foi então que perdeu a respiração.

Os olhos dela eram verde-claros, como um campo no fim do verão. Também ficavam muito separados, e um deles olhava na direção errada. Seu corpo era nodoso em alguns lugares, como se tivesse sido montado de maneira diferente do corpo das outras pessoas.

Porém, o mais surpreendente não era sua presença. Era o fato de que Eris a conhecia.

Aquela era a mulher da tapeçaria aos pés da sua cama. A tapeçaria que Day fizera para ela.

— Meu nome é Skye — ela disse, estudando Eris. — E o seu?

Sacrifício

Outra contração fez a Tecelã do Céu chorar. Apoiando-se na mesa da imperatriz, ela levantou meio cambaleante. Leandra viu o que a outra havia escondido dela com tanto afinco: a barriga de grávida.

A raiva escureceu seu semblante.

A Tecelã do Céu fugiu. Precisava escapar de sua verdadeira inimiga. Precisava libertar o Deus das Sombras.

Seu criado, Day, a ajudou a subir os degraus da torre. Mas, no meio do caminho até o tear, a Tecelã do Céu desabou com as dores do trabalho de parto. Ela não conseguia ir além. Então Day a ergueu nos braços e a carregou.

Ele a sentou dentro da sala do tear e embarricou a porta, trancando-os.

A bebê veio, choramingando e batendo seus bracinhos. A Tecelã do Céu deu a ela o que restava da sua imortalidade.

No mundo além, o vento levantou. A chuva espancou as vidraças. O mar se enfureceu.

A Deusa das Marés estava a caminho.

Day viu Leandra alcançando os pés da torre com um exército às suas costas.

— Conheço um lugar onde pode esconder a bebê — ele falou, pegando-a e enrolando-a em um lençol. — Mas precisamos ir agora.

Day tirou a criança dos braços da Tecelã do Céu. A deusa das almas olhou para sua recém-nascida com pesar.

Ela não pegou a criança. Em vez disso, ergueu sua faca de tear e a entregou para Day.

— Proteja Eris. Até eu encontrar vocês.

Lá embaixo, os soldados de Leandra conseguiram romper a porta. Seus passos ecoaram pela escada.

A Tecelã do Céu foi para o banco do tear e pegou seu fuso.

— Sua chave para escapar — ela sussurrou. Levando o criado para o corredor, ela riscou o chão com o fuso. No seu rastro, uma linha prateada brilhava delicadamente no chão. De um lado ficava a porta da sala do tear. Do outro, um mundo de névoa e estrelas.

Day olhou da névoa para a deusa que servia.

A Tecelã do Céu olhou para sua filha, vendo a vida que poderia ter tido. Que eu ainda poderia ter, ela pensou. Lutaria por aquela vida e por sua filha. Derrotaria Leandra assim como derrotara o Deus das Sombras.

Os passos dos soldados estavam mais próximos. Conforme seus gritos ficavam mais altos, o bebê começou a chorar.

A Tecelã do Céu beijou sua filha na testa. Guardou o fuso no lençol que a envolvia, depois se preparou para enfrentar o inimigo subindo ao seu encontro.

— Venha com a gente — Day implorou.

A Tecelã do Céu balançou a cabeça.

— Preciso acabar com isso — ela disse enquanto Leandra aparecia à sua frente, tão fria e impiedosa quanto o mar. — Encontrarei vocês quando tiver conseguido. Agora vá!

Sem ter outra escolha, Day a obedeceu. Segurando firme a criança com uma mão e a faca da Tecelã do Céu com a outra, ele atravessou a linha cintilante e entrou na névoa.

Deixando sua deusa para trás.

Quarenta e três

Safire acordou com um gosto amargo na boca. Ela se deitou de lado, com os punhos e tornozelos atados, a boca amordaçada e o corpo doendo das batidas constantes da roda de uma carroça em terreno acidentado.

O lugar tinha cheiro de peixe e salmoura. Ainda que o saco de pano na sua cabeça bloqueasse sua visão, ela podia ouvir o som de cascos de cavalos e o marulho suave das ondas batendo no cais.

O porto de Eixo, pensou.

A carreta parou de repente, com uma chacoalhada. Alguém pairou sobre ela. Safire recuou, aguardando o que estivesse por vir. Mas simplesmente desamarraram seus tornozelos. Um instante depois, arrastaram-na da carreta, segurando-a por baixo dos braços, e a colocaram em pé.

Safire tentaria correr se pudesse. O efeito dos frutos de escarpa ainda não tinha passado completamente, deixando-a tonta e vagarosa. Ela tentou escutar, captando cada detalhe sensorial possível.

Ouviu o tilintar de dinheiro e o murmúrio de vozes enquanto a empurravam por uma encosta. Assim que o chão ficou nivelado, suas botas bateram no assoalho de madeira, e ela soube que estava a bordo de um navio.

A pressão em volta da garganta aliviou quando soltaram o saco e o tiraram da sua cabeça. Vários rostos surgiram à sua frente, nenhum deles familiar. Então, de maneira brusca, ela foi empurrada por uma escotilha que dava em um porão úmido e escuro, onde várias pessoas se amontoavam.

Safire levantou, trêmula. Suas mãos seguiam atadas às costas. Chegou a ver a escotilha sendo fechada numa batida, lançando-a mais uma vez na escuridão.

— Onde eu estou? — ela perguntou.

— No porão do *Angélica* — um homem de voz grave e profunda respondeu da escuridão.

Aquilo não significava nada para ela.

— *Angélica*?

— Um navio que negocia carga humana.

— Para onde ele vai?

— Para bem longe daqui, moça.

Safire se virou na direção da voz.

— Como assim?

— O que ele quer dizer é que você foi vendida pela imperatriz — disse uma voz de mulher, mais distante. — É o que ela faz com criminosos insignificantes. É mais lucrativo do que aprisioná-los, claro. Ou matá-los.

As mãos de Safire estavam começando a ficar dormentes. A corda prendendo seus punhos estava muito apertada. Ela respirou fundo, tentando se concentrar. Precisava fazer um balanço da situação.

O que ela sabia até agora era que Eris corria sério perigo. Que Dax e Roa estavam nas garras da imperatriz. Que Asha em breve seria forçada a entregar a faca da Tecelã do Céu. E que ela estava presa em um navio que seguiria rumo a algum lugar esquecido pelos deuses de que nunca ouvira falar, onde seus amigos jamais a encontrariam.

Um som de manivela soou em volta deles. Pelo pouco tempo que havia passado em embarcações, Safire soube que estavam recolhendo a âncora. Assim que fosse totalmente erguida, seguiriam para o alto-mar.

Uma coisa de cada vez, ela pensou.

— Tem uma faca na minha bota — ela falou na escuridão. — Será que alguém pode me soltar?

Quarenta e quatro

SKYE. Era o nome gravado no seu fuso.

— Há quanto tempo está aqui? — Eris segurou as grades enquanto olhava para a mulher na jaula em frente à sua. Seu rosto e suas roupas estavam sujos de poeira e fuligem.

— Ah, criança. — O corpo pequeno de Skye se curvou com um suspiro sofrido. — Anos e anos. — Ela inclinou a cabeça, colocando-se cuidadosamente na beira da sua jaula, para que não começasse a girar. —Você parece familiar. — Ela estudou Eris gentilmente. — Quase como se...

— Por que você foi presa?

— Porque eu a desafiei. — O rosto de Skye ficou tenso. — Ela me declarou uma inimiga das ilhas da Estrela e me acusou de conluio com o Deus das Sombras. De criar uma aberração, que ela nunca desistiria de caçar. — A mulher semicerrou os olhos verdes, como se estivesse lembrando. — Tiraram minhas mãos para me punir. — Ela ergueu os dois braços decepados. — Mas não conseguiram tirar minha filha. Meu criado, Day, a escondeu.

O coração de Eris se apertou ao ouvir o nome.

— Day? — ela sussurrou. Era Day quem a fazia ficar no quarto quando havia visitas no scrin, ou então a enviava para as escarpas para colher plantas para tingimento. Como se ele não quisesse que fosse vista. — Day era o nome do homem que me criou — disse Eris, engolindo em seco.

Skye baixou os braços, encarando-a ferozmente agora.

— O que você disse?

Eris vacilou.

— Eu... fui abandonada. Day me encontrou nos degraus do scrin e convenceu os tecelões a me acolherem. — Se os luminas não tivessem pego o fuso que ganhara dele, ela poderia mostrá-lo a Skye.

A mulher se aproximou ainda mais das grades de sua jaula. Seus olhos verdes iam e vinham enquanto ela estudava Eris.

— Na noite em que Leandra se virou contra mim, entreguei três coisas para Day proteger com sua vida.

Eris foi tomada por uma urgência voraz.

— O quê?

— A faca que usei para trair o homem que amava.

Eris pensou na faca vendida para comprar sua entrada no navio.

— Uma chave disfarçada de fuso.

Eris apertou as grades, pensando no fuso que os soldados haviam tirado dela.

— E — Skye a encarou com olhos afiados como uma agulha — minha filha.

Eris engoliu em seco.

— Seu nome era Eris — Skye sussurrou. — É esse o seu nome, não é? — ela perguntou após o silêncio espantado que se seguiu.

Eris a encarou, sem ação, enquanto as peças se encaixavam no lugar.

Ela não passava de um bebê quando Day a encontrara nos degraus do scrin, envolta em um lençol azul. Ou assim ele dissera, anos depois, quando dera a ela uma faca para cortar espinhos na escarpa e um fuso para transformar lã em fios.

— Eu soube no momento em que a colocaram aqui — Skye sussurrou, sua expressão se tornando afetuosa enquanto admirava Eris. — Você se parece com ele. — Ela sacudiu a cabeça. — Day não a encontrou na escada do scrin. Ele a *levou* para lá para escondê-la da minha inimiga. Para mantê-la em segurança. Ele sabia que estavam procurando você.

Então aquele fora o motivo pelo qual Leandra o matara.

Eris se lembrava da noite em que o scrin queimara. De como logo antes de Leandra assassiná-lo Day olhara para as estrelas e sussurrara sua prece para a deusa das almas.

— É você. — Eris ficou pasma. — A Tecelã do Céu.

O silêncio de Skye confirmou sua suspeita.

Minha mãe.

Eris sentiu o coração apertar.

Ela não tinha sido abandonada. Tinha sido escondida e protegida.

Mas, se a Tecelã do Céu estava ali, trancafiada em uma jaula, quem estava costurando almas nas estrelas?

Quem salvaria as ilhas da Estrela da imperatriz?

— Day está morto — ela sussurrou. — Leandra o matou.

— Eu sei — Skye respondeu, com os olhos carregados de pesar. — Eris, me escute. — Sua voz brilhou como uma lâmina polida. — Você era a grande esperança de Day. Eu falhei em impedir Leandra. Mas você é filha das estrelas e das sombras. Não vai falhar. Day sabia disso, como eu sei.

Eris ergueu a cabeça. Mesmo se não estivesse trancada dentro de uma jaula, como poderia derrotar Leandra?

Skye se inclinou, indicando a porta lá embaixo.

— Muito tempo atrás, antes de você nascer, eu roubei algo do seu pai e escondi em plena vista — disse ela, baixinho. — Chegou o momento de devolver a ele.

Eris franziu a testa, pensando no fantasma do labirinto. Na sua resposta quando ela perguntara o que ele queria.

Suba na torre da Tecelã do Céu. Recupere minha alma. Depois a traga para mim.

— Você pegou a alma de Crow — ela falou em voz alta.

— Na época ele não era Crow — disse Skye, olhando para o colo. — Era... algo diferente.

Mas isso significa...

— Ele é o Deus das Sombras — Eris entendeu naquela hora.

Ao mesmo tempo, Skye dizia:

— Ele é seu pai.

Ambos eram a mesma pessoa.

De repente, tudo girava, e não era por causa das jaulas suspensas.

Eu o conheço, ela se deu conta, pensando no homem de cabelos escuros e olhos cinza. *Eu o conheci por todo esse tempo.*

Mas, se seus pais eram deuses, ela era o quê?

— Leandra sabe o que vai acontecer se o Deus das Sombras escapar da prisão. Ela vai fazer tudo a seu alcance para impedir que isso aconteceça. Por isso a caçou por toda a sua vida.

— A faca — disse Eris, pensando na arma que a namsara carregava. — Você escondeu a alma dele na sua faca.

A Tecelã do Céu assentiu.

— Está com você?

Eris sacudiu a cabeça.

— E eles pegaram o fuso. Então, mesmo se eu tivesse a faca, não seria capaz de fazer a travessia. — Ela desviou os olhos. — Não tenho como libertá-lo.

A Tecelã do Céu discordou.

— O fuso não é importante. Ele é uma chave que seu pai fez para mim quando eu era mortal, para que eu pudesse ir ao lugar que tinha construído para mim. Dei o fuso a Day porque era a única maneira como ele, um mortal, poderia fazer a travessia e escapar levando você. Mas *você* é filha do Deus das Sombras. E o Deus das Sombras caminha por onde quiser. Day precisava do fuso e das portas, assim como eu. Mas você não precisa dele. Pode ir aonde desejar, como seu pai.

— Mesmo com isso aqui? — perguntou Eris, mostrando as algemas de aço de pó estelar.

A Tecelã do Céu fez uma expressão de desânimo ao vê-las.

— Não. Com isso, não. Você precisa arrumar um jeito de se livrar delas.

Um ruído alto ecoou pelo ambiente, fazendo tanto Eris quanto Skye olharem para baixo, além das grades. A imperatriz havia chegado. Seus olhos cinza estavam fixos em Eris, ignorando completamente a Tecelã do Céu.

A jaula da garota sacudiu de repente, depois balançou enquanto os luminas tiravam a corrente do gancho que a prendia na parede. Enquanto começavam a baixá-la, Eris agarrou as grades de ferro e se virou para a Tecelã do Céu.

— Tem mais uma coisa — disse Skye, atenta à filha. — Seu pai me transformou em uma deusa para me salvar, mas ao fazer isso destruiu a garota que fui um dia. Mas você... você devolveu isso para mim... minhas lembranças, minha mortalidade.

Eris franziu o cenho, sem entender.

— Eu sou humana — disse ela, falando rápido agora. — Não posso mais costurar almas nas estrelas. Só uma deusa pode fazer isso.

— E, então, assim que ela desapareceu do seu campo de visão, Eris ouviu um sussurro: — Você pode fazer isso.

Eu?

Mas Eris não era uma deusa.

Ou era?

Quarenta e cinco

Era difícil para Safire determinar quanto tempo fazia que estavam no mar. Não existia nenhuma luz no porão do navio além dos lampejos ocasionais dos raios que chegavam pelas frestas do deque logo acima.

Ela libertara os outros prisioneiros das suas cordas havia muito tempo, e agora eles se arrastavam na escuridão, procurando qualquer objeto que pudesse ser útil contra quem estivesse no convés. Enquanto faziam aquilo, encontraram barris de água, garrafas de bebida, sacos de batata, peixes na salmoura e produtos em conserva. O mais próximo de uma arma que localizaram foi uma vassoura quebrada, que Safire entregou para uma garota vários anos mais nova do que ela. Alguns dos homens quebravam garrafas e as passavam adiante, uma vez que cortariam um homem com a mesma facilidade que qualquer faca.

— Logo que subirmos para o convés, precisamos usar o elemento surpresa a nosso favor. O objetivo não é uma grande luta, mas os derrubarmos o mais rápido possível. Assim que colocarem os pés no convés, não pensem. Só façam o que for preciso para levá-los para a borda do navio e jogá-los ao mar.

Ela ouviu um resmungo de concordância.

— Não tenham medo deles — disse um dos homens que tinha quebrado as garrafas, agora ao lado de Safire no escuro. Ele se chamava Atlas. — Mercadorias danificadas alcançam um preço menor ou perdem o valor. E é isso o que somos para eles: mercadorias. Farão todo o possível para não nos machucar.

Surpresa com aquilo, Safire olhou para Atlas, mas não conseguiu ver nada além de uma silhueta imprecisa.

— Eu não tinha pensado nisso — disse ela.

— Eu não era tão diferente deles assim um tempo atrás — disse Atlas. — Sei como pensam.

Agora o problema mais urgente era escapar daquele porão.

A tripulação do navio tinha retirado a escada que descia pela escotilha, e ela ficava alta demais para que uma pessoa sozinha conseguisse alcançá-la do chão.

Para resolver o problema, eles rolaram barris cheios de peixe salgado e colocaram as caixas de bebida, agora vazias, logo abaixo, criando degraus improvisados para alcançar a escotilha. Safire escolheu cinco pessoas para avançar com ela como primeira linha de defesa, enquanto outras cinco garantiriam que todo mundo saísse do porão.

Assim que todos estivessem no convés, fariam o que fosse necessário para se livrar da tripulação e tomar o navio.

Todos se posicionaram, e Safire pressionou as palmas na porta da escotilha. Estava prestes a empurrá-la quando alguém lá em cima gritou:

— Monstro!

Safire parou.

— Monstro marinho!

O grito de aviso ecoou pelo convés sobre a cabeça da Safire. A batida das botas correndo encheu seus ouvidos.

— Um monstro marinho vai nos afundar — disse uma voz perto de Safire.

Murmúrios de pânico tomaram conta do porão.

—Vamos nos afogar — disse mais um.
— Silêncio! — Safire ordenou. — Fiquem calmos.
Mas era tarde demais. A unidade do seu propósito em comum fora desfeita. Safire procurou se acalmar, ignorando o medo que transbordava dos prisioneiros à sua volta, e prestou atenção nos sons.

Ela sentiu a embarcação bater. O casco de madeira se quebrou sob um peso enorme e o pouco de luz das lamparinas que vazava para o porão desapareceu. Como se uma grande sombra a bloqueasse.

Safire ouviu o som de corpos sendo arremessados pelo ar. De homens e mulheres gritando enquanto eram jogados ao mar.

E então, cobrindo todo o resto, veio um rugido feroz.

O som deixou todos no porão arrepiados. Todos menos Safire. Ela o conhecia. Ele acendeu uma centelha de esperança dentro dela.

— Não é um monstro marinho — Safire percebeu. — É um dragão.

Aquilo não ajudou a acalmar o pânico.

De repente, a escotilha estalou do outro lado. O porão silenciou enquanto ela se abria e a chuva jorrava. A luz de uma lamparina se fez presente.

— Achei você.

Safire viu o rosto coberto de cicatrizes da prima. O cabelo escuro de Asha estava uma bagunça molhada e embolada pelo vento, e seus olhos pareciam ferozes quando examinaram primeiro Safire e depois a multidão de prisioneiros lá embaixo. Atrás de Asha, um grande olho amarelo apareceu. Kozu espiou dentro do porão, estudando as pessoas amontoadas. Várias delas recuaram. A garota com a vassoura ficou olhando boquiaberta o primeiro dragão, com suas escamas lustrosas da chuva.

— Está tudo bem — disse Safire. — Eles vieram ajudar.

Atrás de Kozu, o céu estava escuro e cheio de nuvens de tempestade. Faísca voava em círculos preguiçosos ao redor das velas ocres do barco.

Asha agarrou o braço da prima e a ajudou a sair, depois deu um abraço apertado nela. Suas roupas estavam ensopadas.

— Como me encontrou? — Safire sussurrou no seu ouvido.

Asha a soltou, depois se virou na direção do jovem com o timão. Torwin o segurava como se não tivesse ideia do que fazia.

Ao lado dele, brilhava um dragão branco com um chifre quebrado.

— Foi o Martírio — Asha explicou. — Torwin estava a caminho de Firgaard quando o dragão resolveu voltar do nada. Ele não conseguiu controlá-lo. Martírio nos encontrou no ar e começou a voar em círculos, estalando a língua furiosamente para Kozu e Faísca. Quando voou na direção do mar, nós o seguimos. Ele nos trouxe direto até você.

Safire franziu a testa, espiando os olhos escuros de Martírio, que agora parecia curioso a respeito dos prisioneiros amontoados nas sombras.

—Vocês se conectaram — disse Asha. — É a única explicação para ele saber onde você estava.

— Mas eu não sentiria? — Safire observou o dragão branco descer cautelosamente do convés superior até a entrada da escotilha, por onde os prisioneiros saíam.

—Vai ver ele não se conecta como os outros dragões — disse Asha, também de olho. — Talvez você nunca vá sentir. Ou talvez seja o tipo de ligação que fica mais forte com o tempo. — Ela se afastou de Martírio. — Pelo visto as coisas não foram bem lá na cidadela. Onde está Roa?

— Leandra a pegou.

Safire se lembrou de repente de toda a conversa com a imperatriz. Pensou no capuz sendo colocado nela. Nas últimas palavras de Leandra.

E, então, verei a filha do meu inimigo morrer de uma maneira lenta e agonizante.

— Ela também capturou Eris. E vai matá-la, Asha. Preciso encontrá-la. Leandra disse que ia levá-la para as escarpas imortais.

O comentário chamou a atenção de Asha.

— As escarpas imortais... De acordo com as histórias, o Deus das Sombras transformou Skye na Tecelã do Céu aos pés das escarpas imortais. Esse é o nome do ponto mais alto das ilhas da Estrela. Acima dos penhascos de barro vermelho ao norte de Eixo. Mas duvido que um barco possa chegar a tempo. — Ela olhou para a forma imensa de Kozu encolhida no convés. — Um dragão, por outro lado...

— Asha! — Torwin chamou através do vento e da chuva. — Temos problemas pela frente.

Ele tentava identificar algo vindo ao longe.

O estouro de um trovão fez todos se encolherem. Safire se juntou a Torwin enquanto um raio cruzava o céu, iluminando os contornos de outra embarcação vindo rapidamente na direção deles. Quando outro raio brilhou, Safire viu um homem no timão. A lamparina em sua mão iluminava uma cicatriz sobre o olho direito.

— Jemsin. — Safire fez uma careta.

Como se tivesse ouvido seu nome, o capitão pirata olhou diretamente para ela. Seus olhares se encontraram à distância.

— Podemos ajudar — disse uma voz ao lado dela. Era Atlas, o homem corpulento que quebrara as garrafas de bebidas e a ajudara a rolar os barris de peixe salgado no porão. Suas roupas estavam pingando e seu rosto estava molhado da chuva. Outros prisioneiros se posicionaram ao seu lado. — Já naveguei em barcos tão grandes quanto este — ele falou, indicando o timão com um movimento de cabeça.

Safire encarou novamente o mar. Havia algo de familiar naqueles penhascos ao longe. Com a luz do raio e a dose certa de concentração, ela podia ver as formas familiares flutuando na água.

Espíritos do mar.

— O cemitério de navios — ela murmurou, lembrando-se do que Eris dissera. Lembrando-se do conselho que Kor não seguira.

— Está vendo ali? — disse Safire, apontando para as formas escuras nas ondas. — Tem rochas logo abaixo da superfície. Elas abrem um buraco nos cascos e os barcos se tornam presas fáceis para os espíritos do mar. — Os mastros do navio de Jemsin ficavam mais próximos a cada instante. — Se puder contorná-los, talvez consiga atrair aqueles piratas direto para o cemitério de navios.

Quando ela se virou novamente, Atlas já havia tirado o timão de Torwin, que via Asha montar Kozu.

Martírio olhou para Safire do outro lado do convés escorregadio, com as asas abertas, pronto para voar. Ela foi até ele com cinco passos largos e o montou.

Um instante depois, assentiu para Asha.

Juntos, seus dragões voaram para a tempestade.

Quarenta e seis

O SOLDADO FEZ A JAULA de Eris parar em um tranco. De onde estava, ela viu a imperatriz analisando a única outra jaula ocupada.

— Baixe-a também.

Um lumina desenganchou a jaula de Skye e a desceu lentamente. A corrente rangeu e resmungou até o fundo da jaula atingir a plataforma com um baque metálico.

— Eu devia forçar você a olhar. — A imperatriz olhou Skye de cima a baixo, observando seu vestido imundo e seu cabelo embolado. Como se a mãe de Eris fosse inferior a ela. — Devia mostrar a consequência do seu crime em primeira mão.

Skye a encarou de volta, por trás das grades. Para alguém aprisionada por longos dezoito anos, alguém que tivera as próprias mãos decepadas pela inimiga à sua frente, não havia traço de ódio ou desprezo em seus olhos. Somente pena.

Ela não disse uma palavra para a imperatriz. Em vez disso, virou-se para Eris.

— Lembre-se de quem você é — disse ela, seus olhos verdes intensos. — Minha filha. A esperança de Day. A herdeira do seu pai, a filha das sombras e das estrelas.

A imperatriz grunhiu um comando. Em um instante, eles forçaram Eris a se afastar de Skye e sair da prisão. Ela olhou para trás no momento em que fechavam a porta, separando-a da sua mãe.

Enquanto marchavam pela cidadela sob a luz do dia, Eris pensou em tudo o que sua mãe dissera. Na alma do Deus das Sombras escondida em uma faca, em como precisava devolvê-la a ele para libertá-lo da sua prisão. Mas Eris não estava com a faca. E, mesmo que estivesse, as algemas de aço de pó estelar nos seus punhos a impediam de fazer a travessia para entregá-la a ele.

Não havia nada que pudesse fazer.

Eles a colocaram no dorso de um cavalo e marcharam com ela pelas ruas de Eixo. Mais e mais pessoas iam ver a recém-capturada Dançarina da Morte, curiosas quanto à perigosa fugitiva que tinha escapado da imperatriz por tanto tempo.

Quatro luminas seguravam as correntes presas a algemas de Eris, dois na frente dela e dois atrás, para impedi-la de fugir.

— Para onde estão me levando? — ela perguntou ao soldado mais próximo quando passaram pelo posto final na borda da fronteira de Eixo, deixando a cidade e seus cidadãos para trás.

O soldado não respondeu, só apontou para a estrada de terra diante deles. Eris observou a estrada, que seguia cada vez mais alta até as escarpas.

Ela sabia o que ficava no alto daquelas escarpas e o que acontecia com os criminosos levados até lá.

Sabia o que iam fazer com ela.

Quando a chuva começou, a cidade já tinha ficado bem para trás. Pouco tempo depois veio uma tempestade, escurecendo o céu.

Conforme alcançavam o ponto mais alto, onde o declive constante de pedras cinza se nivelava em um prado úmido, Eris viu o mar. Enquanto admirava aquela vastidão, percebeu quão sozinha estava. Com sua mãe trancada em uma jaula e seu pai, o Deus das Sombras, aprisionado em um lugar aonde ela não conseguia chegar.

Safire partira fazia muito tempo, ou assim Eris esperava, e estava muito longe dali.

Ela tinha a si mesma.

Mas aquilo não era nenhuma novidade. Sempre tinha sido assim. Seu grande talento era ficar sozinha.

Mas, conforme o chão se nivelava, enquanto eles a conduziam pelo prado na direção dos penhascos, Eris se pegou perguntando se as coisas poderiam ter sido diferentes. Como sua vida teria sido se nunca tivessem incendiado o scrin? Se ela nunca precisasse fugir?

Quem ela seria?

Quem gostaria de ser?

Um trovão sacudiu a terra enquanto eles a conduziam pelo prado, cada vez mais perto da beira do penhasco. Enquanto raios serpenteavam no céu, ela tentou estimar a distância do topo das escarpas até a água lá embaixo. Diferentemente dos penhascos brancos e leitosos perto do scrin, aqueles eram vermelhos de barro e consideravelmente mais altos. Não havia rochas pontiagudas esperando por ela. Ou então estavam submersas.

Se não houvesse nenhuma rocha esperando embaixo das ondas estourando, *talvez* fosse possível sobreviver a uma queda daquela altura. A probabilidade certamente seria maior do que a de sobreviver ao que a imperatriz tinha planejado para ela.

Mas Eris não teve tempo de contemplar a ideia. Os soldados a giraram, colocando-a de costas para o mar, e forçaram suas mãos sobre uma placa de pedra comprida, escorregadia por causa da chuva. Na luz das tochas crepitantes, ela viu que o chão sob a placa era de terra nua, como se nada crescesse ali havia anos. Diretamente à frente de Eris, algum tipo de grade de aço fora curvada e encaixada na pedra. Com qual propósito, ela não sabia dizer.

Leandra parou diante da garota, com uma espada de aspecto perverso embainhada nas costas. Mais soldados acompanhavam a imperatriz, alguns deles observando Eris, outros tomando conta do perímetro.

O trovão estourou e o relâmpago cintilou. Enquanto a chuva caía, Eris pensou na queda do penhasco até as ondas.

Possível, pensou Eris. *Mas não provável.*

Na sua frente, um lumina segurava a corrente presa nas algemas de aço de pó estelar, mantendo as mãos retas sobre a placa de pedra. Havia outro lumina atrás, mantendo-se entre ela e o penhasco.

Leandra sacou a Decepadora da bainha às suas costas. Eris nunca a tinha visto, mas conhecia as histórias. Era uma lâmina letal feita de aço de pó estelar, que conseguia atravessar o osso com um único golpe.

O cabelo da imperatriz pingava por causa da chuva, e Eris via a silhueta de sua jaqueta cinza justa. Assim que ela se aproximou da placa de pedra, Eris entendeu o que aconteceria.

Eles não podiam correr o risco de mantê-la viva. Eris era a única que sabia como libertar o Deus das Sombras. A única que poderia salvar as ilhas da Estrela da mentirosa que ocupava o trono.

Aquele era o motivo pelo qual não havia nenhum médico ali. Ou qualquer coisa para cauterizar uma ferida.

Eles iam cortar suas mãos fora e abandoná-la para morrer.

Eris não podia deixar aquilo acontecer. Contemplando a queda de centenas de quilômetros às suas costas, ela calculou o que seria preciso para chegar lá. Se pudesse criar algum tipo de distração antes que a Decepadora descesse, talvez fosse capaz de soltar sua corrente, jogar-se do penhasco e rezar para sobreviver.

Enquanto a imperatriz se preparava, Eris estudou o soldado segurando as correntes das algemas à sua frente. Ver os lábios dele se curvando num sorriso de escárnio era a motivação que lhe faltava. Ela se jogou por cima do altar, direto sobre ele. O soldado grunhiu enquanto o corpo pequeno dela expulsava o ar dos pulmões dele.

Em seu choque, soltou as correntes. Recuperando o equilíbrio, Eris olhou para o penhasco, para o mar e para o céu além dele.

Liberdade.

Eris voou rumo a ela. Pronta para pular. Pronta para cair. Pronta para se precipitar sobre as rochas se chegasse àquilo, porque pelo menos seria uma morte nos *seus* próprios termos, e não nos da imperatriz.

Alguém agarrou a parte de trás da sua camisa antes que ela chegasse à borda. A gola a estrangulou com força, quebrando seu impulso. Giraram seu corpo e a jogaram violentamente para baixo, segurando seu rosto contra a pedra fria do altar e usando o próprio peso para mantê-la pressionada. Esmagando-a.

— Segurem firme — Eris ouviu a imperatriz dizer enquanto tentava respirar. — Vamos tirar uma de cada vez...

A algema se abriu com o toque gelado da imperatriz. Por um momento delirante, ela pensou que a imperatriz tinha mudado de ideia. Que ia libertá-la.

Mas, quando a pressão nas suas costas desapareceu e Eris tentou se mover, levantar-se, fugir novamente, descobriu que não conseguia. A algema que prendia seu punho esquerdo um instante antes agora estava presa em volta da barra curvada encaixada no altar. Mantendo-a como prisioneira. Impedindo-a de fugir.

Não, não, não...

Em pânico, Eris puxou, torceu e esticou a corrente. Seus olhos se encheram de lágrimas ao perceber que não havia escapatória.

Quarenta e sete

A TEMPESTADE PIOROU.

Enquanto Safire e Asha voavam cortando a chuva, as nuvens ficaram negras. Logo, a tempestade as alcançou. Raios pareciam acertar todos os lugares por onde passavam. A qualquer momento, poderiam atingir Martírio e Kozu.

— Não vamos conseguir! — Asha gritou mais alto que o barulho da chuva. — Os dragões não podem subir mais do que isso sem arriscar nossas vidas.

Safire mantinha o olhar fixo nos penhascos vermelhos e lisos à distância. A chuva cutucava seu rosto e suas mãos. Ela estava perdendo a sensação nos dedos.

— Me leve o mais perto que conseguir — Safire sussurrou, estalando a língua para Martírio, que avançou com ela pela tempestade.

Kozu seguiu logo atrás.

Conforme os penhascos se aproximavam, Martírio começou a subir, parecendo seguir para o cume. De repente, uma onda de luz e calor cegou Safire temporariamente. Ela gritou junto com o rugido de Kozu, e então eles estavam meio caindo, meio manobrando para a lateral para desviar do raio.

Safire envolveu com força o pescoço de Martírio, fechando os olhos enquanto se agarrava nele.

De repente, foi jogada para a frente. Houve uma batida, provocando uma chuva de pedras e terra vermelha, enquanto Martírio tentava pousar em um precipício que se mostrava frágil demais para aguentá-lo. Kozu pousou mais adiante, em um terreno ainda mais instável.

Em breve eles teriam que mergulhar novamente na direção do mar. Safire conseguia ver o alto dos penhascos dali, envolto pela neblina. Sabia que os dragões não chegariam mais perto.

Assim, ela soltou Martírio, pôs as pernas para o lado e deslizou pelo couro escamoso do dragão.

— Saf! — Asha gritou.

Seus pés tocaram no chão, que tremeu e balançou enquanto mais pedras deslizavam.

— Encontre algum lugar mais seguro para pousar! — Safire gritou de volta, abaixando-se para desviar das asas de Martírio batendo. Cuidadosamente, começou a escalar o precipício que se esfacelava, subindo para encontrar um patamar mais alto e mais firme.
— Vou lá pra cima!

Ela contemplou o espaço entre o afloramento que se desfazia depressa e a grande pedra que parecia firme além dele. Preferiu não olhar para baixo enquanto mais rochas caíam na água. Simplesmente pulou com todo o impulso.

Ela aterrissou firmemente. Virou para trás e viu Martírio saltando para a chuva, enquanto Kozu continuava para trás, batendo as asas imensas.

— Você precisa de uma arma! — Asha gritou na chuva, desafivelando algo no cinto. — Leve isso!

O metal da faca da Tecelã do Céu brilhou quando Asha a lançou no ar. Safire segurou a estranha lâmina fria com as duas mãos, depois a prendeu no cinto. Em seguida, viu Asha dando uma última olhada para trás enquanto Kozu mergulhava na névoa abaixo deles.

Safire correu para o cume. Enquanto relâmpagos reluziam ao seu redor, ela abriu caminho pelas árvores. Quando a floresta se abriu e o terreno se nivelou, ela os viu. Ou melhor: viu a lâmina prateada brilhante nas mãos firmes da imperatriz.

Eris estava ajoelhada diante de uma placa de pedra, acorrentada como se fosse ser sacrificada.

Havia um campo inteiro entre elas. Nele, posicionados entre Safire e Eris, havia uma dezena de luminas, todos sacando suas armas.

Seu coração acelerou. Ela sabia que não chegaria a Eris a tempo. Sabia que não conseguiria chegar a ela de modo algum.

— Eris! — Sua voz lutou contra o vento e a chuva enquanto ela sacava a faca da Tecelã do Céu. Não era uma faca de arremesso, mas não importava.

Apesar do vento e da chuva, apesar da distância cobrindo a campina, Eris olhou.

E a viu.

A imperatriz também. Safire ouviu Leandra gritar suas ordens. Viu os soldados avançarem na sua direção. Mas a atenção de Safire estava em Eris. Ela apertou o cabo da faca da Tecelã do Céu.

Em seguida, arremessou-a.

Quarenta e oito

A FACA DA TECELÃ DO CÉU caiu próxima de Eris, a lâmina cravada pela metade na terra.

Um momento antes de Safire a chamar, ela já havia sucumbido ao desespero. Podia tentar o que fosse, mas eles arrancariam suas mãos do mesmo jeito. Assistiriam à sua morte, no alto das escarpas. Por que se importar em lutar?

Mas então Safire gritara seu nome. Eris olhara.

E tudo mudara.

Com a faca fincada na terra ao seu lado, Eris tinha o que precisava para libertar seu pai.

Só não tinha como chegar até o Deus das Sombras.

Você não precisa dele, sua mãe dissera, falando do fuso.

Mas, mesmo se Eris fosse capaz de atravessar sem o fuso, ainda ia precisar se livrar da algema de aço de pó estelar no punho direito, prendendo-a daquele lado da névoa.

A imperatriz deixou Safire para lá, sorrindo com prazer. A vitória era dela.

Quando a Decepadora foi erguida, brilhando na chuva, Eris olhou para a garota do outro lado da campina. Uma garota desarmada que enfrentaria os luminas que avançavam. Uma garota que retribuía seu olhar.

Safire tinha vindo ajudá-la.

E, apesar de apavorante, Eris percebeu de repente que *havia* um jeito de chegar no Através. Mas somente um.

Foi por isso que, quando a Decepadora desceu, zunindo pelo ar, ela não gritou. Não se desesperou.

Eris viu acontecer — *deixou* acontecer — antes mesmo de sentir: o aço cortando sua carne, depois os tendões e, por fim, o osso. Viu sua mão direita ser decepada. A mão que usava para roubar, fiar e tecer.

A algema de aço de pó estelar foi embora com a mão, caindo na pedra. Sobre o sangue que já estava se acumulando.

Eris observou, aturdida a ponto de ficar paralisada, mas só por um momento.

E, então, a voz da sua mãe ecoou na sua mente.

Lembre-se de quem você é.

Eris olhou da mão decepada para a faca fincada na terra.

Minha filha. A esperança de Day. A herdeira do seu pai.

Ela não estava sozinha.

Nunca estivera.

Abaixando-se, agarrou a faca com a outra mão e fez a travessia usando somente sua vontade. Para sua surpresa, a névoa se formou ao redor dela, prateada e brilhante, chamando-a para longe dos horrores daquele lugar.

E Eris caminhou por ela.

Quarenta e nove

A DOR VEIO DE UMA SÓ VEZ, trazendo com ela toda a verdade do que acontecera. Do que tinha perdido. Enquanto atravessava a névoa e entrava no labirinto, ela cambaleou e caiu. Gritando com o choque avassalador, deixando a faca cair no chão.

Tinha perdido sua mão direita.

Para sempre.

Foi só quando alguém segurou seus ombros que Eris voltou a si. Para a dor, o sangue e a faca no chão. E, depois, para o homem de pé diante dela.

— O que você fez? — disse Crow, seu rosto branco como os penhascos de cal do scrin.

— Trouxe a faca pra você. — Eris o encarou, segurando o braço mutilado e sangrando sobre o colo. — Era o único jeito.

Crow se ajoelhou, com os olhos tomados pelas lágrimas.

— Minha filha. — Pela primeira vez, Eris se permitiu ouvir aquelas palavras. *Minha filha.* Ela pertencia a alguém. Era querida. Crow acariciou seu rosto, olhando fundo nos seus olhos. — Esse fardo não era seu.

Mas eu escolhi carregá-lo, ela pensou, lembrando-se da mãe olhando para a imperatriz com pena apesar de tudo o que fora tirado dela. Lembrando-se de Day e de todos os outros que tinham arcado com o fardo de algo muito maior do que eles.

O labirinto se turvou ao seu redor. Eris se sentiu tonta de repente.

Tentou se concentrar em Crow, tentou se ver no rosto dele do mesmo modo que Skye o vira no dela. Mas seu pai deslizava para longe. Tudo estava se afastando dela.

Havia perdido muito sangue. Ia sangrar ali, longe do mundo, sem uma chance de se despedir...

Crow a trouxe para junto de si, segurando Eris gentilmente. Enquanto ela deslizava para mais longe, pensou: *Como é bom ser amparada.*

— Não posso restaurar sua mão — ele sussurrou. — Mas posso dar outra coisa a você.

Crow mudou, voltando a ser a sombra que Eris conhecera de início. A escuridão a engoliu e, conforme afundava, a dor a abandonou. Ela estava pronta para partir, para entrar sozinha pelos portões da morte, quando as sombras voltaram a ser um homem, e Eris viu que ainda estava de joelhos, nos braços do seu pai.

Ela viu seu punho cortado agora curado e arredondado. Como se tivessem se passado anos. Então o ergueu, analisando-o. Apesar de ainda ser penoso ver que sua mão tinha sido decepada, não havia mais dor. Nem sangue.

Ela estava viva.

Crow beijou sua cabeça e a soltou. Ele levantou, pegando a faca. Por alguns momentos, olhou para ela, enquanto seus olhos ficavam pretos. E então, com um grito ensurdecedor, ele esmagou a faca com seus pés.

Cinquenta

Safire ouviu a lâmina descer. Ouviu o som apavorante de carne e osso sendo partidos, e sentiu seu coração se partir junto.

— Eris — ela sussurrou, sem se importar que oito luminas se aproximassem e a cercassem.

Ela precisava alcançá-la.

Safire encarou os soldados encharcados de chuva, com seu sangue zunindo, pronta para lutar. Tudo o que precisava fazer era desarmar *um* deles. Ela os estudou rapidamente e escolheu o mais novo e provavelmente mais inexperiente. Investiu contra ele, seus punhos dançando. Então a tempestade mudou de direção subitamente.

O chão tremeu. Relâmpagos acertaram a campina em vários lugares ao mesmo tempo, cegando-a pela segunda vez. A descarga arrepiou os pelos dos seus braços. Quando sua visão clareou, todos os oito luminas estavam mortos no chão. E havia alguém parado ao seu lado.

Safire olhou para Eris, com seu cabelo claro sacudindo sobre o rosto na tempestade, seus olhos verdes brilhando.

— Mas você... — Safire olhou para baixo, com o coração quase parando. Eris perdera a mão direita, mas seu punho já estava cicatrizado.

Safire ia abraçá-la quando um grito repentino interrompeu o

momento. As duas se viraram naquela direção. Uma sombra mais escura que Kozu pairava do outro lado da campina, ficando maior, reunindo a escuridão ao seu redor, absorvendo o poder da tempestade. Relâmpagos reluziram através da sombra, iluminando a silhueta de um homem.

Insegura e amedrontada, Safire segurou a mão de Eris com força.

— O Deus das Sombras está livre — murmurou Eris. — Ele voltou para consertar as coisas.

Leandra se ajoelhou diante dele, implorando. Seu grito foi seguido de outro som, o esmagar horripilante de vários ossos ao mesmo tempo.

Os relâmpagos e trovões pararam.

A escuridão se dissipou.

Quando Safire voltou a olhar, alguém chegava na campina. Ela olhava com determinação na direção do Deus das Sombras, como se ele fosse a única coisa que via.

— Essa é minha mãe — sussurrou Eris, mais para si do que para Safire.

Ao vê-la, o Deus das Sombras pareceu voltar a si. Ele se afastou da imperatriz caída, quebrada na terra, e seguiu na direção da mulher.

Então parou de repente, tremendo. Como se ele, um deus do caos e da destruição, estivesse prestes a chorar.

A mulher não parou. Acelerou o passo enquanto chamava o nome dele.

O Deus das Sombras deu um passo na direção dela. Depois outro. A cada um, ia deixando de ser uma sombra e se tornando mais humano. Finalmente, a mulher o alcançou. Eles ficaram lá parados, olhando um para o outro por um longo tempo. E então, bem devagar, o Deus das Sombras gentilmente segurou o rosto de Skye.

Cinquenta e um

Seis semanas depois...

Safire se agachou enquanto a espada de treinamento passava assoviando por cima da sua cabeça. Estava quase amanhecendo, e o telhado estava iluminado pelo brilho das lanternas.

—Vou ao campo de treinamento hoje — disse Asha, recuando, quase na beira do telhado. Ela moveu o punho, girando sua arma de madeira. — Vamos começar em breve a construir. Quero que dê uma olhada nas plantas da nova escola e me diga o que achou.

—Vou tentar — disse Safire, pensando em todas as coisas que precisava fazer antes que ela e Roa fossem para a savana no dia seguinte.

Várias semanas tinham se passado desde que o Deus das Sombras derrotara Leandra. Após testemunhar a morte da Deusa das Marés, Safire tinha voado direto para Eixo e descoberto que Roa já tinha se libertado e salvado Dax da prisão da imperatriz.

Porque a rainha-dragão era simplesmente brilhante.

— Martírio sente sua falta — Asha a pressionou.

Safire assentiu, com a atenção dividida. Estava pensando em Eris.

O convite que havia feito à antiga Dançarina da Morte, de voltar a Firgaard, fora recusado. Com os luminas desfeitos e a imperatriz morta, havia muito trabalho a fazer, e o lugar de Eris era nas ilhas da Estrela.

Safire entendia aquilo. Afinal, ela também tinha um lugar a ocupar em Firgaard.

Mas aquilo não queria dizer que não doía.

Quando Eris não passava de uma ladra impossível de ser capturada, que roubava objetos preciosos de baixo do nariz de Safire, ela a detestava. Agora, desejava aquela presença familiar a seguindo pelos corredores do palácio. Só que não havia mais nenhuma ladra pirata a observando das sombras. Ela não tivera notícias de Eris desde o dia em que tinham se despedido.

Agora que um novo governo estava em vias de ser escolhido nas ilhas da Estrela, Dax voltaria para ajudar a supervisionar a votação, enquanto Safire e Roa viajariam para as savanas com mais ração. Dagan e outros pescadores das ilhas da Estrela tinham enviado uma segunda remessa de peixes salgados, junto com sacos de trigo e caixas de vegetais, para suprir os nativos até que as novas sementes produzissem sua primeira colheita. Graças à generosidade dos pescadores, o pai de Roa estava quase totalmente restabelecido, e o médico comunicara que Lirabel e seu bebê haviam recuperado a saúde.

Asha atacou com a espada de madeira, dissipando os pensamentos de Safire.

Na luz dourada das lanternas, Safire avançou sobre a prima, que desviou com facilidade e rapidez.

Embora tivessem a mesma altura e estrutura física, Safire sempre fora mais forte, mais rápida e mais ágil. Asha era boa em caçar e matar sua presa. Safire era boa no combate corporal. Naquele dia, porém, Asha anulava os golpes de Safire com tranquilidade.

Ela recuou, frustrada. Normalmente, àquela altura, teria passado por todas as defesas de Asha.

— Você devia levá-lo com você — Asha disse enquanto saía do alcance do ataque seguinte de Safire, rebatendo-o sem problemas.

— Quem?

— Martírio. — Asha sacudiu a cabeça, baixando a espada de madeira. — Não ouviu nada do que eu falei?

Safire recuou, limpando o suor da testa enquanto Asha franzia a testa. Além delas, os domos de cobre e as torres ornamentadas com filigranas de Firgaard brilhavam calorosamente ao sol nascente.

— Desde que voltou das ilhas da Estrela — Asha continuou —, não tem sido você mesma.

Aquilo, Safire dizia a si mesma, se devia ao fato de não ser mais a comandante do rei. Ela não tinha obrigações e, portanto, nenhuma rotina. Sentia-se à deriva.

— Saf. — Asha derrubou a espada das mãos da prima. Ela caiu com um som seco nas pedras, tirando-a dos seus pensamentos.

Safire olhou para o pátio do palácio lá embaixo para conferir se alguém testemunhara sua derrota patética, mas era muito cedo. Os criados estavam levantando agora de suas camas.

Só Safire e Asha estavam lá.

E então, de repente, ela tomou uma rasteira. Suas costas bateram no chão. Safire gemeu de dor. Viu Asha se agachando perto dela, com a ponta da espada de treino pressionada contra sua clavícula.

Safire olhou para a prima, atordoada pelo golpe.

Asha também parecia surpresa.

Em todos os anos treinando juntas, a namsara nunca a tinha derrotado.

— Golpe novo — Asha explicou. — Andei praticando com Torwin.

Safire franziu o cenho.

— Incrível. Já pode dizer a ele que funcionou. Agora se manda.

— Ela estava prestes a empurrar a prima quando alguém na beira do telhado atraiu a atenção das duas.

O rei-dragão subia a escada para o terraço. Suas mangas estavam arregaçadas acima dos cotovelos e seus cachos estavam despenteados, brilhando sob a luz do sol. Parecia que ele tinha acordado com o treino delas e pretendia colocá-las de volta na cama.

— Que ótimo. Uma testemunha. — Asha riu para Safire. — Agora não vai poder negar quando eu contar para todo mundo que derrubei você no chão.

Daquela vez, Safire realmente a empurrou.

— Asha? — disse Dax. — Pode me dar licença para eu falar com Safire a sós?

O sorriso da namsara desapareceu. Ela viu que Safire evitava o primo, olhando para as montanhas da Fenda.

— Não vai demorar.

Asha pegou as duas espadas e se retirou.

— Dê uma passada no campo de treinamento antes de ir para a savana — ela disse ao passar por Safire.

Sua prima assentiu.

No silêncio que se seguiu à partida de Asha, Dax se juntou à sua antiga comandante na beira do telhado.

Safire olhava para os próprios pés.

Ela e o rei mal tinham se falado desde o dia da discussão, quando Dax a destituíra do seu cargo. Agora, sempre que estavam sozinhos, fazia-se um silêncio incômodo entre eles. Safire vinha mantendo distância, tentando evitar aquilo.

— Acho que devemos conversar sobre o que aconteceu nas ilhas da Estrela.

Safire se abraçou, olhando a cidade.

— Sério, Dax, não precisa. Prefiro deixar isso para trás.

— Eu queria me desculpar — disse ele.

Safire ergueu a cabeça, estudando-o.

— Como assim?

Então foi Dax quem pareceu encabulado.

— Eu devia ter confiado em você. Se tivesse...

—Você estava numa posição terrível. Fez o que julgou ser preciso. Eu entendo.

— Não. É mais do que isso. — Eles se entreolharam. — Me deixe explicar.

Safire assentiu para que continuasse.

— No primeiro dia em Eixo, eu vi esperança nos olhos de Roa quando Leandra ofereceu ajuda. Naquele momento, jurei fazer o que fosse preciso para garantir que as sementes fossem para a savana. Não podia deixar o povo na mão outra vez. Não podia decepcionar Roa. Mas minha determinação em não falhar... cobrou seu preço. E esse preço foi você. — Ele engoliu em seco. — Não ter acreditado em você foi a maior vergonha da minha vida. O fato de que confiava em Eris devia ter bastado para que eu confiasse também. Venho pensando num jeito de compensar você por isso, mas não sei se existe um. Eu te decepcionei, e sinto muito por isso.

Safire ficou lá parada, sem saber o que dizer.

— Queria renomear você minha comandante — disse ele. — Se ainda quiser, claro.

Safire estava quase dizendo sim, porque era claro que queria. Comandar o exército, treinar os soldats, proteger o rei e a rainha — ela havia nascido para aquilo.

Safire abriu a boca para aceitar, mas algo a impediu.

Não tem sido você mesma, Asha havia dito.

O motivo daquilo era não ser mais a comandante do Dax? Ou alguma outra coisa? Afinal, Asha tinha provado que não precisava mais de Safire. Ela tinha Kozu, o primeiro dragão, para protegê-la. Tinha Torwin para apoiá-la.

No fundo, Roa e Dax tampouco precisavam de Safire. Tinham um ao outro, sem falar nos seus guardas leais, além de todo o apoio do reino.

Safire olhou novamente para a cidade lá embaixo.

No passado, aquilo era tudo que ela queria: ter uma vida livre do medo no lugar que chamava de casa, e o poder de proteger as pessoas que amava. Tinha passado a vida inteira querendo pertencer a Firgaard, ao palácio, ficar na companhia de Asha e Dax. E, apesar de saber que sempre haveria um lugar para ela ali, que sempre estaria ligada aos primos pelo sangue, pela amizade e pelo amor, Safire se perguntou pela primeira vez se aquilo bastava.

Ou se seu futuro estava em outro lugar.

Nas seis semanas anteriores, ela se pegara sentindo saudade de ilhas envoltas em neblina. Sentindo falta do som do mar. Desejando imensamente uma garota que não muito tempo antes a seguira como uma sombra pelos corredores do palácio.

— Quero muito isso — Safire respondeu. — Mas existe outra coisa que eu quero ainda mais. E preciso ir atrás dela.

Dax ia falar alguma coisa, mas entendeu pela expressão da prima o que ela queria dizer, e acabou sorrindo.

— Muito bem então. — Ele olhou na direção da Fenda. — Aí está a sua chance.

Safire olhou na mesma direção. Um dragão com escamas cor de marfim voava pelo céu, descendo para o campo de treinamento com suas asas esticadas.

— Martírio — Safire murmurou, aproximando-se mais da beira do telhado.

Não demorou muito e o dragão passou voando por cima deles. Ao ver Safire, ele mergulhou para o telhado. Ela e Dax se abaixaram, saindo do caminho do dragão que pousava, espalhando pedras ao bater as asas em pânico. Ele quase foi parar direto na outra ponta do terraço, mas conseguiu se equilibrar e se virou, firmando as garras no beiral.

Martírio tremia levemente enquanto espiava Safire com seus olhos de um preto intenso. Cidades o deixavam nervoso.

— Você não foi até ele — disse Dax. — Então, pelo visto, ele veio até você.

Safire se aproximou do dragão e pousou a mão no pescoço escamoso e quente de Martírio. Ao sentir o toque de Safire, a criatura parou de tremer.

— Talvez ele não seja o único esperando uma visita — disse Dax calmamente atrás dela.

Safire se virou para o primo.

—Vá — ele disse, sorrindo. — Estaremos aqui quando precisar.

Cinquenta e dois

Seis semanas depois...

Nas semanas que se passaram desde que tinha libertado o Deus das Sombras, Eris aprendeu que, embora fosse difícil tecer sem uma das mãos, estava longe de ser impossível.

Ela acabou comprando um gancho para prender no punho. Usá-lo às vezes a machucava, e fora difícil se acostumar, mas ele já estava se mostrando útil. Ela ainda precisava de ajuda para coisas como se vestir e cortar a própria comida, mas estava começando a se acostumar com aquilo também: depender dos outros.

No começo, sua mãe ficara com ela, mostrando-lhe o que fazer. Eris aprendeu rapidamente que fiar almas não era tão diferente de fiar lã, e assim que ela se sentiu confiante para fazer o trabalho por conta própria, Skye começou a reconstruir o scrin, depois recrutou tecelões, fiadeiras e tintureiros para ocupar o espaço. De modo que sempre havia aprendizes para ajudar Eris, caso ela precisasse.

Ela vivia tão cercada de gente agora que às vezes sentia falta de estar sozinha.

Certa manhã, após uma noite longa e frustrante tecendo, Eris jogou a lançadeira longe e resmungou. Tinha sido uma jornada de trabalho daquelas. Ela continuava esquecendo que sua mão direita não estava mais lá.

Acontecia com frequência, e a sensação era tão forte que Eris sentia cada dedo como se ainda existisse. Como fantasmas, eles a assombravam. Cada vez que acontecia, ela tinha que aceitar novamente o que havia perdido.

Eris afastou a tristeza e largou os fios. Alongou-se ao se afastar do tear. Suas costas doíam, as mãos tinham espasmos e sua visão estava começando a nublar por causa da luz tênue da lamparina a óleo. Olhando para o scrin pela janela, ela viu o sol nascendo sobre as ilhas da Estrela, sua luz dourada iluminando a neblina. Mas era o que estava além daquela neblina que Eris queria.

Ao longo de dezoito anos, enquanto sua mãe estava na prisão de Leandra, ninguém fiara as almas nas estrelas. Como resultado, ela precisava correr atrás do tempo perdido.

Mas o trabalho ainda estaria lá ao anoitecer. E Eris também, porque havia escolhido aquilo. Ela *queria* aquilo.

Naquele momento, porém, o mar estava chamando.

Então, Eris levantou do banco e desceu a escada do mezanino recém-construído, onde tinham refeito o tear da Tecelã do Céu. Andando na ponta dos pés entre os aprendizes, que começavam a acordar para o café da manhã, Eris saiu para o jardim. Atravessou a campina que brilhava com o orvalho, observando a neblina evaporar com o calor do sol nascente, depois seguiu para o cais do scrin, escondido numa enseada tranquila. Um barco à vela usado para entregas sacudia gentilmente com o balanço da arrebentação. Quando não estava em uso, pertencia a Eris.

Pouco antes de entrar, ela sentiu um arrepio familiar na nuca. Uma rajada de frio percorreu sua espinha. Quando se virou, descobriu que não estava sozinha.

Olhos injetados de sangue a encaravam.

Seu coração bateu mais rápido e mais forte. Ela recuou rapidamente ao ver o convocador pairando à sua frente, suas asas preto-azuladas ocultando sua verdadeira forma. Eris escondeu o gancho nas costas, um hábito adquirido recentemente.

— O que Jemsin pode querer de mim? — Eris falou, tentando aparentar mais coragem do que sentia.

— Os ossos dele estão no fundo do oceano, Tecelã do Céu.

— Como? — ela sussurrou, chocada com a novidade.

— Os amigos da sua garota o atraíram para o cemitério de navios — o convocador disse em tom rouco. — A tripulação dele foi comida. O navio afundou. Nem Jemsin nem eu vamos voltar a incomodar você.

Eris baixou a mão com o gancho.

— Achei que deveria saber — ele concluiu.

Eris engoliu em seco, assentindo.

— Obrigada — disse ela, enquanto o convocador desaparecia nas sombras.

Sozinha, Eris pensou em Jemsin. O homem que tinha sido seu salvador e captor agora estava morto. Teria ela já fiado sua alma em uma estrela? O pensamento a fez perceber que não guardava sentimentos ruins em relação a ele. Só desejava que descansasse.

Amigos da sua garota...

Por um momento, Eris olhou para o sul do Mar de Prata, pensando em Safire. Semanas atrás, achara que ela talvez escolhesse ficar. Mas Safire se despedira, embarcara no navio de Dax e voltara para Firgaard.

Eris entendia a decisão. A vida inteira de Safire estava em Firgaard.

Ela pensou em visitá-la. Afinal, não precisava mais das portas. Se quisesse, poderia convocar a névoa sozinha e ir da sua torre direto para o quarto de Safire. Mas, sempre que batia a vontade, ela olhava para o gancho onde sua mão direita costumava estar e deixava a ideia de lado.

Eris tentou tirar a garota com olhos de safira da cabeça enquanto subia no barco. Armou as velas, desatou as cordas do cais e avançou rumo ao mar aberto.

Eris ouvia a respiração tranquiliza do mar subindo e descendo. As águas estavam calmas. Seria fácil velejar de lá para o scrin.

Com o gancho curvo segurando no timão, Eris fechou os olhos. Jemsin era passado. A imperatriz também. Não precisava mais se esconder ou fugir. Com o vento em seu cabelo e sal nos lábios, sua liberdade recente brilhava dentro dela, fazendo seu sangue zunir.

Eris sentiu uma sombra passar por cima dela.

Abriu os olhos. Ao olhar para o céu, viu um dragão voando na sua direção.

De repente, o animal mergulhou, ficando rente à água e se alinhando com o barco de Eris. Nas suas costas, estava uma garota com o rosto parcialmente coberto por um lenço. O vento chicoteou seus cabelos pretos. Seus olhos brilharam, azuis como safiras.

— Está indo para onde, marinheira?

Eris não conseguia acreditar. Pensou que pudesse ser um sonho. Finalmente, controlou seu espanto e gritou de volta:

— Acho que depende de quem está perguntando.

Ela pensou ter visto os olhos azuis se estreitarem. Cansado de acompanhar uma embarcação tão lenta, o dragão acelerou, circulando preguiçosamente ao redor do barco.

— Estou aqui pensando se você ainda tem uma queda por princesas ou se mudou de ideia — gritou a amazona.

Eris mordeu o lábio num sorriso.

— Não tenho nada contra princesas. — Enquanto o dragão mergulhava, ela deu mais uma volta, mantendo ele e sua passageira em seu campo de visão. — Mas prefiro soldadas.

— Que tal uma ex-comandante?

O coração de Eris acelerou.

— Por que não desce aqui para podermos conversar mais de perto?

Um momento depois, o dragão se alinhou novamente com o barco, planando baixo, atento às velas. Sua amazona deu dois tapinhas no pescoço dele e disse algo em voz baixa. Enquanto o dragão se mantinha firme e próximo, Safire passou a perna sobre ele e saltou.

Suas botas bateram no convés. Ela balançou, esticando os braços para recuperar o equilíbrio. Quando conseguiu, ficou totalmente de pé e tirou o lenço que cobria seu rosto.

Seu olhar foi direto para o gancho no punho de Eris. Ela lutou contra a urgência de escondê-lo atrás das costas.

Querendo desviar a atenção de Safire de sua mão perdida, ela assentiu na direção do timão.

— Quer tentar?

Safire arqueou uma sobrancelha.

— Eu? Guiar um barco?

— Pode ser útil um dia — disse Eris, sentindo-se estranhamente nervosa. — Quando você se tornar uma pirata.

Safire sacudiu a cabeça, sorrindo, depois se aproximou do leme.

— Está bem — disse Safire com uma expressão precavida, mas animada. Como se estivesse tão nervosa quanto Eris. — Me mostre como fazer.

Com cuidado, Eris tocou no quadril dela com a curva do seu gancho, guiando-a para a frente, depois mostrou onde segurar na madeira macia do timão.

Safire o segurou, mas manteve as mãos muito próximas. Então, ainda mais gentilmente, Eris as afastou, colocando-as na posição adequada.

— Assim — disse, aproximando-se.

Elas ficaram em silêncio por alguns instantes.

— O que está fazendo aqui? — Eris acabou perguntando após um longo silêncio, com o coração ribombando nas costelas.

Safire se virou para ela, abandonando o timão, claramente nem um pouco interessada em velejar.

— Deixei algo para trás. — Ela disse sem desviar os olhos.

Acima, o dragão subiu para o céu, vigilante. Em volta, o mar continuava silencioso e tranquilo.

— Ah é? — Eris engoliu em seco. — E o que foi?

Safire deu mais um passo para a frente. Ela pegou o gancho de Eris e o pressionou contra o peito.

— Meu coração — sussurrou, encostando sua testa na de Eris.

Então ter um lar é assim, Eris pensou.

Não precisava mais fugir nem se esconder. Aquele era seu lugar.

AGRADECIMENTOS

A Heather Flaherty, por acreditar nessas quatro garotas corajosas desde o começo.

A Kristen Pettit, por sempre saber em que minhas histórias precisavam melhorar. Você é brilhante e gentil, e sempre serei grata por ter feito de mim uma autora. Obrigada do fundo do meu coração.

Ao time da HarperTeen, especialmente Elizabeth Lynch, Renée Cafiero, Allison Brown, Michelle Taormina, Audrey Diestelkamp, Bess Braswell, Olivia Russo, Martha Schwartz e Vincent Cusenza.

A Rachel Winterbottom, por salvar uma das mãos de Eris e o coração bondoso de Dax. Obrigada por seus conselhos sempre sábios e atenciosos.

A toda a equipe da Gollancz, especialmente Stevie Finegan, Paul Stark, Cait Davies, Amy Davies e Brendan Durkin.

A Gemma Cooper, minha amada e experiente agente do outro lado do lago.

Ao time da HarperCollins Canadá, especialmente Ashley Posluns, Shamin Alli e Maeve O'Regan.

A Myrthe Spiteri e o time da Blossom Books, com um agradecimento especial a Maria Postema.

A Jenny Bent e à equipe da Bent Agency.

Aos meus agentes, editores, tradutores e capistas estrangeiros.

Ao pessoal do Café Nymph (onde tanto deste livro foi escrito) por me deixar sentar lá e trabalhar por horas sem fim.

A Hay Cove, por sua gentileza, sua generosidade e suas boas-vindas calorosas (e por ver algo em mim quando eu estava mal e sozinha... e então me tirar do buraco!). Queria que todos tivessem vizinhos maravilhosos como você.

Obrigada ao Words Worth Books, por me apoiar tanto.

A E. K. Johnston, que chorou por duas horas quando terminou este livro (ou foi o que me disse). Kate, obrigada pela sua amizade, pelos conselhos de publicação, e principalmente por suas histórias belas e acolhedoras.

A Alice Maguire, por ler este livro noite adentro enquanto colocava Charlie para dormir. (E por esse ser seu preferido entre os três.) Admiro você mais do que imagina.

A Asnake Dabala, por dirigir pelo país, se perder no Quebec, fazer maji maji e me ajudar a renovar a casa. Eu nunca teria terminado esse livro sem você, meu irmão.

Para as mulheres que me criaram: Shirley Cesar, Emily Cesar, Mary Dejonge, Nancy McLauchlin e Sylvia Cesar. Se minhas garotas corajosas parecem reais é porque fui criada pelas mulheres mais corajosas do mundo. Vocês foram e são os maiores modelos que alguém poderia sonhar em ter.

A mamãe, papai, Jolene e toda a minha família, por me amar, apoiar e sempre estar presentes.

A Joe, por ser a pessoa para quem anseio voltar todos os dias, sempre. Obrigada por lutar tão arduamente por mim este ano.

Por fim, aos meus leitores, por seu amor e apoio. Ver seus rostos felizes nas filas para pegar autógrafos e ler suas mensagens sinceras é uma das melhores partes dessa aventura. De muitas maneiras, esses livros falam de encontrar sua força, e eu os escrevi porque acredito do fundo do meu coração que você, querida leitora, querido leitor, é muito mais forte do que imagina. Espero que encontre a força dentro de si. Espero que a afie, empunhe e use para o bem.

ESTA OBRA FOI COMPOSTA PELA VERBA EDITORIAL EM BEMBO
E IMPRESSA PELA GRÁFICA BARTIRA EM OFSETE SOBRE PAPEL PÓLEN SOFT
DA SUZANO S.A. PARA A EDITORA SCHWARCZ EM MARÇO DE 2020

A marca FSC® é a garantia de que a madeira utilizada na fabricação do papel deste livro provém de florestas que foram gerenciadas de maneira ambientalmente correta, socialmente justa e economicamente viável, além de outras fontes de origem controlada.